MAGISCHE PROPHEZEIUNG

SASHA URBAN SERIE: BUCH 6

DIMA ZALES

♠ MOZAIKA PUBLICATIONS ♠

Veröffentlicht von Mozaika Publications, einem Impressum von Mozaika LLC.
www.mozaikallc.com

Lektorat: Fehler-Haft.de

Umschlag von Orina Kafe
www.orinakafe-art.com

e-ISBN: 978-1-63142-533-2
ISBN drucken: 978-1-63142-534-9

KAPITEL EINS

MEINE BIOLOGISCHE MUTTER IST LILITH.

Also die Mutter der Dämonen aus der menschlichen Legende.

Die gleiche Lilith, die sich auf einem der Otherlands zu einer Gottheit gemacht hat und meinen biologischen Vater Rasputin in einem Kerker festhielt, wo sie ihn als Zugabe gelegentlich foltern ließ.

Ja, okay.

Ich stehe auf und schnappe mir ein paar Klamotten, während ich versuche, das alles zu verarbeiten.

Meine Mutter ist eine extrem seltene Form eines Cogniti mit doppelten Kräften – Vampirin und Wahrscheinlichkeitsmanipulatorin. Sie wollte mich so schrecklich aufziehen, dass Rasputin mich ihr wegnehmen und auf der Erde bei meinen Nicht-Cogniti-Eltern verstecken musste. Und jetzt, mit meinem vollen Namen bewaffnet, sucht sie mich.

Was will sie von mir? Irgendwie bezweifele ich, dass

sie hofft, dass wir zusammen eine schöne Zeit in einem Yoga-Retreat verbringen würden.

Nicht, dass das im Moment meine größte Sorge wäre. Meine Vision begann damit, dass sie nach Nero suchte. Sie will Rache für das, was er in ihrer Welt getan hat, also steckt er möglicherweise in größeren Schwierigkeiten als ich.

Versehentlich stecke ich meinen rechten Fuß in das linke Hosenbein meiner Jeans und falle beinahe um. Ich fange mich an meinem Schreibtisch auf, ziehe mich fertig an und suche mein Handy.

Wow.

Ich habe unzählige verpasste Anrufe von Mama, meiner Adoptiv-, aber deshalb nicht weniger echten Mutter.

Ist sie von ihrer Reise zurück? Oder will sie länger in Paris bleiben?

Oh, und ich habe auch ein paar verpasste Anrufe von meinem Adoptivvater – und der sollte definitiv inzwischen aus *seinem* Urlaub zurück sein.

Großartig. Ich war so damit beschäftigt, meine biologischen Eltern zu suchen, dass ich meine echten Eltern vernachlässigt habe – was einfach inakzeptabel ist. Mama und Papa sind die Leute, die mich aufgezogen haben. Sie sollten mir immer mehr bedeuten als der virtuelle Fremde, der Rasputin für mich ist.

Und mit Lilith will ich gar nicht erst anfangen.

Die gute Nachricht ist, dass Mama noch nicht in Panik zu sein scheint, weil sie in dem Fall nonstop anrufen würde. Oder vielleicht ist sie bereits jenseits des Panikmodus und in einer neuen Phase, die ich noch nicht gesehen habe?

Aber nein. Dann wäre sie schon hier. Das, oder die Polizei würde nach mir suchen.

Ich beschließe, mich zuerst mit der potenziellen lebensgefährlichen Situation auseinanderzusetzen, dass Lilith auf Rache aus ist, und rufe Nero an.

Er geht nicht ran, also hinterlasse ich ihm die Nachricht, mich schnellstmöglich zurückzurufen.

Normalerweise ist mein Chef ziemlich fix bei solchen Dingen, aber die Sekunden vergehen, und nichts passiert.

Um nicht verrückt zu werden, mache ich mich auf den Weg ins Badezimmer, um meine Morgentoilette zu erledigen.

Als ich mich fertig gemacht habe, schreibe ich Nero eine SMS, mich *jetzt* zurückzurufen, und meine Augen lassen das Telefon nicht los, während ich in die Küche gehe.

Keine Antwort.

Als ich eintrete, essen Felix und Fluffster Haferflocken, und die Katze kaut an ihrem Fancy Feast. Sie schaut von ihrem Teller auf und wirft mir einen Blick zu, der zu sagen scheint: »Ein weiterer Bauer, den Unsere Majestät geduldig tolerieren muss. Unsere Barmherzigkeit ist grenzenlos.«

Felix hält in der einen Hand einen Löffel und in der anderen ein Telefon. »Maya, es tut mir wirklich leid«, sagt er mit vollem Mund. »Ich habe deine Anrufe und

SMS nicht ignoriert, ich war an einem Ort ohne Empfang. Ich werde es erklären …«

Ah.

Also bin ich nicht der Einzige, der Ärger hat, weil er von der Außenwelt abgeschnitten war. Felix war auch nicht erreichbar und muss sich jetzt vor meiner fast achtzehnjährigen Freundin aus der Einführung rechtfertigen.

Oh, und die Schuldgefühle, mit denen er sich verteidigt, machen es amtlich.

Er und Maya sind zusammen.

»Sasha«, sagt Fluffster mental. »Du bist früh wach. Wie fühlst du dich?«

»Eine Sekunde«, murmele ich und schicke Nero eine noch deutlichere Aufforderung, sich zu melden.

Felix bemerkt mich, entschuldigt sich noch mehr bei Maya, erklärt, dass er gerade nicht reden kann, und legt auf.

Während ich darauf warte, dass Nero antwortet, schnappe ich mir eine Schüssel und schütte Haferflocken hinein.

»Geht es dir gut?«, fragt Felix und zieht seine Monobraue hoch, während er mich fragend ansieht. »Du siehst aus, als hättest du einen Geist gesehen.«

»Nein«, sage ich, nachdem ich glückselig meinen ersten Löffel voll Nahrung heruntergeschluckt habe. »Ich habe heute Morgen etwas erfahren, was wirklich beunruhigend ist.«

Alle paar Sekunden überprüfe ich mein Telefon auf

Neros Antwort, während ich ihnen von meiner Vision von Lilith erzähle.

Es folgt eine fassungslose Stille, in der niemand außer der Katze isst.

»Ich weiß nicht, was ich sagen soll«, murmelt Felix schließlich. »Dieses … Ding ist deine Mutter?«

Ich ziehe eine Grimasse. »Ich weiß. Und jetzt kann ich Nero nicht erreichen. Ich hoffe, sie hat ihn nicht schon irgendwie gefunden.«

»Nero kann auf sich selbst aufpassen«, sagt Felix zuversichtlich. »Das hier ist die Erde. Lilith kann die Stunts aus ihrer Welt hier nicht machen.«

»Aber Nero kann sich auch nicht aus einer Laune heraus in einen Drachen verwandeln«, sagt Fluffster. »Vielleicht gleicht das die Dinge aus?«

»Richtig«, sage ich, und das Essen liegt wie ein Stein in meinem Bauch. »Aber warum ruft Nero mich nicht zurück?«

»Er könnte in einem Meeting sein«, sagt Felix. »Gib ihm ein paar Minuten, bevor du anfängst, auszuflippen.«

»Du hast recht.« Ich löffele mehr von den Haferflocken in meinen Mund. »Ich gebe ihm Zeit, bis ich mit dem Frühstück fertig bin.«

Während ich kaue, fällt mir etwas ein – etwas, was ich sofort hätte tun sollen, aber in meiner Panik vergessen habe.

Ich kann mir Neros Zukunft ansehen, um sicherzugehen, dass es ihm gut geht.

Ich konzentriere mich sofort darauf, lande im Leerraum und beschäftige mich mit Neros Essenz. Als Zugabe füge ich meine sehr komplexen Gefühle für Nero zu der Ladung hinzu und ahme nach, was Rasputin tut, wenn er eine Vision von jemandem haben will. Ich gehe sogar so weit, mich daran zu erinnern, dass wir eine intime Begegnung hatten, in der Nero mich befriedigte, aber nicht seinem eigenen Verlangen nachgab, aus Angst, die Kontrolle zu verlieren und mich zu verletzen – was auch immer das bedeutet.

Meine Bemühungen zahlen sich aus.

Ein Haufen anscheinend sicherer Formen tauchen um mich herum auf, und ich greife nach der vielversprechendsten.

––––––

ICH BIN KÖRPERLOS – was bedeutet, dass die Vision mich nicht einschließt.

Nero ist in seinem Büro im Klub auf Gomorrha. Er geht zur Wand und öffnet den Safe.

Ehrfürchtig nimmt er das Schwert heraus, das er gestern dort eingeschlossen hat – das Schwert, das sich für mich wie mein eigenes anfühlt. Es besteht aus so etwas wie der Technologie der Tore, und Lilith hat es in einer meiner Visionen benutzt, um Nero zu töten.

Plant er, Lilith damit anzugreifen? Wenn ja, weiß er, dass sie bereits auf der Erde ist? Rasputin warnte ihn, dass sie, da sie sein Blut hat, nach ihm suchen wird, um Rache zu nehmen. Andererseits sagte Nero, dass er sowieso gehen würde, um Claudia zu suchen. Ist es das, was er vorhat zu tun? Sucht er diese Frau, die er für tot hielt, da er gerade herausgefunden hat, dass sie doch noch lebt?

Lässt er mich zurück, ohne sich zu verabschieden?

Nero drückt den Knopf am Schwertgriff, und die schimmernde, lichtschwertähnliche Klinge taucht auf und beleuchtet seinen bedrohlichen Gesichtsausdruck.

Er nickt und drückt erneut auf den Knopf, um die Klinge zu verstecken.

―――

ICH BIN WIEDER am Küchentisch in meiner Wohnung.

Felix und Fluffster reden über etwas, aber meine Gedanken sind bei Nero.

Diese Vision erklärt, warum er nicht auf meine Anrufe, E-Mails und Textnachrichten geantwortet hat.

Er ist wahrscheinlich schon auf Gomorrha, um das zu tun, was ich gerade in dieser Vision gesehen habe.

So verärgert ich über sein Weggehen bin, so erleichtert bin ich auch. Von jetzt bis in die nahe Zukunft meiner Vision ist er in Sicherheit. Und da er in seinem eigenen Klub auf Gomorrha ist und dieses Schwert hat, ist er besser gerüstet, um mit Lilith fertigzuwerden.

Dennoch, zur Sicherheit, gehe ich wieder in den Leerraum und konzentriere mich auf Lilith.

―――

ALS ICH MEINE biologische Mutter betrachte, bemerke ich mehr Ähnlichkeiten zwischen uns beiden, von der hellen Haut bis zu einem gewissen schelmischen Schimmer in den Augen.

Sie steht neben dem Apple Store und hat ein neu aussehendes iPhone am Ohr.

Interessant.

Entweder passt sie sich unglaublich gut an die Moderne an oder war schon einmal auf einer Welt mit unserem Stand der Technologie.

Bald wird diese Göttin des Bösen ihren Dienern Auberginen-Emojis schicken und Bilder von ihren ausgeweideten Opfern auf Instagram veröffentlichen … oder sie auf Pinterest für andere böse Götter – oder meine neue Katze – posten.

»Nein, das wird zu lange dauern«, sagt Lilith mit verärgerter Stimme ins Telefon. »Ich schreibe dir gleich, welchen Weg du durch die Otherlands nehmen musst. Wenn du meine Anweisungen richtig befolgst, solltest du in …«

MEINE VISION BRICHT ZUSAMMEN, bevor ich mehr von diesem kryptischen Gespräch belauschen kann, also gehe ich direkt zurück in den Leerraum – aber diesmal besteht meine Vision nicht darin, dass Lilith am Telefon spricht.

Diesmal kommt sie aus dem Giorgio-Armani-Store

in der Innenstadt, angezogen wie für ein Cover eines Modemagazins.

Nun, das ist beruhigend, was die bösen Prioritäten angeht.

Wie hat sie überhaupt für diese Klamotten bezahlt? Funktioniert Bezirzen, wenn es um *solche* Preise geht?

»Ich kann immer noch nicht glauben, dass sie deine Mutter ist«, sagt Fluffster in meinem Kopf, als ich aus dem Leerraum zurückkomme. »Heißt das, dass du ihre Kräfte geerbt hast?«

Taub starre ich auf meinen Chinchilla-Domovoi.

Ich habe noch gar nicht über den genetischen Aspekt nachgedacht.

»Das ist unwahrscheinlich«, antwortet Felix an meiner Stelle. »Doppelte Kräfte wie Liliths sind selten, geschweige denn dreifache Kräfte.«

»Aber ich war schon immer blass«, sage ich und richte den Blick auf meine Hände. Meine Finger, die wie verkrampft den Löffel festhalten, sind so weiß, dass ich ein Albino sein könnte. Stirnrunzelnd schaue ich nach oben. »Bedeutet das, dass ich ein Pre-Vampir bin?«

Felix fügt etwas braunen Zucker in seine Schüssel und zuckt mit den Schultern. »Es gibt keine Möglichkeit, sicher zu sein, bis man lange gelebt hat, ohne Anzeichen von Alterung zu zeigen. Und wie ich das verstanden habe, werden selbst dann nicht alle Pre-Vamps – oder Leute, die denken, dass sie Pre-Vamps sind – zu Vampiren, wenn sie sterben.«

Ich atme beruhigend ein und konzentriere mich

darauf, meine Haferflocken umzurühren. »Nun, dann ist das nur eine schlechte Terminologie. Das Suffix ›pre‹ lässt es wie eine sichere Sache erscheinen. In Anbetracht dessen, was du sagst, sollte der Begriff ›Vielleicht-Vampir‹ oder ›Hoffentlich-Vampir‹ lauten.« Dann fällt mir etwas ein. »Moment, nein. Ich bin kein Pre-Vampir. Ich habe mich schon in Visionen sterben sehen, und ich wurde nicht zu einem Vampir, als das passierte. Mein toter Körper lag einfach da.«

»Dann bist du wahrscheinlich kein Pre-Vamp«, stimmt Felix zu, und ich atme in einer Mischung aus Erleichterung und Enttäuschung aus. So cool es auch wäre, nicht zu sterben und all die Vampirkräfte zu haben, weiß ich nicht, was ich von dem Bluttrinken halten soll.

»Was ist mit der Wahrscheinlichkeitsmanipulation?«, wirft Fluffster ein. »Wie können wir wissen, ob Sasha *das* geerbt hat?«

»Es gibt keine physischen Merkmale wie Blässe, von denen ich weiß«, sagt Felix. »Trickser mögen keine Seher, und Sasha ist ein Seher – was mich zweifeln lässt, dass sie beides sein kann, aber ich habe keine rationale Grundlage, um das zu beweisen.«

»Hätte ich nicht mehr Glück in meinem Leben, wenn ich ein Wahrscheinlichkeitsmanipulator wäre?«, frage ich, während ich an all meine schlechten Erlebnisse der letzten Zeit denke.

»Ich glaube nicht, dass ein Wahrscheinlichkeitsmanipulator zu sein verhindert, dass dir schlechte Dinge passieren.« Felix nimmt einen großen Löffel

Haferflocken. »Das Universum ist einfach zu chaotisch, als dass eine Person es trotz Trickserfähigkeit vollständig beherrschen könnte.« Er schiebt sich den Löffel in den Mund.

»Damit könntest du recht haben«, sage ich. »Chester hat seine Frau und seinen Sitz im Rat verloren – obwohl ich schätze, dass Letzteres nicht zählt, da Nero ihn ihm zurückgeben könnte.«

»Ich würde mehr über Trickser lernen, wenn ich du wäre«, schlägt Fluffster vor.

»Ich werde mit Chester reden«, sage ich. »Er schuldet mir sowieso noch ein paar Lektionen über seine Macht.«

»Interessant, wie er dir genau das schuldet, was du brauchst«, sagt Felix über die Reste der Nahrung in seinem Mund. »Was für ein *Glück.*«

»Ich habe das Gefühl, dass ich jetzt jeden glücklichen Zufall in Frage stellen werde«, sage ich. »Oh, und wenn ich ein Wahrscheinlichkeitsmanipulator *bin,* frage ich mich, ob meine TV-Vorhersage mir in diesem Punkt auch einen Leistungsschub gegeben hat. Als diese Performance auf YouTube stattfand, sagten viele Kommentare, dass ich einfach Glück mit meiner Vorhersage hatte – was bedeutet, dass Tausende von Leuten an mein Glück *glauben.*«

»Das ist möglich«, sagt Felix nachdenklich. »Wenn ich darüber nachdenke, frage ich mich, ob einige der Dinge, die wir deinen Sehfähigkeiten zugeschrieben haben, auf Glück zurückzuführen sind ... wie zum Beispiel deine Aktienauswahl.«

Die Erwähnung von Aktien erinnert mich an Nero, und ich werfe einen Blick auf mein Handy.

Nein. Keine Antwort. Wenn ich mit ihm über seine Pläne, Claudia und dem, was zwischen uns ist, reden will, muss ich ihn in seinem Klub auf Gomorrha erwischen – und da ich nicht weiß, wann die Ereignisse in dieser Vision stattfinden werden, sollte ich mich besser beeilen.

Dann erinnere ich mich an etwas Wichtiges, was ich Felix fragen wollte. »Kannst du meine Online-Präsenz verschwinden lassen?«, platzt es aus mir heraus, bevor ich es wieder vergesse. »Lilith kennt meinen Namen, und sie könnte mich googeln.«

»Das mache ich gleich auf dem Weg zur Arbeit. Apropos«, Felix schaut auf die Uhr und erschaudert, »ich beeile mich besser.«

»Warte, noch eine Sache«, sage ich. »Kannst du herausfinden, mit wem Lilith am Telefon gesprochen hat?«

Er sieht mich verständnislos an, also erzähle ich ihm von meiner Vision von ihr am Handy.

»Das ist schwierig«, sagt er und runzelt die Stirn. »Kennst du ihre Nummer oder die Nummer der Person, die sie angerufen hat?«

»Wenn ich das täte, hätte ich es dir gesagt«, antworte ich.

»Richtig. Entschuldigung. Sobald ich Zeit habe, werde ich mein Bestes geben, aber an deiner Stelle würde ich mir nicht allzu viele Hoffnungen machen«, warnt mich Felix vor.

»In Ordnung«, sage ich.

Er schaufelt sich den Rest seines Essens in den Mund, springt auf und sprintet zur Tür.

Ich folge seinem Beispiel und schlucke mein Essen herunter, ohne zu kauen, während ich aufspringe. Er ist schon weg, als ich in den Flur komme und mir die Schuhe anziehe.

Als ich aus der Tür trete, sehe ich Thalia – meine nicht sprechende Nonne aka meine Kampfkunsttrainerin aka meinen Bodyguard – und einen Mann, den ich noch nie zuvor getroffen habe.

Ein unglaublich attraktives Exemplar mit perfekten Gesichtszügen, die ihn wie einen der Hemsworth-Brüder aussehen lassen. Er hat eine Mandats-Aura, was bedeutet, dass dieser Typ im Gegensatz zu einigen anderen Wachen, die Nero mir schon zugewiesen hatte, ein Cogniti ist.

»Hi, Sasha.« Das Lächeln des neuen Mannes rivalisiert in seiner Perfektion mit dem von Ariel. »Mein Name ist Eric. Nero bat mich, Thalia zu helfen, damit du dich in deiner Wohnung wohlfühlst.«

»Wohlfühlen?« Ich schaue sie beide an. »Wurdet ihr angewiesen, mich hier gefangen zu halten?«

KAPITEL ZWEI

───────────

THALIA NICKT, bevor sie sich umdreht, um zu gehen.

»Nein, warte. Ich muss wohin.« Ich greife instinktiv nach ihrer Schulter.

Die Nonne bewegt sich wie auf der Trainingsmatte. Sie greift nach meinem Handgelenk, tritt hinter mich und dreht mir schmerzhaft den Arm auf den Rücken.

Zu meinem Entsetzen ergreift Eric das Handgelenk der Nonne. »Niemand darf sie verletzen. Nero war diesbezüglich sehr deutlich. Das schließt dich mit ein.«

Thalia verdreht die Augen, lässt mich aber kampflos gehen. Dann nimmt sie ihr Handy heraus und schreibt:

Tut mir leid, aber du musst einen kleinen Heimaturlaub machen.

Damit geht sie, um den Aufzug zu rufen.

»Ich besorge dir, was immer du brauchst«, sagt Eric beruhigend, während er mich zurück zur Tür schiebt. »Essen, Filmverleih, Zauberbücher – was auch immer, jemand wird es für dich holen.«

»Ich habe eine dringende Angelegenheit, die ich mit Nero besprechen muss«, sage ich und grabe meine Absätze in den Boden, als ich kurz vor der Wohnung bin. »Hast du eine Möglichkeit, ihn zu erreichen?«

Thalia zuckt mit den Schultern, bevor sie den Fahrstuhl betritt und Eric sagt: »Er hat mich gewarnt, dass er nicht verfügbar sein würde, und bat mich, ihn bei dir zu entschuldigen.«

»Ich kann den letzten Teil kaum glauben«, sage ich und suche verzweifelt einen Weg, um Eric zu umgehen.

Der Aufzug schließt sich und nimmt Thalia mit sich.

»Keine Sorge«, sagt Eric. »Es sind nicht nur ich und Thalia, die dich beschützen. Ich habe Leute, die dieses Gebäude umstellen – einschließlich des Hintereingangs. Niemand kann reinkommen, ohne dass ich es weiß.«

Das impliziert, dass auch niemand *gehen* kann, ohne dass Eric es erfährt.

Nun, dann könnte man einmal ausprobieren, wie gut er seinen Job macht.

Ich überzeuge mich selbst davon, dass ich einfach weglaufe – was nicht schwer ist, weil ich das ja wirklich gerade machen will. Als Nächstes atme ich tief ein und springe in den Leerraum.

Die Formen um mich herum wirken unangenehm, aber nicht tödlich.

Instinktiv greife ich nach einer.

———

»IN ORDNUNG«, sage ich zu Eric und drehe mich zurück zur Tür, während meine Muskeln sich für einen Sprint anspannen.

»Sag einfach Bescheid, wenn du etwas brauchst«, sagt er.

Ohne eine Antwort zu geben, springe ich zur Seite und laufe Richtung Treppe – aber lande in Erics hartem Körper.

Wow.

Er muss superschnell sein, um mir bereits jetzt den Weg zu versperren.

»Bitte, Sasha«, sagt Eric und hält mich an meinen Armen fest. »Bleib einfach zu Hause.«

Wütend drehe ich mich um und gehe zurück in die Wohnung.

ZURÜCK IN DER Realität kehre ich sofort zurück in den Leerraum und sehe mir noch ein paar weitere Fluchtvisionen an. In jeder von ihnen vereitelt Eric sie, und in manchen trägt er mich trotz verschiedener Tritte und Schreie meinerseits nach Hause.

Ich verlasse den Leerraum zum letzten Mal, betrete die Wohnung und schlage Eric die Tür vor der Nase zu.

Ich gehe im Flur hin und her, während ich versuche, einen Ausweg aus dieser misslichen Lage zu finden.

Könnte ich ihn mit einer Waffe bedrohen? Meinen Weg hinausbluffen?

Das Problem ist, dass ich meine Waffe im Labor in der Nähe des JFK-Drehkreuzes gelassen habe.

Ich gehe in Ariels Zimmer und suche nach einer Waffe, die sie dort vielleicht versteckt hat. Sie schöpft ihr Recht, Waffen zu tragen, aus, also habe ich eine reelle Chance.

Nach langem Suchen finde ich ein Paar Handschellen in ihrem Nachttisch, zwei Messer in ihrem Schrank und eine Kiste mit Kugeln unter ihrem Bett – aber keine Schusswaffe.

Ich will aber nicht aufgeben. Es muss einen anderen Weg aus der Wohnung heraus geben.

Ich fahre fort, hin und her zu gehen, bis ich sehe, dass Fluffster mich fragend anstarrt – und dann fällt mir die Lösung ein.

Ich erkläre dem Chinchilla kurz die Situation und gehe zur Tür.

»Hi, Eric.« Ich lächele die Wache an. »Es tut mir leid, wenn ich vorhin unfreundlich gewesen bin. Nero hat mich verärgert, aber ich sollte es nicht an dir auslassen.«

»Kein Problem.« Er strahlt mich an. »Mir gefällt das auch nicht. Ich dachte, ich wäre ein Leibwächter und kein Gefängniswärter. Aber ich schulde Nero einen Gefallen, und er sagte, dass das zu deinem Schutz ist, also …«

»Möchtest du Kaffee oder Tee?«, frage ich so beiläufig wie möglich. »Vielleicht einen Stuhl, damit du nicht hier im Flur stehen musst?«

Sein Lächeln wird breiter. »Kaffee wäre toll, danke.«

»Fantastisch«, sage ich und gehe in die Küche.

Eric betritt die Wohnung ohne Einladung, also ist er kein Vampir – nicht, dass ich das gedacht hätte, bei seiner perfekt gebräunten Haut.

Als er mir in die Küche folgt, gebe ich ihm einen Espresso und sage: »Oh Mist. Ich habe vergessen, meine Schuhe auszuziehen.«

Als ich anfange zu gehen, leert Eric das Getränk mit einem einzigen Schluck und folgt mir – bis Fluffster sich ihm in den Weg stellt.

»Eigentlich«, sage ich, und meine Stimme klingt nicht mehr freundlich, »denke ich, es wäre das Beste, wenn du in der Küche bleiben würdest.«

Mit diesem Stichwort verwandelt sich Fluffster in seine Monsterform.

Er sieht nicht mehr so schrecklich aus wie damals, als er Harper, den Sukkubus, getötet hat, aber es reicht aus, um *meinen* Blutdruck zu erhöhen, und ich bin nicht diejenige, die in Gefahr ist.

»Nero hat mir gesagt, dass du das versuchen könntest«, sagt Eric ruhig und seufzt. »Ich hatte gehofft, dass er sich in dieser Sache irrt.«

Ich blicke ihn verwirrt an. Wie mächtig ist er, keine Angst vor einem Domovoi zu haben, der sein eigenes Haus beschützt?

Andererseits bat Nero diesen Kerl, mich zu bewachen, und angesichts meiner Vorliebe, mir mächtige Feinde zu machen, müsste er ziemlich beeindruckend sein.

Mit einem übertriebenen Seufzer verschwindet Eric vor meinen Augen, als wäre er nie da gewesen.

Ich reibe mir die Augen.

Nein. Er ist weg.

Ich sehe Fluffster an. Er kehrt zu seiner süßen Chinchilla-Form zurück und sieht ebenfalls verwirrt aus.

»Bist du unsichtbar?« Mit ausgestreckten Armen wedele ich wie eine Verrückte durch die Luft in der Küche, finde aber keine Spur von Eric.

Es klopft an der Eingangstür.

Ich gehe, um sie zu öffnen, und sehe einen sehr selbstgefälligen Eric dort stehen.

»Wie?«, frage ich. »Du warst gerade noch in meiner Küche.«

»Ich kann mich teleportieren.« Erics Brust bläht sich auf und lässt ihn wie einen Pinguin aussehen. »Wenn die Wachen unten mich vor Gefahren warnen, soll ich dich in Sicherheit teleportieren.« Er schaut zu Fluffster. »Ich hoffe, dein Domovoi wird mich nicht daran hindern, meine Pflichten zu erfüllen?«

»Natürlich nicht«, sagt Fluffster und schwingt seinen buschigen Schwanz.

Also ein Teleporter, was? Hekima erwähnte die Teleportationskraft in einer der Einführungsstunden. Er sagte, sie sei selten, aber ich schätze, wenn jemand einen Teleporter kennt, dann Nero.

Ich bin dabei, Eric mit Fragen über seine Macht zu

bombardieren, als der Aufzug gongt und sich seine Türen zu öffnen beginnen.

Mit grimmiger Entschlossenheit schnappt sich Eric mein Handgelenk und spannt sich an – anscheinend bereit, mich von der Gefahr wegzuteleportieren.

Zu meiner Überraschung kommt meine Mutter aus dem Aufzug.

KAPITEL DREI

ALSO MEINE ECHTE MUTTER, nicht Lilith.

Der Ausdruck auf ihrem Gesicht lässt mich denken, dass sie in eine neue Phase der Sorge um mich eingetreten ist, die jenseits ihres üblichen *Panikmodus* liegt.

Mist. Ich hätte sie anrufen sollen, als ich die verpassten Anrufe gesehen hatte.

Bei dem Anblick von mir an der Tür blitzt Erleichterung über ihr Gesicht, bevor es sich in eine Maske der Empörung verwandelt. Aber bevor sie etwas sagen kann, landet ihr Blick auf Eric, und sie sieht sowohl verwirrt als auch beeindruckt aus.

»Nicht«, zische ich Eric zu und versuche, mich zurückzuziehen.

Wenn er mich jetzt teleportiert, wird er das Mandat brechen und meine Mutter wahrscheinlich einen Herzinfarkt bekommen.

Aber es sieht so aus, als müsste ich ihn nicht

warnen. Etwas an meiner Mutter – höchstwahrscheinlich ihr Mangel an Mandatsaura – bringt Eric dazu, mein Handgelenk loszulassen, als ob ich plötzlich einen schweren Läusebefall hätte.

»Mrs. Ballard.« Er schenkt Mama ein so charmantes Lächeln, dass man erwarten würde, dass er jeden Moment eine Disney-Prinzessin rettet. »Ich habe so viel von Ihnen gehört.«

Wow. Nero hat diesen Kerl wirklich auf seine Pflichten vorbereitet. Es sei denn, er hat meine Wachen immer so gründlich vorbereitet – und ich habe es einfach nicht bemerkt?

Anstatt zu antworten, errötet Mama wie eine mittelalterliche Jungfrau, die noch nie zuvor einen attraktiven Mann gesehen hat.

»Wie ich schon sagte, Eric.« Ich räuspere mich. »Ariel ist nicht zu Hause, aber sie wird jeden Moment zurück sein.«

»Richtig«, sagt er und zwinkert mir so zu, dass Mama es nicht sehen kann. »Ich warte hier auf Ariel, damit ich sie überraschen kann, wenn sie aus dem Aufzug steigt. Ich danke dir.«

»Ja.« Ich kämpfe darum, den Sarkasmus aus meiner Stimme zu halten. »Gute Idee.« Ich winke meinem Eric anstarrenden Elternteil zu und sage: »Komm schon, Mom, lass mich einen deiner Lieblingstees machen.«

Sie schält ihre Augen von meiner Wache und folgt mir in die Wohnung.

Als sie drin ist, schaut sie mich enttäuscht an. »Dieser Mann geht also mit Ariel aus, nicht mit dir?«

Ist das ein Auftakt zu dem ganzen »Ich will Enkelkinder«-Gespräch? Wenn ja, muss ich vorsichtig sein, da *dieses* Thema den ganzen Tag dauern kann – ohne dass mir der Luxus vergönnt wäre, *versehentlich* einen Anruf zu verpassen oder mein Skype auszuschalten.

»Er und Ariel gehören zusammen«, sage ich und führe sie in die Küche. »Und ich gehe sowieso schon mit jemand anderem aus.«

Während ich spreche, frage ich mich, ob ich lüge. Ich wünschte fast, ich wäre Pinocchio, damit ich sehen könnte, was mit meiner Nase passiert.

Mama setzt sich an den Tisch, und ihre Augen leuchten vor Aufregung. »Wer? Wie? Erzähl mir alle Einzelheiten.«

Wenn ich nur meine Feinde so leicht manipulieren könnte. Ich habe Mama jetzt am Haken.

»Es ist noch früh, also will ich es nicht verhexen, indem ich über ihn rede.« Ich lege mein Telefon auf den Tisch, falls Nero anruft, und schalte dann den Wasserkocher ein. »Wie ich dich kenne, würdest du ihn mögen. Da bin ich mir sicher.«

Natürlich würde sie das. Nero ist die reichste Person, die ich kenne, und das hat bei meiner Mutter viel Gewicht. Sobald sie das erfährt und sieht, wie attraktiv er ist, werden die Hinweise auf ein Baby kein Ende mehr finden. Es wäre ihr egal, ob er mein Boss oder ein Drache ist – nicht, dass sie Letzteres jemals erfahren würde.

»Das ist klug«, sagt Mama und nickt weise. »Sag es mir, wenn es offiziell ist.«

Das hat ja wie erwartet funktioniert. Sie glaubt an den bösen Blick und solche Dinge, also ist der Gedanke, eine neue Beziehung zu verhexen, weil man darüber redet, für sie vollkommenen normal – und das Beziehungsding ist eine große Ablenkung von meinem Verschwinden.

»Ich bin gerade zurückgekommen«, sage ich und beschließe, mein Glück wirklich auszutesten. »Er hat mich auf einen romantischen Trip mitgenommen, und wir haben beide unsere Telefone zu Hause gelassen. Als ich vor ein paar Minuten deine Anrufe sah, wurde mir klar, dass ich dir vor der Abreise hätte Bescheid sagen sollen, aber es war eine spontane Sache, und ich dachte, du wärst immer noch in Paris, also …«

»Oh, Süße.« Ihre Augen strahlen. »Ich verstehe das vollkommen. Das muss Kismet sein, denn ich habe in Paris auch jemanden getroffen. Er war geschäftlich da, und der Grund, warum ich zurück bin, ist, damit er und ich mehr Zeit miteinander verbringen können – aber ich will die Dinge auch nicht verhexen, indem ich zu viel über ihn rede.«

Wow.

Mama hat jemanden kennengelernt?

Das waren riesige Neuigkeiten.

Und trotz allem, was sie sagte, war es klar, dass sie darauf aus war, mir alles darüber zu erzählen.

»Ist er aus New York?« Ich lege verschiedene Teebeutel in Mamas Tasse und gieße das kochende

Wasser darüber. »Ist er groß? Ich bin mir sicher, dass du mir so etwas gefahrlos sagen kannst.«

»Ich erzähle dir alles, wenn es ernster wird«, sagt Mama mit einer Selbstdisziplin, um die sie sogar Thalia beneiden würde.

»Ich kann es dir nicht verübeln«, sage ich. »Was ist sonst noch …«

Mein Telefon klingelt.

Wir beide schauen darauf.

Der Anrufer ist Dad – der Mann, der mich aufgezogen hat und Mamas Ex-Ehemann ist.

Mamas Gesichtsausdruck ist schwer zu interpretieren, aber ich kann mir vorstellen, dass sie nicht erfreut ist.

»Ich liebe euch beide, Mom«, sage ich, als ich nach dem Telefon greife. »Ich würde ihn nie über dich stellen, das schwöre ich.«

»Das ist schön«, sagt sie sanft. »Du solltest den Anruf annehmen; ich glaube, ich weiß, warum er anruft.«

Verwirrt nehme ich den Hörer ab.

»Sasha?« Mein Vater klingt panisch – etwas, was nie passiert.

»Was ist los?«

»Hier ist ein Mann, der mich nicht an deiner Tür klingeln lässt«, sagt er. »Ist alles in Ordnung? Deine Mutter …«

»Moment, was? Du bist an der Tür? Hier in New York?«

»Ja. Und …«

»Warte mal.« Ich eile zur Tür und öffne sie.

Eric, der meinem Vater den Zutritt verweigert, sieht mich fragend an.

Ich schätze, Nero hat ihm ein Dossier hinterlassen, das meine Mutter von hier, aber nicht meinen Vater enthielt, der in einer anderen Stadt lebt.

»Lass bitte meinen Vater durch«, sage ich. »Ariel sollte jede Minute zu Hause sein.«

»Richtig.« Eric räuspert sich und geht aus dem Weg. »Tut mir leid deswegen. Ariel – meine Freundin – hat mir erzählt, dass ihr andauernd jemand Klingelstreiche spielt, also habe ich …«

»Kein Problem«, sagt Dad. »Ich bin nur froh, dass meine Sasha noch lebt.«

Noch lebt?

Verblüfft ziehe ich Dad in die Wohnung. »Warum sollte ich nicht am Leben sein?«

»Makenzie«, sagt Dad mit übertriebener Herzlichkeit, als Mama zu uns kommt.

»Braxton.« Sie nickt, und ihr Tonfall ist kühl, aber nicht so böse, wie ich es erwartet hätte.

»Was ist los?« Ich schaue von einem Elternteil zum anderen.

»Das könnte meine Schuld sein«, sagt Mama, und ihr Blick fällt auf ihre makellosen Louis-Vuitton-Pumps. »Ich konnte dich nicht erreichen, und da ich wusste, dass ihr beide wieder miteinander redet, habe ich ihn angerufen, um zu sehen, ob er weiß, wo du bist.«

Oh. Ich habe den letzten Panikmodus vergessen.

Anscheinend ruft meine Mutter sogar den Teufel höchstpersönlich an, wenn sie sich genügend Sorgen um mich macht.

Ich schätze, das ist auf eine verrückte Art und Weise rührend.

»Ich bin in ein Flugzeug gestiegen, um dich zu suchen«, sagt Dad. »Aber ich nehme an, du warst nicht ganz so verloren.«

»Sie hatte einen guten Grund für ihr Verschwinden«, sagt Mama defensiv – auch wenn Papa nicht im Geringsten anschuldigend, sondern nur erleichtert klang. »Es war nur eine Frauensache.« Sie sieht ihn herausfordernd an. »Das würdest du nicht verstehen.«

Papa erblasst.

Ich wette, er denkt gerade an eine illegale Abtreibung in einer dunklen Gasse oder an Gebärmutterhalskrebs.

»Die gute Nachricht ist, dass es mir hervorragend geht«, sage ich, bevor sich dieses bizarre Gespräch in einen Kampf verwandelt – und ich brauche keine Seherkräfte, um zu wissen, dass diese Zukunft nahe ist.

Ist das der Grund, warum ich ein schlechtes Gefühl habe, das sich anschleicht, eines, das mich an meine üblichen Seherwarnungen erinnert, aber nicht so stark ist?

Ich *bin* ein Unruhemagnet, also sind das vielleicht meine Kräfte, die mich davor warnen, dass meine menschlichen Eltern so nah bei mir sind? Immerhin würde Eric wahrscheinlich nur *mich* teleportieren, wenn Lilith jetzt hier ankommen würde, nicht sie.

Das reicht. Meine Intuitionen sind nichts, was ich mir leisten kann zu ignorieren, also müssen meine Eltern gehen.

»Die gute Nachricht ist, dass ich euch beide gesehen habe«, sage ich und arbeite verzweifelt an einer schnellen Exit-Strategie. »Wir sollten definitiv Pläne machen, um uns bald in Ruhe zu treffen, aber nicht gerade jetzt, weil ich einen Riesenhaufen Arbeit habe.«

»Oh«, sagen sie beide enttäuscht. Es ist bewundernswert, dass sie denken, sie würden die Anwesenheit des anderen tolerieren und mit mir wie zwei zivilisierte Erwachsene Zeit verbringen.

Und hey, vielleicht würden sie es tun. Ich meine, sie verhalten sich immer noch zivilisiert, und das ist bereits ein gewaltiger Fortschritt.

»Ruft mich an, wenn ihr dieses Wochenende frei habt«, sage ich zu ihnen. »Und, Dad, wenn du zurückkehren musst, ist das kein Problem. Ich komme dich dann einfach besuchen, sobald es mein Zeitplan erlaubt.«

Zu meiner Überraschung lächelt Mama zustimmend.

Hat der neue Mann, den sie getroffen hat, ihr dabei geholfen, einen Schritt nach vorne zu machen? Oder ist es die verbindende Erfahrung, mich zu *verlieren*?

»Richtig«, sagt Papa zu mir und wendet sich dann an Mama. »Wir sollten Sasha arbeiten lassen.«

»Hast du jetzt eine Katze?«, fragt Mama, als sie

Luzifer entdeckt, die jeden mit einem bösartigen Ausdruck auf ihrem flachen Gesicht ansieht. »Was ist mit der pelzigen Rattenkreatur passiert?«

»Ja. Das ist Luzie.« Ich schiebe meine beiden Elternteile zur Tür. »Fluffster geht es gut, Mom, keine Sorge. Er und die Katze sind jetzt beste Freunde.«

Als er seinen Namen hört, taucht Fluffster aus dem Wohnzimmer auf.

»Ein Chinchilla?«, ruft Papa aus, und ich bemerke mit einem Gefühl von Schuld, dass er noch nie bei mir zu Hause war oder überhaupt von Fluffsters Existenz gehört hat. »Wenn wir uns treffen, musst du mir von ihm und der Katze erzählen«, sagt er.

»Und mir von der Katze«, fügt Mama eifersüchtig hinzu.

»Das werde ich«, sage ich, während ich die Tür öffne. »Ich verspreche es.«

Sie gehen widerwillig hinaus.

»Hallo«, sagt Eric zu meinen Eltern. »Ich werde den Aufzug für Sie rufen.«

Bevor sie antworten können, tut er, was er angeboten hat, und der Aufzug öffnet sich sofort. Er scheint sich nicht bewegt zu haben, seit Papa angekommen ist.

Meine Eltern steigen ein, und zu spät merke ich, als sich schon die Türen schließen, dass es vielleicht nicht die beste Idee ist, sie *zusammen* hinunterfahren zu lassen. Andererseits, wenn sich eine Katze und ein Nagetier eine Wohnung teilen können, können diese beiden vielleicht eine einzige Fahrt im Fahrstuhl überleben. Dennoch behalte ich im Hinterkopf, mir später eine Vision anzuschauen, um sicherzustellen, dass sie nicht verrückt geworden sind.

»Mist«, sage ich zu Eric, als mir spontan eine Idee in den Sinn kommt. »Ich habe vergessen, Mama etwas zu geben. Ich werde ihr schnell folgen.«

»Natürlich«, sagt Eric. »Wir gehen zusammen.«

Schlau. Aber vielleicht versteht er immer noch nicht, was ich zu tun versuche. Mal sehen. »Eigentlich«, sage ich, als hätte ich gerade eine Idee gehabt, »könntest du sie vielleicht einfach an meiner Stelle einholen und ihr das geben?«

Ich lasse ihn nicht antworten, laufe zurück in die Wohnung, fülle Mamas Tee in einen Pappbecher und eile hinaus, um ihn Eric zu geben.

»Sicher doch.« Eric nimmt den Becher und verpufft.

Ich laufe zur Treppe, aber bevor ich auf halbem Weg in den nächsten Stock bin, sehe ich Eric bereits dort stehen und lächelnd auf mich warten.

Verdammte Teleportation.

Wie soll ich ihm jemals entkommen?

KAPITEL VIER

MIR KOMMT EINE NEUE IDEE, und ich tue so, als würde ich Eric dort nicht bemerken. Ich laufe so lange hinunter, bis ich mit einem lauten Plopp gegen ihn stoße.

Der Becher mit dem Tee fliegt auf den Boden, und die Wucht des Aufpralls gibt mir einen Moment, um meine kleine Rache an Eric zu genießen.

Bevor er meine heimliche Bewegung bemerkt, sage ich: »Hey. Das tat weh.«

»Du solltest aufpassen, wo du hingehst«, sagt Eric verlegen, als er den jetzt leeren Becher aufhebt. »Im Allgemeinen würde ich es begrüßen, wenn du unnötigen Körperkontakt mit mir in Zukunft vermeiden könntest. Ich will Neros Befehle nicht missachten, auch nicht aus Versehen.«

Nero hat ihn angewiesen, mich nicht anzufassen? Was ist mit meiner Meinung zu diesem Thema? Vielleicht *will* ich, dass Eric mich anfasst. Ich meine, ich will es definitiv nicht, aber viele Frauen würden es wollen, und überhaupt macht mich diese Einschränkung gelinde gesagt wütend. Nur *ich* sollte entscheiden, wer mich anfasst oder nicht.

»Gehen wir.« Eric bedeutet mir, voranzugehen.

»Vielleicht haben wir das alles falsch angefangen«, sage ich, als wir auf halbem Weg zu unserem Ziel sind. »Ich habe ja eigentlich kein Problem mit dir.«

»Mach dir nichts draus«, sagt Eric. »Wenn du jetzt aufhörst, mir meinen Job so schwer zu machen, sind wir quitt.«

»Natürlich«, lüge ich. »Außerdem habe ich mich gefragt, ob du ein paar Wachen aus deinem Gefolge entbehren könntest, damit sie sich um meine Eltern kümmern?«

Eric räuspert sich. »Nero hat bereits Leute engagiert, die sie beobachten«, sagt er nach einer Pause. »Sie waren mit ihnen hier, deine Eltern wussten das nur nicht.«

Ich erinnere mich daran, dass Nero etwas in diese Richtung angedeutet hat, aber ich wusste nicht, dass er weiterhin jemanden auf meine Eltern aufpassen ließ, nachdem die Bedrohung durch Baba Yaga neutralisiert worden war. Sobald ich ihm meine Meinung zu meiner Inhaftierung gesagt haben werde, muss ich ihm auch dafür danken, dass er sich um sie gekümmert hat.

Ich schätze, seine lästige Angewohnheit, Wachen einzustellen, um Menschen zu verfolgen, ist ein zweischneidiges Schwert.

Als wir an meiner Tür ankommen, schenke ich Eric

einen Welpenblick und sage süß: »Hör zu. Ich will nur Nero in Gomorrha treffen. Du kannst mich persönlich zu ihm bringen, und wenn wir eine Gefahr sehen, kannst du mich davon wegteleportieren. Sobald ich mit Nero zusammen bin, wäre ich sicherer als …«

»Das Szenario, das du beschreibst, ist etwas, was Nero explizit verboten hat«, sagt Eric, nicht unfreundlich. »Es ist zu gefährlich dort, wohin er unterwegs ist.«

»Ach, komm schon. Ich habe ihm jetzt nicht nur einmal, sondern zweimal das Leben gerettet«, sage ich empört. Was Eric sagt, unterstützt meine frühere Theorie, dass er Claudia retten will, und das gefällt mir kein bisschen.

Meine Wache wirft mir einen Blick zu, der zu sagen scheint: *Ich habe die Regeln nicht erfunden, ich halte mich nur an sie.*

Ich beschließe, einen anderen Ansatz auszuprobieren. »Was ist mit meiner Arbeit? Nero würde wollen, dass ich …«

»Eure Büros werden gerade repariert, also wirst du von zu Hause aus arbeiten«, sagt Eric. »Allerdings bezweifle ich, dass von dir in diesem Bereich in naher Zukunft viel verlangt wird.«

Keine Arbeit? Nero muss sich *wirklich* mit seiner Aufgabe beschäftigen.

Ich knirsche mit den Zähnen, betrete die Wohnung und schlage Eric die Tür vor der Nase zu.

Dabei merke ich, dass es mir gar nicht in den Sinn gekommen ist, meinen Eltern von meinen neu entdeckten biologischen Ursprüngen zu erzählen. Andererseits glaube ich nicht, dass ich das jemals tun werde. Nicht nur, weil es Mama verärgern würde, sondern auch, weil es mit dem Cogniti-Zeug verbunden ist und darüber zu reden bedeuten würde, dass man im besten Fall aus allen Körperöffnungen blutet.

Um mich zu beruhigen, atme ich tief aus und nehme die Brieftasche heraus, die ich Eric gestohlen habe, als ich auf der Treppe in ihn gerannt bin.

Hoffentlich finde ich Erpressungsmaterial da drin.

Leider finde ich nur ein Dutzend Filmtickets für einen Haufen neuer Superheldenfilme, ein Bild einer gutaussehenden älteren Frau, die wahrscheinlich seine Mutter ist, Bargeld und eine Menge Kreditkarten und Ausweise.

Das war's mit dieser Idee. Abgesehen davon, Eric mit seiner Costco-Mitgliedschaft in Verlegenheit zu bringen, habe ich nichts, womit ich ihn erpressen könnte.

Könnte ich stattdessen meine Fähigkeiten als Illusionistin einsetzen?

Ich gehe zu meinem Vorrat an magischen Utensilien und mache eine Bestandsaufnahme der unzähligen Optionen, die vor mir liegen.

Falsches Schweben und Manipulieren von Münzen wären ziemlich nutzlos, ebenso wie alles, was mit Karten zu tun hat.

Die einzige Illusion, die im Entferntesten hilfreich sein könnte, ist die, bei der ich es so aussehen lasse, als hätte ich meine Hand durch einen Unfall mit einem Messer verloren. Sobald die Rettungssanitäter kommen und mich mitnehmen, sollte ich reichlich Gelegenheit haben zu entkommen – vorausgesetzt, die medizinischen Fachkräfte würden sich von dieser Illusion täuschen lassen.

Der Effekt *ist* jedoch ziemlich realistisch. Als ich ihn Felix an Halloween vor ein paar Jahren zeigte, wurde er tatsächlich ohnmächtig – oder tat vielleicht so, als wäre er ohnmächtig geworden, damit ich mich wegen des Streiches schuldig fühlte.

Nachdem ich an dem künstlichen Blut geschnüffelt und durch den Rest der Requisiten gegangen bin, entscheide ich, dass das tatsächlich funktionieren könnte, und bereite mich auf den Effekt vor, indem ich den kratzigen Blazer anziehe, den ich für diese Illusion präpariert habe.

Auch wenn das nicht funktioniert, könnte es Spaß machen, den Ausdruck auf Erics Gesicht zu sehen. Nero hat ihm aufgetragen, mich zu beschützen, und er hätte es zugelassen, dass ich ein Körperteil verliere.

Ja, er wird mit Sicherheit ausflippen.

Ich verstecke bereits das spezielle Requisitenmesser in meiner Geheimtasche, als ich ein großes Problem mit meinem Plan erkenne.

Erics Teleportation.

Selbst wenn er mir den *schrecklichen Unfall* abkauft, den er gleich erleben wird, könnte er mich in den Operationssaal eines Krankenhauses teleportieren, anstatt die Rettungskräfte einzuschalten.

Nicht gut.

Performance-Magie wird es diesmal nicht schaffen.

Was ich brauche, ist echte Magie – einen Tarnmantel oder so. Warum konnte mein Lehrer der Einführung nicht mehr wie Dumbledore sein?

Moment mal.

Das Denken an Unsichtbarkeit erinnert mich an gestern, konkret daran, wie Chester seinen Löwen Bert vor den Menschen am Flughafen verstecken konnte, indem er es unwahrscheinlich machte, dass jemand auf das Tier schauen würde. Obwohl das Licht nicht manipuliert wurde, war der Löwe so gut wie unsichtbar.

Die Frage ist: Kann Chester den Trick aus der Ferne ausführen?

Wahrscheinlich, entscheide ich nach einem Moment. Schließlich konnte er sich aus der Ferne mit Darians Kräften anlegen, warum also nicht auch das?

Ja, das ist es. Ich muss mit Chester reden. Und wenn wir schon dabei sind, kann er mir vielleicht sagen, wie ich feststellen kann, ob ich auch Wahrscheinlichkeits-manipulationskräfte habe.

Aufgeregt ziehe ich mein Telefon heraus und wähle seine Nummer.

Das Telefon klingelt eine Weile, bevor jemand drangeht.

»Du.« Chester klingt nicht nach seinem üblichen fröhlichen Selbst. »Du hast Mut, mich anzurufen.«

»Hallo auch an dich«, sage ich verwirrt. »Was ist denn heute in dich gefahren?«

»Stell dich nicht so dumm«, sagt Chester mit einem eisigen Grundton in seiner Stimme. »Ich habe meine Tochter gefragt, wie sie sich dir unterwerfen konnte, und sie hat mir *alles* erzählt.«

Oh-oh. Ich glaube, ich weiß, wo …

»Du hast sie mit einer Waffe bedroht?«, knirscht Chester hervor. »Auf sie geschossen?«

Genau genommen habe ich mit ihr russisches Roulette gespielt, und sie hat die Feindseligkeiten begonnen, aber ich glaube nicht, dass es besser klingen würde, wenn man das so sagt.

»In der Waffe waren keine Kugeln, ich schwöre«, sage ich stattdessen. »Ich war nur …«

»Du hast sie getreten, als sie auf dem Boden lag! Dann hast du deinen Leibwächter noch einmal seine Waffe auf sie richten lassen.«

Wenn er es so ausdrückt, fühle ich mich irgendwie schlecht – besonders im Hinblick auf das, was ich später über ihre tragische Familiensituation erfahren habe. Zu meiner Verteidigung hat der Teenager etwas Böses über Rose gesagt, kurz nachdem meine Freundin ermordet worden war, also war ich nicht ich selbst, als ich so heftig reagierte.

Trotzdem bin ich nicht sicher, ob eine solche Entschuldigung vor Gericht gelten, geschweige denn ein verärgertes Elternteil beruhigen würde.

»Du hast *großes* Glück, unter Neros Schutz zu stehen«, sagt Chester in einem Ton, der mir einen Kälteschauer über den Rücken jagt. »Aber selbst damit, wenn du meinem Baby jemals wieder wehtust, bist du tot.«

»Es tut mir leid. Ich wollte wirklich nicht ...«

Chester legt auf, bevor ich meinen Satz beenden kann.

Ich widersetze mich dem Drang, zurückzurufen und ihn daran zu erinnern, dass er mir noch einige Lektionen über Wahrscheinlichkeitsmanipulation schuldet. Etwas sagt mir, dass das vielleicht nicht klug ist – nicht, wenn ich nicht will, dass mir unglücklicherweise ein Stein auf den Kopf fällt.

Ich hoffe nur, dass Chester *wirklich* Angst vor Nero hat und mir somit keine Probleme macht – oder die Chancen erhöht, dass ich in Schwierigkeiten komme.

Es sei denn, er hat es bereits getan, und deshalb habe ich *Eric & Co* am Hals.

Nun, egal, was die Ursache meiner aktuellen Zwangslage ist, ich muss einen anderen Weg finden, um unsichtbar zu sein.

Etwas, was ich selbst tun kann.

Und da trifft es mich.

Ich *kenne* einen anderen Weg.

Einen Seher-Weg.

Ich kann tun, was der Bannik getan hatte, als er mir half, aus der Banja zu entkommen, wo Baba Yaga uns wie Rinder züchten wollte. Er hatte seine Kräfte genutzt, um zu erfahren, wo jeder zu bestimmten Zeitpunkten sein würde, und mir dann gesagt, wie ich gehen soll, ohne gesehen zu werden.

Es ist nicht ganz so effektiv wie das, was Chester macht, aber es könnte trotzdem funktionieren.

Und wenn der Bannik es kann, sollte ich das auch können.

Mit einem beruhigenden Atemzug gehe ich in den Leerraum.

———

ICH IGNORIERE DIE FORMEN, die mich standardmäßig umgeben, und konzentriere mich auf die Essenz von Eric – oder dem, was so nah wie möglich an sie herankommt, basierend auf seinem Aussehen, dem Inhalt seiner Brieftasche und dem, was ich aus unseren kurzen Interaktionen gelernt habe. Als das nicht funktioniert, werfe ich meine Gefühle für den Kerl mit dazu – hauptsächlich Verärgerung.

Letzteres scheint seinen Zweck zu erfüllen, und eine große Wolke von sicher aussehenden Formen erscheint um mich herum, wobei sich eine der Formen subtil von den anderen unterscheidet. Meine Vermutung ist, dass sie alle Eric zeigen, wie er im Flur steht, aber diese leicht andere Form könnte andeuten, dass er etwas anderes macht. Etwas, was ich gebrauchen kann.

Entschlossen greife ich nach der Form.

———

KÖRPERLOS BEOBACHTE ICH ERIC, wie er schnell den Flur hinuntergeht.

Ich folge ihm für einige Minuten von der gleichen Perspektive aus, und ich bemerke eine leichte Unregelmäßigkeit in seinem Schritt.

Er hält am Müllschacht an und wirft einen Blick auf meine Wohnungstür.

Die Tür ist verschlossen.

Eric sieht kurzzeitig unentschlossen aus, dann macht er seinen Teleportationstrick.

Interessanterweise schließt sich mein körperloses Ich ihm an diesem neuen Ort an – was für mich Sinn ergibt, da *er* es war, auf den meine Vision abzielte, nicht der Flur.

Angesichts der Reihen von ausgefallenen Urinalen und der vergoldeten Waschbecken muss es sich um ein Herrenbad in einem teuren Hotel oder einem schicken Restaurant handeln.

Treffer.

Auf irgendeiner Ebene hatte ich darauf gehofft, als ich ihm Kaffee anbot – ein altbekanntes Diuretikum.

Wie um meine Vermutung zu bestätigen, geht Eric zum nächsten Urinal und beginnt, seinen Reißverschluss zu öffnen.

Dann endet die Vision.

———

ZURÜCK AUS DEM LEERRAUM, verdaue ich, was ich gerade gelernt habe.

In naher Zukunft wird Eric hoffentlich auf den Ruf seiner Blase hören und seinen Posten vorübergehend aufgeben, um seinen Gecko zu entwässern.

Das gibt mir ein Fenster, um an ihm vorbeizuschlüpfen – wahrscheinlich dem am schwersten zu umgehenden Wachposten auf dem Weg in die Freiheit.

Nur, dass mir eine wichtige Information fehlt.

Wann genau wird Eric den Bedürfnissen des mächtigen Flüssigkeitsdrucks nachgeben?

Es gab keinen Hinweis in der Vision selbst, aber es *gibt* einen Weg, wie ich das herausfinden kann.

Ich gehe zur Tür, nehme mein Telefon heraus und überzeuge mich selbst, folgendes zu tun: Warte, bis sich die Zeit »richtig« anfühlt, dann gehe ich raus und schaue auf mein Telefon, um die Zeit zu überprüfen.

Als ich kurz davor bin, die Tür zu öffnen, springe ich stattdessen in den Leerraum.

ES IST ein Fall von Déjà-vu. Eine große Wolke von fast identischen Formen umgibt mich, mit einer, die sich leicht abhebt.

Ich wette, die meisten davon sind Visionen von mir, wie ich direkt vor Eric aus der Tür gehe und auf die Uhr schaue, aber diese ungewöhnliche ist die, bei der ich hinausgehe und er nicht da ist.

Wenn ich recht habe, wird es der Beweis dafür sein,

dass ich mit diesem ganzen Leerraum-Zeug besser werde.

Ich pulsiere vor Eifer und berühre die betreffende Form.

ICH ÖFFNE die Tür und gehe hinaus.

Ja.

Eric ist nicht hier.

Ich schaue auf die Uhrzeit.

Auf dem Display steht 10:31:11.

Ich eile zur Treppe …

ZURÜCK IN DER Wohnung schaue ich mir die aktuelle Zeit an.

Es sind nur noch wenige Minuten, bis die Luft rein ist.

Oh, nun … ich kann die Zeit nutzen, um mittels Visionen nach einigen Leuten zu sehen, die mir wichtig sind.

Ich gehe zum Sofa, stelle meinen Telefonalarm auf 10:29 Uhr und schalte den Fernseher so laut wie möglich ein – etwas, was später nützlich sein könnte.

Der Bachelor kommt, während ich mich auf einen Sprung in den Leerraum vorbereite. Und obwohl Reality-TV das Konzentrieren fast so schwer macht wie ein Kampf um mein Leben, gelingt es mir sofort.

Sobald ich dort bin, versuche ich noch einmal, mit meinem Vater zu sprechen.

Erfolglos.

Als Nächstes beschließe ich, nach Ariel zu schauen.

Die Ariel-bezogenen Formen scheinen nichts Schlechtes zu verheißen, aber ich berühre trotzdem eine, für alle Fälle.

———

ARIEL SITZT auf einem Plüschsofa in einem beruhigend beleuchteten Raum. Sie zieht an einer E-Zigarette, atmet eine weiße Wolke aus und tauscht dann den Apparat gegen Stricknadeln.

Sie strickt gerade eine Minute, als jemand an die Tür klopft.

»Komm rein«, sagt Ariel, und ihre Finger tanzen weiter um die dicken Fäden.

Zu meiner Überraschung kommt mein biologischer Vater in einem silbernen Outfit im Gomorrha-Chic, das ihn wie ein Statist in einem Sci-Fi-Film aussehen lässt.

Ariel hört auf zu stricken. »Grisha? Was machst du hier?«

Rasputin zuckt mit den Schultern und zeigt erst auf seinen Mund und dann auf seine Ohren.

»Oh ja«, sagt Ariel. »Du verstehst mich nicht.«

Rasputin hält seine Hand in einer Warte-Geste nach oben und holt dann ein kleines Gerät aus der Tasche.

Auf Russisch sagt er: »Erstaunlich, was die Technologie auf dieser Welt leisten kann.«

Das Gerät erwacht zum Leben und übersetzt seine Aussage ins Englische – allerdings mit einer roboterhaften Männerstimme.

»Definitiv«, sagt Ariel, und das Gerät übersetzt das ins Russische. »Ich denke, wir sind dieser Art von Technologie auch auf der Erde sehr nahe.«

»Das ist ein kleines Wunder.« Rasputin geht zum nächsten Stuhl und setzt sich vorsichtig hin. »Wir hatten neulich keine Gelegenheit zum Reden.« Er lächelt schüchtern. »Da wir derzeit auf derselben Welt festsitzen, dachte ich mir, ich besuche dich einfach mal.«

»Das ist lieb von dir«, sagt sie. »Es sei denn, du hast Sasha-bezogene Absichten.«

Er schaut auf das fraktale Design des Teppichs zu seinen Füßen. »Nun, ich *hatte* gehofft, dass du mir etwas über meine Tochter erzählen könntest.«

Ariel runzelt die Stirn.

»Natürlich nur solche Sachen, die sie nicht stören würden. Nur ein paar Kleinigkeiten – wie sie in der Schule gewesen war, deine Lieblingszaubertricks von ihr, was sie gerne isst … alles, was kein Vertrauensbruch deinerseits wäre.«

»Hmm.« Ariel legt eine ihrer Nadeln wieder weg und zieht an ihrem Vaporisator. »Ich fühle mich nur wohl dabei, die Art von Zeug zu erzählen, das du von sozialen Medien lernen würdest.«

»Alles«, sagt er.

»Wäre es nicht besser, wenn du selbst mit Sasha reden würdest?« Sie bietet ihm ihren Apparat an, und er schüttelt den Kopf. »Ich bin sicher, dass sie begierig darauf ist, mit dir zu sprechen«, fährt Ariel fort.

»Das würde mir gefallen«, sagt mein Vater. »Leider kann ich nicht zur Erde gehen, um mit ihr persönlich zu sprechen, und ich habe alle meine Kräfte aufgebraucht, um Nero einen Gefallen zu tun.«

Deshalb antwortet er nicht auf meinen Ruf im Leerraum. Gut zu wissen, dass er mir nicht aus dem Weg geht – und mehr noch ein Grund, aus meinem provisorischen Gefängnis zu entkommen.

»Ein Gefallen für Nero?« Ariel nimmt die Nadeln wieder auf. »Ich bin neugierig. Wie wäre es mit einer kleinen Gegenleistung?«

Die Übersetzungsmaschine killt die Bedeutung ihrer Worte, und sie muss bekräftigen, dass sie Informationen über Nero gegen ein Quiz über mich eintauschen will.

»Ich darf nur sagen, dass Nero kurz davor steht, eine Selbstmordmission zu starten«, sagt Rasputin seufzend. »Ich brauchte all meine Kraft, um eine Vorgehensweise zu finden, die ihm eine kleine Überlebenschance bietet.« Er reibt sich die Schläfen. »Selbst wenn sich die Verbündeten, die ich ihm empfohlen habe, ihm anschließen, sind die Erfolgsaussichten gering.«

Ariels Stirnrunzeln vertieft sich. »Ich verstehe das nicht. Ich dachte, ein Seher könnte genau herausfinden, was man tun muss.«

»Was er beabsichtigt, ist so gefährlich, mit so vielen Möglichkeiten, zu sterben, dass ich mir zu viele Zukünfte ansehen musste – und so ging mir die Sehkraft aus, ohne einen sicheren Weg zum Sieg für ihn zu finden«, sagt Rasputin. »Ich bin immer noch nicht so stark, wie ich sein kann, aber zumindest konnte ich ihn vor offensichtlichen Sackgassen warnen.«

»Besser als nichts«, sagt Ariel. »Warte mal kurz. Begleitet Sasha ihn auf dieser Selbstmordmission?« Sie sieht bereit aus, aufzuspringen und aus der Tür zu schießen.

»Nein«, sagt Rasputin eindringlich. »Sie geht nicht mit. In diesem Punkt waren wir uns einig.«

Wenn ich einen Mund hätte, würde ich Ariel bitten, ihm mehr Fragen zu stellen, aber ich habe keinen, und in einem Moment ist es sowieso egal.

Meine Vision endet.

KAPITEL FÜNF

ICH LIEGE AUF EINER COUCH, und alle Ruhe ist verschwunden.

Es gibt fast keinen Zweifel mehr daran. Nero ist hinter Claudia her. Ich kann mir nichts anderes vorstellen, was so gefährlich ist wie eine Reise in die Drachenwelt.

Als ob ich *noch einen* Grund bräuchte, um nach Gomorrha zu gehen, muss ich jetzt Nero davon abhalten, etwas zu tun, was ihn höchstwahrscheinlich umbringen wird.

Wenn jemand Nero töten wird, werde ich es sein, weil er mich nicht mitgenommen hat und sich überhaupt wie ein Idiot benimmt.

Ich stehe auf, gehe im Apartment hin und her und versuche, die Uhr zu zwingen, schneller zu laufen.

Als ich der Katze fast auf den Schwanz trete – ein Vergehen, das dem Blick Luzifers nach zu urteilen mit dem Tod bestraft werden könnte – gehe ich zurück auf die Couch.

Anstatt mich selbst verrückt zu machen, kann ich zumindest in Neros Zukunft schauen.

Ich schließe die Augen, beschwöre den notwendigen Fokus und greife nach dem Leerraum.

———

ICH KOMBINIERE Neros Essenz mit meinem Drang, ihn zu erwürgen, und erziele sofort Ergebnisse.

Zu meiner großen Erleichterung spielen die quaderförmigen Formen um mich herum eine beruhigende Melodie.

Gut.

Er ist in *dieser* Zukunft in Sicherheit.

Ich entscheide, dass ich genauso gut herausfinden kann, was er vorhat, und greife nach der nächsten Form.

———

NERO UND ISIS gehen in einen Raum, der dem unheimlich ähnlich sieht, in dem Ariel saß, und drehen sich zu *mir* um.

Allerdings kann ich nicht ich sein. Ich bin körperlos, was bedeutet, dass ich nicht da bin. Und die einzigen Male, die ich mich so in einer Vision gesehen habe, war ich bewusstlos.

Oh, und ich würde dieses knappe Outfit nie

freiwillig tragen, es sei denn, ich würde mich für eine Karriere in einem Bordell entscheiden.

»Die echte Sasha sieht besser aus«, knurrt Nero und verschränkt seine Arme vor seiner Brust. »Dein linker Wangenknochen ist falsch und …«

»Unmöglich«, sagt die falsche Sasha mit Kits Stimme und verwandelt sich dann in sich selbst. »Du weißt nur, dass ich nicht sie bin, also ist deine rosarote Brille weg.«

Nero atmet ungeduldig aus. »Ich habe einen wichtigen Geschäftsvorschlag, den ich besprechen wollte, aber wenn …«

———

MEINE VISION BRICHT AB. Wie ärgerlich.

Ich möchte wissen, welches Geschäft er mit dem formwandelnden Ratsmitglied besprochen hat.

Andererseits kann ich es mir denken.

Rasputin erwähnte, dass Neros Erfolg davon abhängt, Verbündete zu finden. Wenn das der Fall ist, kann ich mir keinen besseren Kandidaten als Kit vorstellen.

Ich springe zurück in den Leerraum und versuche, die Fortsetzung der gleichen Vision zu erwischen.

———

NERO, Kit und Isis betreten einen schwach

beleuchteten Raum mit futuristisch anmutender Technologie.

Dies ist entweder die Gomorrha-Version einer Männerhöhle oder ein Raumschiff.

Entfernte Klänge pulsierender Musik lassen mich denken, dass dies irgendwo in Neros Klub ist, was mir sagt, dass diese Vision nicht nur der falsche Zeitpunkt, sondern auch der falsche Ort ist. Dies geschieht außerhalb der Reha-Einrichtung und *nachdem* Kit sich rekrutieren ließ.

»Warum konnten wir nicht einfach persönlich mit ihr reden?«, fragt Kit Nero, als er mit den blinkenden Lichtern eines Geräts spielt, das aussieht, als ob es ihn auf das Raumschiff Enterprise beamen könnte.

»Wenn sie dich oder mich persönlich sieht und das Wort ›Gefallen‹ hört, wird sie entweder wegrennen oder uns mit ihren Kräften beschießen«, sagt Nero. »Das ist besser für ihre empfindliche Psyche. Vertrau mir, ich bin viel besser mit Leuten als …«

Itzel taucht in der Mitte des Raumes auf.

Nun, nicht wirklich.

Es ist ein Hologramm von Itzel.

Sie trägt etwas, was wie ein Laborkittel aussieht, und ihr Atemschutzgerät ist viel eleganter als das, woran ich mich erinnere.

Wow.

Das ist ein erstaunlich genaues Hologramm. So etwas wäre mit der Erdtechnologie nicht möglich.

Oh, und ich kann nicht glauben, dass ich Itzel in

einer Vision sehe, denn als Zwergin ist sie resistent gegen meine Kräfte.

Aber ich denke, es ergibt trotzdem Sinn. Es sieht so aus, als ob nur die physische Präsenz eines Zwerges immun gegen Sehervisionen ist, aber nicht in einer Zukunft, in der Nero über ein Hologramm, Telefon oder Skype mit einem spricht.

Interessant.

Das kann nützlich sein, wenn ich jemals einen Blick in die Zukunft eines Zwerges werfen muss. Ich könnte Felix bitten, eine Drohne zu bauen, um den Gnom die ganze Zeit auszuspionieren und dann die Zukunft von jemandem zu sehen, der sich die Aufnahmen der Drohne ansieht. Und voilà – die Zukunft eines Zwerges.

»Was wollt ihr beide?« Itzel klingt panisch und blickt zwischen Nero und Kit hin und her. »Es gibt keine Möglichkeit, dass ich euch auf weitere Abenteuer begleite. Es gibt nicht genug Geld …«

»Ich brauche dich als technische Beraterin«, sagt Nero beruhigend. »Du bist die klügste Zwergin, der ich je begegnet bin.«

Sofort beruhigt, steht Itzel gerader, und eine schwache Errötung erwärmt ihr Gesicht.

»Ist sie nicht die einzige Zwergin, die du je getroffen hast?«, formt Kit verschwörerisch mit ihrem Mund in Neros Richtung.

Nero ignoriert sie, geht auf Itzels Hologramm zu und sagt: »Ich brauche Technologie für eine Welt, in der sie eigentlich nicht funktionieren sollte.«

»Das klingt nach einem Widerspruch.« Itzels Hologramm tritt von ihm zurück. »Kannst du etwas genauer werden?«

»Ja.« Nero stoppt seinen Vormarsch. »Erstens entzündet sich Schießpulver nicht. Zweitens …«

———

DIE VISION ENDET WIEDER EINMAL mit einem interessanten Teil.

Nun, vielleicht.

Es besteht eine gute Chance, dass Itzel dabei war, die Kontrolle zu verlieren.

So oder so, es war schön, zu sehen, dass es ihr gut geht. Ich werde sie bald besuchen müssen. Ich wette, sie bekommt einen Herzinfarkt, wenn sie mich sieht. Sie wird denken, dass ich auch gekommen bin, um sie für ein gefährliches Abenteuer zu rekrutieren.

Auf jeden Fall klingt es, als würden viele interessante Dinge passieren, weshalb ich dringend nach Gomorrha muss.

Wie als Antwort auf meine Gedanken ertönt mein Handyalarm.

Endlich.

Ich springe auf und eile zur Tür.

Als es genau 10:31:11 Uhr ist, öffne ich die Tür und laufe zur Treppe.

Als ich die Etage unter meiner erreicht habe, höre ich auf zu laufen und gehe stattdessen leise.

Eric war wahrscheinlich schon wieder auf seinem

Posten. Der Fernseher, der laut in meiner Wohnung läuft, soll ihn glauben lassen, dass ich immer noch da bin. Wenn nicht, werde ich jeden Moment abgefangen.

Ich schleiche mich einen Stock hinunter, dann noch einen.

Niemand folgt mir.

Als ich den zweiten Stock erreiche, bleibe ich stehen.

Eric erwähnte die Wachen rund um das Gebäude, also brauche ich eine Strategie.

Aber zuerst die Aufklärung.

Ich überzeuge mich selbst davon, dass ich im Begriff bin, aus dem Haupteingang zu gehen, und springe dann in den Leerraum, um zu sehen, wie sich dieser zweifelhafte Plan entwickeln würde.

———

THALIA UND EIN TYP, den ich nicht kenne, starren mich mit unterschiedlich starker Ungläubigkeit an, als ich aus der Tür trete.

Ich renne in die entgegengesetzte Richtung – aber laufe in einen anderen Kerl, den ich nicht kenne, der mich mit seinen Wurstfingern an der Rückseite meines Blazers packt.

Bevor ich mich aus seinem Griff losreißen kann, ist Thalia schon da, und der andere auch.

Es gelingt ihnen nicht gleich, mich festzuhalten – aber nur, weil sie versuchen, mich nicht zu verletzen.

Das Nächste, was ich weiß, ist, dass ich unter

Treten und Schreien in meine Wohnung getragen werde …

———

ICH BIN WIEDER auf der Treppe.

Nun, das lief so gut, wie ich erwartet hatte. Was ist mit dem Hintereingang? Dem, den der Hausmeister benutzt, um den Müll rauszubringen?

Ich beschließe, diesen Weg auszuprobieren, und gehe in den Leerraum, um zu sehen, wie es laufen würde.

———

EIN TYP IN EINEM ANZUG, der eine Zigarette raucht, schaut gerade von der Tür weg, als ich sie öffne.

Ich schätze, das ist ein guter Anfang. Es wäre schlimmer, wenn er mich direkt anstarren würde.

Dennoch sehe ich keine Möglichkeit, an ihm vorbeizukommen, ohne dass er mich bemerkt.

Wenn ich Jason Bourne wäre, würde ich diesen Kerl mit einem Karateschlag auf den Hinterkopf treffen oder seinen Hals mit meiner Armbeuge würgen, bis er das Bewusstsein verliert. Aber da ich es nicht bin, entscheide ich mich für eine subtilere, von Spionen inspirierte Taktik.

Ich nehme ein Kartenspiel aus meiner Tasche und werfe es nach rechts, da ich auf den Mülleimer ziele.

Der Knall ist noch lauter, als ich gehofft hatte, und

als die Wache nach rechts schaut, springe ich nach links.

Aber ich schaffe es nur einen halben Meter weit, bevor eine große, nach Tabak riechende Hand mein Haar packt und mich dabei fast skalpiert.

»Und wo willst du hin?«, knurrt die Wache, ergreift schmerzhaft meine Schulter und hinterlässt zweifellos Spuren.

———

DAS WAR'S ALSO.

Der Typ ist nicht nur gut in seinem Job, er ist auch unglaublich grob.

Könnte ich sein Arschlochverhalten als Erpressung benutzen? Angesichts dessen, was Nero den Orks angetan hat, als ich einen blauen Fleck bekam, würde es ihm ernsthaft etwas ausmachen, wenn dieser Kerl mich so anfasst.

Andererseits … Wie kann ich jemanden erpressen, wenn das Schlechte, das er tut, in der Zukunft liegt? Außerdem scheint dieser Kerl nicht klug genug zu sein, um die Folgen seiner Handlungen zu erkennen – er könnte das gesamte Konzept von Ursache und Wirkung nicht verstehen – was für Erpressung sehr wichtig ist.

Oh, na ja. Wenigstens habe ich in Erfahrung gebracht, dass es nur eine Wache an diesem Eingang gibt, und ich weiß, wo er stehen wird, wenn er eine Zigarette braucht.

Ich benutze den Leerraum ein paarmal hintereinander, bevor ich einen Plan entwickele, auf den sogar der Bannik stolz gewesen sein könnte.

Zuerst nehme ich mein Telefon heraus und rufe mir ein Taxi. Als Nächstes gehe ich die Treppe zum Keller hinunter und nehme mir auf dem Weg ein schweres Rohr mit. Dann mache ich mich auf den Weg zum Ausgang und halte an der Tür an, um den Status meines Taxis mit der App zu überprüfen.

Genau wie ich es vorausgesehen habe, sagt mir die App, dass mein Auto draußen wartet. Ich melde dem Fahrer, dass ich fast da bin und dass ich gutes Trinkgeld für eine schnelle Abfahrt geben werde.

Um sicherzustellen, dass es Zeit ist, atme ich tief durch das Schlüsselloch ein.

Ja. Es riecht wie ein Aschenbecher. Er raucht, wie in meinen Visionen.

Ich umklammere das Rohr so fest, dass meine Knöchel weiß werden, und öffne die Tür.

Der Wächter hat mir seinen Rücken zugewandt, genau so, wie er es sollte.

Ich unterdrücke meine Schuldgefühle, kanalisiere Jason Bourne und schlage der Wache mit dem Rohr auf den Hinterkopf.

Der Kerl lässt die Zigarette fallen, ist aber immer noch bei Bewusstsein – wie erwartet.

Also schlage ich ihn noch zweimal – so viele Schläge habe ich in meinen Visionen gebraucht.

Da hat jemand einen *sehr* dicken Schädel.

Er bricht bewusstlos zusammen, und ich stampfe

auf seine Zigarette, um sicherzustellen, dass das Gebäude nicht abbrennen wird.

In der letzten meiner Visionen überprüfte ich die Vitalwerte des Kerls, und es ging ihm gut, also kümmere ich mich diesmal nicht darum.

So weit, so gut. Dieser nächste Teil ist jedoch Neuland, da meine Visionen nicht so weit gingen.

Ich atme tief ein und laufe zum Taxi.

Wie ich gehofft hatte, hat der Fahrer nicht gesehen, was gerade passiert ist. Nicht, dass es wichtig wäre, weil ich für diesen Fall eine zu Tränen rührende Geschichte über eine missbräuchliche Beziehung parat gehabt hätte.

Als wir wegfahren, tue ich so, als wäre mein Telefon auf den Boden gefallen und ich würde nach ihm suchen, während wir dort vorbeifahren, wo Thalia und die anderen Wachen stehen.

Ein paar Blocks später *finde* ich mein Handy, schalte den Selfie-Modus ein und schaue mit der Kamera hinter uns, ohne mich umzudrehen.

Keine Verfolger.

Treffer.

Gomorrha, ich komme.

Ariel und Rasputin werden sich freuen, mich zu sehen, obwohl ich schätze, dass das bei Nero eher nicht der Fall sein wird.

Dann fällt mir etwas ein: Felix könnte es mir übelnehmen, dass ich ihm nicht die Chance gegeben habe, die Arbeit ausfallen zu lassen und Ariel zu besuchen.

Nun, das kann leicht behoben werden.

Ich wähle Felix' Nummer, aber er nimmt nicht ab.

Ich schreibe ihm als Nächstes eine SMS, aber erhalte auch hier kein Ergebnis.

Was ist das mit den Menschen und der Funkstille heute?

Während ich darüber nachdenke, beschäftigt etwas an Felix' Reaktionslosigkeit meine Intuition, und eine Welle von Angst breitet sich in mir aus.

Mist.

Ist er in Schwierigkeiten?

Ich tauche in den Leerraum ein, als wäre er ein Pool aus eisigem Wasser.

Kein Wunder, dass die Formen, die mich hier verfolgen, eine erschreckende Melodie spielen.

Bereit, eine tödliche Zukunft zu sehen, greife ich nach dem schlimmsten Verursacher.

KAPITEL SECHS

ICH BIN KÖRPERLOS – ein Indikator dafür, dass nicht ich, sondern jemand, der mir wichtig ist, sich in Gefahr befindet.

Ein Haufen seltsamer Männer steht auf einem grauen Bürgersteig in Manhattan. Jeder der Männer trägt ein *Kossoworotka,* ein weißes Leinenhemd mit einem seitlich versetzten Kragen und roter Stickerei – traditionelle russische Kleidung, die ich während meines Sprachunterrichts kennengelernt habe.

Die Älteste der Bande trägt einen Spitzbart, zum Hemd passende traditionelle Hosen sowie *Lapti-Schuhe,* die ein enger Verwandter der Strohkörbe sind.

Die jüngeren Jungs sind weniger hardcore, da sie Jeans und Sneakers unter ihren Kossoworotkas haben.

»Es ist hier«, sagt ein Typ mit einer falkenartigen Nase auf Russisch und zeigt auf ein großes graues Gebäude.

»Bist du sicher?«, fragt der ältere Mann. »Ich will dich natürlich nicht beleidigen, aber …«

»Es ist 120 West 24th Street«, antwortet der jüngere Kerl und zeigt jedem seinen Smartphone-Bildschirm. »Wirst du jemals moderner Technologie vertrauen?«

Laut der GPS-App auf dem Bildschirm sind sie tatsächlich dort, wo der Typ sagt.

»Wie nennt man das hier?« Der ältere Mann schiebt seinen Ärmel hoch, um eine altertümlich aussehende Armbanduhr zu enthüllen. »Der Rest von dem, was ihr moderne Technologie nennt, ist nur ein Mittel, um alle zu verwirren.«

Als sie denken, dass er sie nicht sehen kann, verdreht der Rest seiner Crew die Augen. Die Falkennase geht in das Gebäude, und alle folgen ihm. Sie steigen in den Aufzug und drücken den Knopf für den siebten Stock. Dort angekommen, gehen sie zur Wohnung 7 J, und der ältere Mann klopft höflich an.

»Arbeiten Sie für Mr. Preysler?«, fragt Felix hinter der Tür. »Er hat nicht erwähnt, dass jemand vorbeikommen würde.«

Natürlich ist es Felix, der in Gefahr ist. An ihn zu denken, war es, was mein Unwohlsein verursacht hat.

Wenn ich einen Mund hätte, würde ich Felix dringend bitten, zu fliehen, aber ich kann nicht.

»Sasha, würdest du bitte?«, fragt der ältere Kerl und verwirrt mich, bis ich sehe, dass er erwartungsvoll auf denjenigen mit der Falkennase und dem Telefon schaut.

Also ist der Name dieses Kerls auch Sasha? Ich weiß, dass mein Name in Russland häufig als Abkürzung für Alexander verwendet wird, aber da ich in Amerika lebe, bin ich noch nie einem männlichen Sasha begegnet.

Mein Namensvetter nickt feierlich, zieht Dietriche aus seiner Jeans und macht kurzen Prozess mit der Tür – der Beweis, dass wir nicht nur unseren Namen gemeinsam haben.

»Wer auch immer Sie sind, ich habe die Polizei gerufen«, schreit Felix hinter der Tür. »Ich bin auch bewaffnet …«

Die Tür schwingt auf, und mein Namensvetter tritt ein, gefolgt von den anderen jungen Kerlen.

Felix flieht, und ich höre Bewegung im Inneren.

Der ältere Mann geht gemächlich hinein und folgt der Spur der kaputten Möbel.

Als er das Büro betritt, haben seine Verbündeten Felix in einem großen Computerstuhl gefesselt, wobei mein Namensgeber und ein Mann, der mich an ein Wiesel erinnert, bedrohlich neben ihm stehen.

»Das ist aber ein Pech«, sagt der ältere Mann in akzentvollem Englisch und schüttelt den Kopf über die unzähligen kaputten Monitore auf dem Boden. Dann richtet sich sein Blick auf Felix' verängstigten Gesichtsausdruck. »Es gab keinen Grund für Unannehmlichkeiten. Wir sind nur hier, um dir ein paar Fragen zu stellen, das ist alles.«

»Wer seid ihr?«, fragt Felix auf Englisch mit zittriger Stimme. Dann scheint er die Kleidung zu bemerken, weil er auf Russisch wechselt. »Was seid ihr?«

»Nenn mich Woland«, sagt der ältere Mann. »Das ist Sasha«, er nickt meinem Namensvetter zu, »und das ist Boris.« Er zeigt auf den Wieseltypen.

»Sicher«, murmelt Felix leise, und seine Augen huschen von Woland zu Sasha und dann zu Boris. »Das erklärt alles. Danke.«

»Gib uns einfach die Informationen, die wir brauchen. Bitte«, sagt Woland sanft. »Die Alternative ist eine Welt voller Schmerzen.«

Felix sinkt in seinem Stuhl zusammen. »Was wollt ihr wissen?«

»Grigori Jefimowitsch Rasputin«, sagt Woland. »Bitte sag uns, wo wir ihn finden können.«

Mein Mitbewohner erblasst sichtbar. »Rasputin? Du meinst den Mystiker aus der Geschichte?«

»Ich möchte lieber keine Spielchen spielen«, sagt Woland müde. »Ich kann diesen *Mraz'* praktisch an dir riechen.« Woland kommt Felix so nah, dass sein Ziegenbart die Wange meines Freundes berührt. »Bitte sag mir, wo er ist, sonst muss ich dich an Sasha und Boris übergeben.«

»Es tut mir leid.« Felix' Stimme zittert. »Ich weiß wirklich nicht, wovon du redest.«

»Sei so freundlich und zeige ihm deine Macht«, sagt Woland zu seinem jüngeren Mitarbeiter.

Mein Namensvetter schließt die Augen und berührt Felix' freiliegendes Handgelenk mit hochkonzentriertem Gesicht.

»Jeder von uns hat eine Affinität zu einem Organ im Körper«, sagt Woland. »Sashas ist das Gehirn.« Er sieht meinen Namensvetter wie ein stolzes Elternteil an. »Wenn er seine Macht vollständig beherrscht, wird er dich zwingen können, zu sagen, was wir brauchen. Aber im Moment müssen wir einen indirekteren Ansatz verfolgen.« Sein Tonfall wird fast entschuldigend. »Obwohl Schmerzen ein komplexes neurologisches Phänomen sind, fand Sasha eine Abkürzung zu ihnen, indem er einen Bereich, die dorsale hintere Insula, überstimuliert. Das Ergebnis ist ein intensiveres Schmerzerlebnis.«

Er nickt Boris zu, der dreckig grinst und mit dem Finger gegen Felix' Stirn schnippt.

Felix keucht, als ob er von einem Baseballschläger getroffen worden wäre, seine Nasenlöcher beben, und seine Augen tränen.

Er schreit nicht, aber ich weiß, dass er es möchte.

»Verstehen wir uns jetzt?«, fragt Woland. »Bitte sag mir, was ich wissen möchte.«

»Ich kann nichts sagen, was ich nicht weiß«, keucht Felix.

Enttäuscht schüttelt Woland den Kopf und nickt Boris zu, der grinst und Felix mit offener Handfläche auf die Wange schlägt.

Diesmal kann Felix einen Schrei nicht unterdrücken.

Eigentlich klingt es wie das Heulen eines verwundeten Tieres.

Als das Schreien aufhört, ist Felix' Atem stockend und ungleichmäßig, als würde er gleich ersticken.

Woland sieht das alles missbilligend, holt ein Taschentuch heraus und wischt einen der Schweißflüsse ab, die über Felix' Gesicht fließen.

»Bitte«, sagt Woland. »Er würde nicht für dich leiden, wenn die Rollen vertauscht wären.«

Felix, der nach Luft schnappt, schafft es irgendwie noch, den Kopf zu schütteln.

Boris schaut Woland begierig an, und der ältere Mann nickt.

Boris ballt seine Hand zur Faust und schlägt Felix so stark auf die Nase, dass ein Geräusch von brechenden Knochen zu hören ist.

Diesmal schreit Felix nicht einmal. Stattdessen rollen seine Augen zurück, und sein Körper krampft, als hätte er einen Anfall.

Dann setzt seine Atmung aus.

Boris schaut verwirrt auf seinen Chef, dann wieder auf Felix' aschgraues Gesicht.

Woland geht zu Felix hinüber und überprüft den Puls an seinem Hals.

»Das Herz hat aufgehört zu schlagen«, sagt er und blickt Boris missbilligend an. »Du solltest den Schmerz langsam eskalieren lassen, nicht ihn in einen Schock versetzen.«

»Nun, du bist der Herzexperte«, sagt Boris defensiv. »Kannst du nicht etwas tun?«

»Meine Spezialität ist es, Herzen anzuhalten, nicht, sie zum Schlagen zu bringen.« Woland nimmt seine

Hand von Felix' Hals und tut so, als würde er Boris mit seinem Zeigefinger berühren, was Boris dazu bringt, sich zurückzuziehen, als wäre der Finger eine giftige Schlange. Woland senkt den Finger wie ein Revolverheld, der eine Waffe hält, und sagt: »Sasha, kannst du einen Teil seines Gehirns stimulieren, damit er zu sich kommt?«

Die Brauen meines Namensvetters ziehen sich zusammen; dann öffnet er die Augen und schüttelt den Kopf.

»Lasst uns versuchen, das so zu lösen, wie es die Menschen tun würden«, sagt Woland. »Leg ihn da hin.« Er zeigt auf den Boden.

Sie folgen seinem Befehl, und als Felix auf dem Rücken liegt, zwingt Woland Boris, Felix' Brust zu komprimieren, während mein Namensgeber Luft in Felix' Lungen bläst.

Ein paar Herzdruckmassagen – und wahrscheinlich einige gebrochene Rippen – später berührt Woland wieder Felix' Nacken und sieht zufrieden aus.

»Er wird leben«, sagt er und schaut Boris mit einem Ausdruck an, der zu implizieren scheint: »Und deshalb wirst du es auch.«

»Ich werde ihm den Schmerz seiner Verletzungen nehmen, wenn er zu sich kommt«, sagt mein Namensgeber. »Dann kann ich meine Macht zurücknehmen oder den Schmerz verstärken, um das Verhör wiederaufzunehmen.«

Und mit dieser düsteren Aussicht bricht meine Vision ab.

KAPITEL SIEBEN

»WIR MÜSSEN UNSER ZIEL ÄNDERN«, schreie ich den Fahrer an, sobald ich mich wieder im Taxi befinde. Ich rassele die Adresse aus der Vision heraus und versuche verzweifelt, darüber nachzudenken, was ich tun kann, um den Alptraum zu verhindern, den ich gerade vorhergesehen habe.

Zuerst rufe ich Felix noch einmal an und schreibe ihm eine Nachricht, aber ich kann ihn immer noch nicht erreichen. Er muss sein Handy ausgeschaltet haben, um sich auf seine Arbeit zu konzentrieren.

Als Nächstes schaue ich mir eine Vision davon an, was passiert, wenn ich die Polizei rufe.

Leider bleibt Felix' Schicksal unverändert – die Polizisten kommen einfach nicht rechtzeitig zum Tatort.

Vielleicht kann ich Eric und Thalia bitten, mir zu helfen?

Ich springe in den Leerraum und erfahre, dass eine

solche Zukunft auch nicht toll ist. Meine Wachen verschwenden Zeit, indem sie mich in der Wohnung einsperren, und als sie Felix erreichen, ist es zu spät.

Zurück im Leerraum, versuche ich etwa tausend Varianten der Eric-und-Thalia-Option, falls etwas, was ich sagen könnte, sie davon überzeugen könnte, mich nicht einzusperren.

Nein.

Ich finde nie die richtigen Worte.

Gut.

Zeit, zu sehen, was passiert, wenn ich selbst dort ankomme.

Es sind zwei gegen ein Dutzend – was könnte da schon schiefgehen?

Gerade als ich anfange, mich auf meinen nächsten Sprung in den Leerraum zu konzentrieren, ruckelt das Taxi derart stark, dass ich ein Schleudertrauma bekomme.

Während ich mir den Hals massierte, sehe ich nach oben, um die Ursache zu suchen.

Wow.

Wir haben fast einen Blinden überfahren. Zumindest nehme ich an, dass er deshalb diesen speziellen Spazierstock, die dunkle Brille und – vor allem – einen riesigen Hund in einem Blindenhund-Aufzug hat.

Bevor ich mich von diesem ersten Schock erholen kann, öffnet sich die Tür neben mir, und eine Frau rauscht mit übernatürlicher Geschwindigkeit herein.

Eine sehr vertraute Frau.

Eine Frau, der ich mich noch nicht bereit bin zu stellen – und es wahrscheinlich auch nie sein werde.

Meine biologische Mutter, Lilith.

KAPITEL ACHT

WIE GELÄHMT STARRE ICH LILITH AN, als sie dem Fahrer auf die Schulter klopft.

Der Taxifahrer blickt zurück, und Liliths Augen verwandeln sich in Spiegel. Seidig sagt sie: »Du wirst meinen Befehlen folgen und dich von nun an an nichts erinnern, was in diesem Auto gesagt wurde. Hast du verstanden?«

Heilige Scheiße.

Lilith hat mich gefunden.

Während der Fahrer die Bezirzungen roboterhaft wiederholt, führt der Blindenhund den Blinden zum Beifahrersitz.

Der Mann steigt ein, tastet nach dem Sicherheitsgurt und fummelt dann an der Schnalle herum, bis er einrastet.

Ich registriere erst jetzt, dass er die Aura des Mandats hat – und sein *Hund* wahrscheinlich kein Hund, sondern ein Werwolf oder Ähnliches ist.

Die Kreatur stolziert nach hinten und springt hinein. Sie sieht aus wie ein sibirischer Husky, dem Wachstumshormone zugeführt wurden, bis er die Größe eines Ponys hatte, und riecht nach einem Hundepark.

»Ist das dein Ernst?« Lilith schaut auf das Tier, das mit intelligenten blauen Augen zurückblickt und der Herrin des Bösen ein Hundegrinsen schenkt.

Mit einem Augenrollen rückt Lilith von der Kreatur weg und so weit in meinen Nahbereich, dass ich ihr Parfum erkenne – Victoria's Secrets *Sexy Little Things Noir*.

Ich starre sie weiter an, während mein Gehirn damit kämpft, zu analysieren, was ich sehe.

»Losfahren«, befiehlt Lilith dem bezirzten Taxifahrer. »So schnell du kannst.«

Der Fahrer tritt das Gaspedal durch, und das Auto schießt nach vorne.

Mist. Das war's dann mit meiner Chance zu fliehen. Nicht, dass ich dem Super-Vampir Lilith wirklich entkommen könnte.

Zumindest folgt der Fahrer immer noch den GPS-Wegweisern zu Felix' Standort.

»Vorsicht vor dem gelben Taxi«, schreit der vielleicht nicht blinde Mann den Fahrer mit französischem Akzent an und zeigt nach links.

Wir weichen einen Moment vor der Kollision aus, und das Adrenalin reinigt mein Gehirn so weit, dass ich damit herausplatzen kann: »Du bist Lilith.«

Es ist nicht meine brillanteste Beobachtung, aber

hey … zumindest habe ich es geschafft, einen vollständigen Satz zu formen und darin einen halb zusammenhängenden Gedanken auszudrücken.

Lilith schaut mich mit mütterlichem Stolz an, schüttelt dann ihren seltsamen Gefährten an der Schulter und sagt auf Russisch: »Siehst du, Michel, sie *ist* eine Seherin. Sie muss mich schon in einer Vision gesehen haben. Wie wunderbar ist das denn?«

»O du Kleingläubige«, sagt der Mann – Michel – sarkastisch auf Russisch zu ihr, wobei sein französischer Akzent noch wahrnehmbar ist. »Ich *habe* dir gesagt, dass dein Kind mit Rasputin ein Seher sein würde, und das ist sie. Du kannst …«

»Sei still, Michel. Du verdirbst die Überraschung.« Sie wendet sich mir zu, dreht ihr Lächeln um ein paar Gigawatt auf und verkündet triumphierend: »Sasha, ich bin deine Mami.«

KAPITEL NEUN

ICH ERWARTE BEINAHE, dass sie hinzufügt: »Hör auf deine Gefühle, und du weißt, dass es die Wahrheit ist.«

Natürlich war ich mir schon ziemlich sicher, dass sie meine Mutter ist, aber als ich sie es zugeben höre, zerstört es den kleinen Zweifel, den ich noch hatte – und es führt dazu, dass sich mein Kopf dreht, weil es nicht erklärt, was überhaupt passiert.

Nicht einmal ein bisschen.

Ich zwinge mein Gehirn dazu, zu funktionieren. »Was machst du hier? Wer ist das?« Ich deute auf ihren blinden Gefährten.

»Ich rette dir natürlich das Leben«, sagt Lilith. »Meinen Quellen zufolge«, sie blickt auf Michel, »bist du auf dem Weg, einer Gruppe von *Tschorts* allein zu begegnen. Das sind böse und extrem gefährliche Kreaturen. Sogar für jemanden, der so mächtig ist wie ich.«

Hat sie gerade *Tschorts* gesagt? Wie beim Plural von

Tschort – einem dämonenartigen Wesen aus der russischen Folklore?

Bis heute fluchen die Russen mit dem Wort. Es gibt Ausdrücke wie *Tausend Tschorts* – etwas, was man sagen würde, wenn man seinen Fuß auf einem Couchtisch ablegen würde – und *zum Tschort gehen* – eine häufige Antwort, wenn ein Typ, den man nicht mag, einen anzüglichen Vorschlag macht.

Wenn Tschorts eine Art Cogniti sind, müssen sie mit all der menschlichen Anbetung, die sie antreibt, ziemlich beeindruckend sein.

»Mit wehenden Fahnen zu einer Gruppe Tschorts zu eilen«, meint Michel und schüttelt den Kopf. »Man fragt sich, woher das Mädchen seine Impulsivität hat?«

»Hey jetzt«, sagt Lilith. »Ich denke, du meinst, woher sie ihren *Mut* hat – und das wäre in der Tat von *mir*.«

Ich beobachte ihren Austausch ungläubig. Ist das wirklich die böse Vampirgöttin, aus deren Welt wir kaum entkommen sind? »Was meinst du damit, du bist hier, um mein Leben zu retten?«, platzt es aus mir heraus. »Und sind Tschorts eine Art von …« Ich schaue auf den bezirzten Fahrer und senke zur Sicherheit meine Stimme. »Sind Tschorts wie wir?«

»Ja«, sagt sie. »Hässliche Dinge, die deine Organe manipulieren können.«

»Großartig«, murmele ich. »Und wer oder was ist er?« Ich schaue auf Michel.

Der Mann schnaubt. »Da jemand Unhöfliches vergessen hat, mich vorzustellen, erlaube ich mir, es selbst zu tun.« Er dreht sich um und streckt seine Hand leicht zu meiner rechten aus. »Sie nennen mich Nostradamus. Ich bin ein Seher von einigem Bekanntheitsgrad und …«

»Einigem. Richtig.« Ich schüttele seine Hand und kämpfe gegen ein hysterisches Kichern an. »Ja, ich habe diesen Namen vielleicht ein- oder zweimal gehört.«

»Gut.« Er zieht seine Hand zurück. »Dann solltest du mir glauben, wenn ich sage, dass ich in die Zukunft geschaut habe, in der Lilith und ich dir *nicht* geholfen haben, deinen Freund zu retten. In einigen foltern die Tschorts dich, um deinen Freund zum Reden zu bringen, und in anderen foltern sie *ihn*, und du plauderst alles aus.« Er schüttelt den Kopf, wodurch seine Sonnenbrille sich bewegt – was mir erlaubt, einige alte Narben darunter zu sehen. »Sobald sie erfahren, wo Rasputin ist – und das tun sie in fast allen Zukunftsszenarien –, töten sie euch beide, um sicherzustellen, dass ihr ihn nicht warnen könnt, dass sie kommen.«

Er hört auf zu reden, damit ich die Informationen verarbeiten kann.

Der Gedanke, dass jemand Felix verletzt, um mich zum Reden zu bringen, ist unvorstellbar, aber jetzt, wo er ihn erwähnt, hätte dies leicht das Ergebnis meiner Rettungsaktion sein können.

Und wenn das, was er sagt, stimmt, ist es ein großer Gefallen, von diesem Schicksal verschont zu bleiben.

Ist es das, worauf Lilith aus ist? Versucht sie, einen guten Eindruck zu machen?

Vorausgesetzt natürlich, dass das alles wahr ist.

Ich sollte in den Leerraum springen und nachsehen.

»Schau nicht in die Zukunft«, sagt Nostradamus eindringlich, als ob er meine Gedanken lesen würde. »Ich habe das Ergebnis, das ich will, sorgfältig kuratiert, aber wenn du weißt, was passieren wird, wirst du es wahrscheinlich ändern, und dann könnten wir …«

»Gut«, sage ich, aber jetzt ist meine Versuchung, in die Zukunft zu schauen, viel stärker. »Wenn es bedeutet, dass wir Felix retten können, riskiere ich nicht, es zu versauen.«

Außer … Was ist, wenn sie hier sind, um mich zu entführen? Was, wenn sie nicht die Absicht haben, Felix zu helfen?

Nun, für den Anfang müssten sie das GPS ändern, was sie nicht getan haben. Außerdem, wenn sie mich entführen, wird die Wahrheit bald offensichtlich sein, also …

»Selbst mit uns ist die Begegnung immer noch riskant«, sagt Lilith, ihr Ausdruck wird ernst. »Bist du sicher, dass dein kleiner Freund es wert ist, gerettet zu werden? Oder dein Vater, was das betrifft?«

»Ja, offensichtlich.« Ich funkele sie wütend an. »Sie sind mehr wert als hundert von dir, *Mom*.«

Wie um meine Worte zu unterstreichen, nimmt der Fahrer eine scharfe Rechtskurve und lässt den Hund wimmern.

»Wow.« Lilith schaut zu Nostradamus. »Ich weiß, du hast gesagt, sie würde genau diese Worte sagen, wenn ich sie drängen würde … aber wow.« Sie schaut mich mit Welpenaugen an und sagt mit der Stimme einer Fünfjährigen: »Das verletzt meine Gefühle.«

»Buhuuu!«, sage ich im gleichen Tonfall. »Was machst du *wirklich* hier? Und bitte sag nicht, dass du mir aus deinem mütterlichen Instinkt hilfst oder versuchst, Rasputin zu retten, den Mann, den du gefoltert und in deinem Kerker gefangen gehalten hast.«

Sie zieht ihre Augenbrauen in die Höhe. »Hat er dir das gesagt? Was ist mit meinen ehelichen Besuchen? Was ist mit …«

»Ich muss gleich kotzen«, murmele ich. Dann, sarkastisch, füge ich hinzu: »Aber bitte, erzähl' mir mehr darüber, warum du angeblich das Beste für Rasputin bist.«

»Nun, wie wäre es mit der Tatsache, dass ich der einzige Grund bin, warum der Rat in St. Petersburg nie eine Ahnung hatte, wo er überhaupt anfangen sollte, nach dem lieben Grisha zu suchen?«, fragt Lilith. »Als er in meiner Obhut war, wurde er durch mein unglaubliches Glück geschützt. Als dein Toyboy Nero ihn rausgeholt hat, war der Schutz weg.« Sie berührt die Tätowierung auf ihrer Schläfe. »Ich nehme an, der Name deines Freundes kam zufällig einem ihrer Wahrscheinlichkeitsmanipulatoren als ein Weg in den Sinn, um ihn zu finden, oder einer ihrer Seher hat ihn als Möglichkeit erkannt …«

»Unglaublich.« Ich verschränke meine Arme vor der Brust. »Und ich meine das buchstäblich – wie bei ›ich glaube dir nicht‹.«

»Das ist natürlich dein Vorrecht«, sagt Lilith. »Aber warum sollte ich lügen?«

Unser Fahrer tritt stark auf die Bremse und schneidet die lange Tirade ab, die ich gerade entfesseln wollte.

»Wir sind da«, sagt Nostradamus und zieht etwas aus seiner Jacke heraus. »Zieht die an.« Er dreht sich um, und hält uns ein Paar OP-Handschuhe und ein paar gruselig aussehende Gummimasken hin.

»Warum?«, frage ich, ohne das Zeug anzufassen.

»Weil Tschorts Hautkontakt brauchen, um mit deinen Organen zu spielen«, sagt Lilith und zieht ihre Ausrüstung an. »Das willst du nicht – nicht einmal, wenn es sich um sexuelle Organe handelt.«

Wenn ich das überlebe, muss ich Lilith vielleicht das Konzept von *too much information* beibringen.

Und Gewissen.

Sie könnte wirklich etwas davon gebrauchen.

Nostradamus lässt immer noch die Handschuhe und die Maske in der Luft vor mir baumeln, also nehme ich sie. Und da ich die Idee des Organversagens nicht mag – und mir nicht vorstellen kann, wie das Tragen dieser Dinge Lilith auf unheimliche Weise helfen könnte – ziehe ich beides an.

Der Hund steigt aus dem Auto, geht zur Tür von Nostradamus und wartet.

Der Seher steigt aus und greift nach dem Hundegeschirr.

Das Paar eilt mit Lilith auf den Fersen auf das Gebäude zu.

Ich kneife mich selbst, um sicherzustellen, dass dies kein seltsamer Traum ist, und folge ihnen dann.

Als der Hund und der Seher den Aufzug erreichen, drückt Nostradamus den Knopf, als ob er ihn *sehen* könnte.

»Bist du wirklich sehbehindert?« Ich kann nicht anders, als zu fragen.

»Ich habe keine Augen, wenn du das meinst«, sagt Nostradamus. »Aber ich kann und *habe* immer Visionen von meiner nahen Zukunft, was mir erlaubt, zu wissen, wo bestimmte Dinge sein werden, und …«

»Moment«, sage ich. »Also erfordern Seher-Visionen kein wirkliches Augenlicht?«

»Nicht in meinem Fall«, sagt er, als der Aufzug sich öffnet. »Obwohl ich, um ehrlich zu sein, nicht so geboren wurde, und ich habe keine Ahnung, ob ein blind geborener Seher in der Lage wäre, die Zukunft vorherzusagen. Ich denke, es wäre immer noch möglich, aber ich weiß es einfach nicht.«

Als ob er seinen Standpunkt veranschaulichen wollte, streckt er die Hand aus und drückt beim ersten Versuch auf den Knopf für den siebten Stock, ohne sich dafür heranzutasten.

Ich werfe wieder einen Blick auf seine Narben und wünschte, ich hätte es nicht getan. Das Letzte, was ich will, ist, dass ich Mitleid mit Liliths Verbündetem habe

– aber ich habe es trotzdem. Was auch immer mit seinen Augen passiert ist, es muss der Stoff für Alpträume gewesen sein.

»Tartarus tat das«, sagt Lilith und folgt meinem Blick. Dann legt sie eine beruhigende Hand auf Nostradamus' Schulter.

»Dieses *Monster* hat eine Menge zu verantworten.« Nostradamus' Gesicht verwandelt sich in eine Maske des Hasses, die auf seinen Gesichtszügen fremd aussieht.

Der Hund jault, und ich wende den Blick von den Narben ab. Ich räuspere mich und beschließe, das Thema zu wechseln. »Und wer ist dieser große Kerl?«, frage ich und winke dem Hund zu.

»Marius«, sagt Nostradamus.

»Humpius«, sagt Lilith zur gleichen Zeit.

Der Hund schaut auf und zeigt Lilith die Zähne.

»Und *was* ist er?«, frage ich und studiere seine Aura.

»Technisch gesehen ein Werwolf«, sagt Lilith. »Aber es hat ihn noch nie jemand außerhalb dieser Form gesehen. Noch ein weiteres Opfer von Du-weißt-schon-wem …«

Der Aufzug gongt und unterbricht meine Nachfragen.

»Richtig«, sagt Lilith. »Ich glaube, ich gehe zuerst rein. Der Rest von euch passt einfach auf mich auf.«

»Sollte er nicht das Sagen haben?« Ich nicke Nostradamus zu, der während des Gesprächs seine eigene Maske und Handschuhe anzieht.

»Nein, meine Liebe. *Ich* habe immer das Sagen.« Sie

zwinkert mir zu. »Michel sagte, ich solle mein Ding machen, wenn wir an diesem Punkt sind, also habe ich genau das vor.«

Ohne weiteres verschwindet sie den Flur hinunter, und ich sprinte hinter ihr her. Ich werde ihr Felix' Leben nicht anvertrauen, schließlich soll die Frau nachtragend sein. Was, wenn das alles eine sehr aufwendige List ist, um ihn zu verletzen?

Glücklicherweise ist es nicht schwer, sie einzuholen. Als Lilith an der bereits geöffneten Tür ankommt, wird sie langsamer und schleicht vorwärts.

So leise ich kann, folge ich, obwohl meine Schritte nicht annähernd so sanft sind wie die von Lilith. Sie macht überhaupt kein Geräusch, so als ob sie direkt über dem Boden schwebt.

Vielleicht tut sie das sogar, fällt mir dabei auf. Auf ihrer eigenen Welt trotzte sie problemlos der Schwerkraft.

Ich blicke zurück. Nostradamus läuft um einen Couchtisch herum, gegen den sogar ein Sehender leicht hätte stoßen können, und Marius kanalisiert ganz klar seinen inneren und äußeren Wolf, während er sich nach vorne schleicht.

»Er wird leben«, höre ich Woland sagen, als wir in der Nähe des Büros sind, in dem alles stattfindet. »Und deshalb wirst du es auch tun.«

Mist.

Das heißt, wir haben nicht verhindert, dass Felix schwer verletzt wird. Sie haben ihn bereits gefoltert und dann die Rippen brechenden

Wiederbelebungsmaßnahmen aus meiner Vision durchgeführt.

Genau wie in dieser Vision sagt der Sasha-Tschort: »Ich werde ihm den Schmerz seiner Verletzungen nehmen, wenn er zu sich kommt. Dann kann ich meine Macht zurücknehmen oder …«

Wie der Geist eines Ninja bewegt sich Lilith ins Büro, und ein schmerzhafter Schrei hallt durch die Wohnung.

KAPITEL ZEHN

WOLAND – der höfliche ältere Tschort mit dem
Spitzbart – rauscht aus dem Büro und lässt seine
schreienden Kollegen zurück.

Er sieht verärgert aus – zumindest, bis er die
Person in seinem Weg entdeckt.

Mich.

Mein Kampfkunsttraining zeigt Wirkung, als ich
ihm einen Schlag ins Gesicht versetze.

Anstatt ihn zu berühren, fährt meine Faust durch
seine Wange, als wäre sie eine Dampfwolke. Der ganze
Woland sieht in der Tat plötzlich wie eine Dampfwolke
oder ein Hologramm aus.

War er gerade körperlos geworden?

An diesem Punkt kämpfe ich gegen eine Welle der
Eifersucht wegen dieser bühnenreifen Macht und reiße
meine Hand weg.

Wolands Kopf verfestigt sich wieder, und sein
finsteres Gesicht wird sichtbarer.

Ich muss fassungslos oder verwirrt sein, denn er entwischt mir, als er von mir wegspringt und den Flur hinuntersprintet.

Marius springt auf.

Woland weicht den massiven Kiefern des Werwolfs aus und taucht unter Nostradamus' verlängertem Arm hindurch direkt zum Ausgang.

Bevor ich das Wort »Jagd« überhaupt denken kann, läuft ein weiterer Tschort aus dem Büro.

Es ist Boris, das Arschloch, das Felix geschlagen hat.

Obwohl ich normalerweise aus Notwendigkeit kämpfe, möchte ich diesen Kerl wirklich verletzen.

Also gebe ich ihm einen bösartigen Schlag auf sein nerviges Gesicht.

Anstatt Wolands Trick zu benutzen, weicht Boris einfach meinem Schlag aus und schlägt mir dann auf die Brust.

Ich will nicht einmal darüber nachdenken, wie sehr das geschmerzt hätte, wenn ich wie Felix unter Tschort-Kräften gestanden hätte. Mein Solarplexus schreit auch so schon vor Schmerzen, während ich mich krümme und nach Luft schnappe.

Durch meine tränenden Augen sehe ich Boris auf dem Weg zur Tür – als plötzlich Marius mit riesigen entblößten Eckzähnen auf ihn zuschießt.

Aber diese Zähne fahren durch eine Fata Morgana anstelle von Boris' Unterarm.

Anscheinend *kann* Boris diesen Trick machen, wenn er will.

Muss ein Tschort-Ding sein. Kein Wunder, dass Lilith sagte, sie seien mächtig.

Apropos, liebste Mutter, eine neue Welle von Geräuschen aus dem Büro erinnert mich an ein Schlachthaus der Hölle.

Boris hört die schrecklichen Schreie, verfestigt seinen Arm und springt zur Tür.

Ein weiterer Tschort entkommt dem Büro und saust direkt an mir vorbei, da ich immer noch um Luft ringe.

Nostradamus, der noch am Couchtisch sitzt, streckt seinen Fuß aus, so dass der Bastard stolpert.

Der Tschort fliegt direkt in Marius' Maul. Die Zähne des Werwolfs klammern sich an die Kehle des Tschort, bevor der weiß, was ihn getroffen hat – und vor allem, bevor er geisterhaft wird.

Mit einem glucksenden Geräusch versucht der Tschort, das Tier von sich wegzureißen, aber Marius' Kiefer liegt zu fest um den Hals des Tschort.

Innerhalb von Sekunden erschlafft der Tschort, dann wird sein toter Körper geisterhaft und verschwindet spurlos – nicht einmal die Kleidung bleibt zurück.

Ich starre auf die leere Stelle, dann auf Marius.

Sogar das Blut um den Mund des Werwolfs ist spurlos verschwunden.

»Das sind Tschorts«, sagt Nostradamus, bevor ich die Möglichkeit habe, zu fragen. »Sie wandeln sich ein letztes Mal, wenn sie sterben.«

Ich schaffe es endlich, genug Luft zu bekommen, und eile ins Büro.

Felix liegt bewusstlos auf dem Boden, und überall im Büro gibt es kleine Stücke von Tschorts, besonders auf den Scherben der zerbrochenen Fenster.

Die Besitzer der Fleischfetzen liegen dort mit verräterischen Vampirwunden am Hals, sind aber eindeutig nicht tot – sonst wären sie verschwunden.

Lilith steht über dem Sasha-Tschort in einer klassischen Vampir-trinkt-Blut-Haltung. Als sie meine abgehackte Atmung hört, schaut sie auf und schenkt mir ein blutiges Lächeln.

»Wenn Vampire von ihnen trinken, können sie ihr lästiges Formwandeln für eine Weile nicht machen«, erklärt sie, wobei ihre verlängerten Vampirzähne sie ein wenig lispeln lassen. »Deshalb fürchten sie uns so sehr.«

Sie blickt auf den entsetzten Sasha hinunter und zerzaust spielerisch sein Haar.

Ich ignoriere sie, knie mich neben Felix und überprüfe seine Vitalwerte.

Er hat Puls, aber der ist kaum wahrnehmbar.

Ich bin kein Arzt, aber um meinen Mitbewohner steht es schlecht.

Wirklich schlecht.

»Ich kann ihn für dich heilen«, sagt Lilith, und ihre Stimme ist wieder normal. »Sag es einfach.«

Ich schaue nach oben und verenge meine Augen. »Wie?«

»Mit meinem Blut«, antwortet sie. »Wie sonst?«

Auf keinen Fall. Das habe ich schon mit Ariel hinter mir. »Also willst du ihn süchtig machen? Ist das dein Plan? Felix zu benutzen, um …«

»Sei nicht albern.« Sie geht zum Schreibtisch und nimmt eine blutbespritzte Wasserflasche in die Hand.

Sie löst die Kappe, öffnet ihren Mund, und ihr rechter Fangzahn kommt heraus. Sie greift mit ihrem kleinen Finger nach dem Zahn, durchbohrt ihre Haut, drückt dann einen klitzekleinen Blutstropfen in die Wasserflasche, schraubt den Deckel wieder auf und schüttelt alles gut durch.

»Wenn er nur einen Tropfen davon trinkt, wird er sich erholen und nicht im Geringsten süchtig werden«, erklärt sie und reicht mir die Flasche. »Die Wahl liegt natürlich bei dir. Wenn du mir nicht vertraust, kannst du deine Chancen mit Humanmedizinern testen.«

»Was zu seinem Tod führen würde«, sagt Nostradamus ernst, während er hereinkommt.

Sicher.

Ich glaube ihnen.

Nicht.

Ich atme beruhigend ein, konzentriere mich auf Felix' Schicksal und springe in den Leerraum.

———

ZWEI WOLKEN von Formen erscheinen mir.

Das eine Set klingt beängstigend, das andere nicht.

Bisher scheint es das zu bestätigen, was

Nostradamus gesagt hat, aber ich muss es mit Sicherheit wissen.

Ich lasse zwei ätherische Schweife sprießen und berühre zwei zufällige Formen, eine aus jeder der Wolken.

———

ÜBERSTRÖMEND VON TRAUER, starre ich ausdruckslos auf den Rettungssanitäter mit dem runden Gesicht.

»Nochmal, es tut mir wirklich leid«, sagt er und schaut auf Felix' abkühlenden Körper herab. »Ich wünschte …«

———

ICH BIN KÖRPERLOS.

Felix und Maya sitzen in der Küche unserer Wohnung, er isst Kartoffelsalat, und sie sieht ihn besorgt an.

»Nein, Maya«, sagt er. »Ich verspüre immer noch keinen Drang, Vampirblut zu trinken, schon gar nicht von Sashas Mutter.«

»Es ist erst eine Woche her«, sagt sie. »Was, wenn das Verlangen später beginnt?«

»So funktioniert das nicht.« Er legt seine Hand auf ihre. »Das Verlangen beginnt sofort oder gar nicht. Vertrau mir, ich habe eine Menge …«

———

ICH BIN WIEDER im blutbefleckten Büro, wo Lilith, Nostradamus und Marius mich erwartungsvoll anschauen.

»Gib ihm das Blut.« Ich fange an, meine Handschuhe und die Maske auszuziehen. »Lasst uns ihn auch hier rausbringen, damit er nicht ohnmächtig wird, wenn er all das Blut sieht.«

Lilith geht zu Felix hinüber und träufelt einen Tropfen des mit Blut vermischten Wassers in seinen Mund.

Er sieht fast sofort gesünder aus.

Seine gebrochene Nase beginnt sich zu richten, und seine Atmung normalisiert sich wieder.

Lilith hebt ihn vorsichtig hoch, bringt ihn ins Badezimmer und setzt ihn in die Badewanne.

Dann starren Marius und ich ihn aufmerksam an, während Lilith und Nostradamus ihre eigenen Handschuhe und Masken ausziehen.

Felix öffnet die Augen und schaut sich wild um, bevor sich sein Blick auf mich richtet.

»Sasha«, keucht er, während er sich aufsetzt. »Was ist los?«

»Michel, würdest du ein Schatz sein und ihm die Situation erklären?«, fragt Lilith, und bevor ich Einspruch erheben kann, packt sie meinen Oberarm in einem stählernen Griff und führt mich zurück in das blutüberflutete Büro.

»Nostradamus sagt, dass die menschliche Polizei

auf dem Weg ist.« Sie rümpft die Nase. »Wir müssen dieses Chaos beseitigen und gehen, bevor sie ankommen.«

Als ob sie ihren Standpunkt demonstrieren wollte, tritt sie brutal einen der verwundeten Tschorts auf den Kopf.

Der Schädel bricht, gefolgt von dem matschigen Geräusch eines Fußes, der ein Gehirn dezimiert.

Obwohl mein Magen stärker ist als der von Felix, spüre ich die Galle schon.

Es überrascht nicht, dass der Tschort verschwindet, ebenso wie ein Teil des Blutes und der Fleischbrocken im Büro.

Es passt zu meiner psychopathischen Vorfahrin, *das* »Aufräumen« zu nennen.

Die restlichen Tschorts müssen ihr Schicksal erkennen, weil sie anfangen zu jammern und um ihr Leben zu betteln.

Lilith schenkt ihnen als Antwort ein kühles Lächeln, dann reißt sie einem den Kopf ab und macht den Raum paradoxerweise noch ein wenig sauberer.

»Der da gehört dir.« Sie nickt dem Sasha-Tschort zu. »Er hat Felix all den Schmerz verursacht, also schlage ich vor, dass du dich revanchierst.«

»Ich habe nur Befehle befolgt«, keucht der Tschort. »Ich …«

Ich werde nie erfahren, wie er sich aus der Sache herausreden wollte, denn Lilith kniet sich neben ihm, öffnet seinen Mund und reißt ihm die Zunge heraus.

Das war's dann für mich.

Ich hatte mein Frühstück wieder in meinem Mund.

Der Rest der Tschorts keucht entsetzt, und die Augen meines Namensvetters rollen zurück, als er anfängt zu zucken, als würde er von Stromschlägen getötet werden.

»Ich weiß, was du denkst.« Lilith schaut mich an, hebt die Zunge hoch und schluckt lustvoll das Blut, das aus ihr tropft. »Wie will er jetzt Eis essen?«

Ich starre sie entgeistert an, dann schaue ich auf den geschändeten Folterer zu meinen Füßen.

»Nur zu«, sagt Lilith. »Mach ihn fertig.«

Mein Herzschlag beschleunigt sich, als Rasputins Erinnerung durch meinen Kopf wirbelt. Ich sah sie dank unseres Gesprächs im Leerraum, und in ihr hatte er eine Vision von einer Zukunft, in der eine Kinderversion von mir Menschen ermordete.

Offensichtlich war es meine liebste Mami, die diese Version von mir dazu brachte, das zu tun, und jetzt frage ich mich, warum.

Wollte sie versuchen, mich mehr wie sich selbst zu formen? Oder mich auf diese makabere Art und Weise abhärten?

Was auch immer Liliths Gründe in Rasputins Vision waren, das hier ist ähnlich. Tatsächlich *könnte* das der Grund sein, warum sie mir überhaupt hilft. Aber ich kann nicht erkennen, wie sie davon profitiert, mich in eine kaltblütige Mörderin zu verwandeln. Vielleicht ist es eine Art psychotisches Familienerbe? Einige Ärzte wollen, dass ihre Kinder auch Ärzte werden, und sie will, dass ihr Kind ein Serienmörder ist?

Zu schade für sie, dass ich nicht in der Stimmung bin, in *diese* Fußstapfen zu treten.

»Du machst ihn fertig«, sage ich und drehe mich um, um zu gehen. »Ich bin bei Felix.«

»Aber er hat deinem kleinen Freund wehgetan.« Sie klingt ernsthaft verwirrt von meinem Mangel an Blutlust. »Wie kannst du ihm nicht die Leber herausreißen wollen?«

»Du hast recht. Irgendetwas scheint mit mir nicht zu stimmen«, sage ich nur. »Vielleicht sollte ich meine Psychologin aufsuchen.«

Ich versuche, die Geräusche des zerreißenden Fleisches, das hinter mir wieder ertönt, zu ignorieren, gehe zum Badezimmer und knalle die Tür zu, um sicherzustellen, dass Felix nichts davon hört.

Nostradamus und Marius fangen mich an der Tür ab. »Ich habe ihr gesagt, dass du niemanden töten wirst«, sagt der Seher mit leiser Stimme. »Aber sie hoffte, dass ihr Glück meine Vorhersage widerlegen würde, weil das manchmal der Fall ist.«

»Ah ja. Sicher.« Ich werde mich später damit beschäftigen. Jetzt gehe ich um den Seher herum, um nach Felix zu sehen – und atme erleichtert auf. Obwohl mein Freund immer noch in der Wanne sitzt, sieht er viel besser aus, und das ganze Tschortblut ist von seinem Körper verschwunden – zweifellos, weil Lilith bereits alle massakriert hat.

»Wie geht es dir?«, frage ich ihn und knie mich neben die Wanne.

»Gut.« Felix reibt seine nicht mehr gebrochene Nase. »Ich habe nur Probleme mit alldem.« Er nickt dem riesigen Hund und dem älteren Seher zu.

»Ich weiß«, sage ich. »Ich habe es auch noch nicht verdaut.«

Als ob meine Aussage ihr Stichwort wäre, kommt Lilith herein – ohne, dass auch nur ein einziger Tropfen Blut auf ihrem stylischen Outfit zurückgeblieben wäre.

»Halli-hallo. Ich bin Lilith.« Sie streckt Felix ihre zarte Hand entgegen.

Ich erwarte halb, dass er die Hand küsst, als wäre er ein Ritter und sie *Ihre Ladyschaft*, aber er schüttelt sie leicht und murmelt etwas, was nach »Freut mich, dich kennenzulernen« klingt.

»Die Polizei wird in ein paar Minuten hier sein«, sagt Nostradamus und schaut Felix an. »Denk daran, was ich dir gesagt habe.«

»Richtig. Ich musste einem anderen Kunden helfen und war nicht hier, als der Einbruch stattfand.« Mein Mitbewohner runzelt die Stirn. »Bist du sicher, dass das funktionieren wird?«

»Ich habe es gesehen«, sagt Nostradamus. »Aber selbst wenn ich das nicht getan hätte … denk darüber nach. Es wurde nichts von Wert genommen. Es gibt keine Leichen. Kein …«

»Lass uns einfach gehen, Felix.« Ich stehe auf und

strecke meine Hand aus, um ihm zu helfen, aus der Wanne zu steigen.

Er steht zitternd auf und tritt dann vorsichtig heraus.

Als er das Badezimmer verlässt, werden sein Gang und sein Verhalten immer normaler.

Liliths Blut ist starkes Zeug.

Eine Nachbarin schaut hinter ihrer Tür hervor, als wir auf den Flur treten. Lilith fängt ihren Blick ein und vollführt eine Art Bezirzung, damit sich die Dame statt an uns an große männliche Verbrechertypen erinnert, die in die Wohnung eindrangen.

Als wir mit dem Aufzug nach unten fahren, sehe ich Felix an und räuspere mich. »Du musst eine Weile in der Wohnung bleiben.«

»Oh?«, fragt er. »Warum?«

»Woland und Boris sind entkommen«, erkläre ich. »Sie könnten dich wieder aufsuchen.«

Mein Mitbewohner erblasst.

»Nicht nur die beiden«, sagt Lilith. »Ein paar Tschorts sind aus dem Fenster gesprungen. Wenn die Wandlung zum richtigen Zeitpunkt stattgefunden hat, könnten sie den Sturz überlebt haben.«

»Richtig«, sagt Felix schwach. »Klingt, als würde ich zu Hause bleiben.«

Ich klopfe ihm auf die Schulter. »Ich habe dich in einer Vision in einer Woche lebend gesehen. Und du hattest kein Verlangen nach Vampirblut.« Ich nicke Lilith zu.

Etwas Farbe kehrt in Felix' Gesicht zurück, aber

dann schaut er Lilith an, die ihm das schenkt, was sie für ein verführerisches Lächeln halten muss. In Wirklichkeit ist es ziemlich gruselig.

Er wird gleich wieder leichenblass.

Unbeirrt, sagt sie aufgeregt: »Wir sollten alle zusammen bleiben, bevor du offiziell zu einem Einsiedler wirst. Du weißt schon, ein Museum besuchen, einen Spaziergang im Central Park machen, die …«

»So gerne wir auch Touristen mit dir spielen würden, Felix hat seine Arbeit, und ich habe eine andere Verpflichtung«, sage ich und gebe mein Bestes, um den Sarkasmus aus meiner Stimme herauszuhalten.

Lilith zieht einen Schmollmund. »Das ist schade. Ich möchte dich kennenlernen. Wie wäre es, wenn wir ein wenig Zeit zusammen verbringen, nachdem du mit deinen Besorgungen fertig bist?«

»Lass mich darüber nachdenken«, sage ich vorsichtig. »Jetzt muss ich erst einmal Felix nach Hause bringen.«

»In Ordnung.« Sie grinst mich an, als sich die Aufzugstüren öffnen.

Ich lasse alle vorgehen und benutze mein Telefon, um ein Taxi zu rufen und zwei Haltestellen in der App festzulegen – unsere Wohnung, um Felix abzusetzen, und JFK, um endlich zu Nero zu gelangen.

»Ich kann immer noch nicht glauben, dass ich von allen möglichen Kreaturen ausgerechnet von Tschorts angegriffen wurde«, sagt Felix, sobald wir draußen sind.

»Ich habe natürlich schon von ihnen gehört, aber ich hätte nie erwartet, dass ich einen aus Fleisch und Blut kennenlernen würde. Zumindest nicht in Amerika.«

»Das war eine logische Annahme.« Nostradamus schiebt seine Brille höher auf die Nase. »Dieser Haufen arbeitet für den Rat von St. Petersburg. Woland ist dort der leitende Vollstrecker.«

»Sie sind Vollstrecker?« Ich drehe mich instinktiv um, um Nostradamus' Blick zu begegnen, aber dann sehe ich die Narben und erkenne meinen Fauxpas. »Sollten das nicht Vampire sein?«

»Nicht immer«, sagt er. »Es gibt keine Vampire in oder um St. Petersburg. Woland und sein Volk haben die hartnäckigeren getötet, und der Rest hielt es für ratsam, woanders hinzugehen.«

Interessant. Ich frage mich, ob Vlad deshalb seine Heimat verlassen hat. Andererseits würde ich ihn eher als die hartnäckige Art von Vampir bezeichnen.

»War nicht Baba Yaga im Rat von Petersburg?«, flüstert Felix, als ob die verstorbene Hexe ihn hören könnte.

»Ja, das war sie, vor langer Zeit«, antwortet Nostradamus. »Sie war eine der Netten.«

»Baba Yaga war eine der Netten?« Ich schaue ihn nach Anzeichen für einen schlechten Witz an. »Wie ist dann der Rest des Rates?«

»Die Geschichte Russlands sollte dir einen Hinweis darauf geben«, sagt Nostradamus. »Während sich unsere Räte in der Regel von menschlichen

Angelegenheiten fernhalten, ist dies beim Moskauer und St. Petersburger Rat nicht der Fall.«

Ich blinzele. »Willst du damit sagen, dass Dinge wie die Revolution, dann Stalin und …«

»Ja.« Nostradamus lehnt sich nach unten und kratzt Marius hinter dem Ohr. »Vor kurzem haben sie beschlossen, mit der Einmischung aufzuhören, also werden sich die Dinge hoffentlich mit der Zeit verbessern.«

»Wow«, sagt Felix. »Und *das* ist derjenige, der nach Rasputin sucht? Der Rat von St. Petersburg?«

»Das bezweifle ich.« Nostradamus wendet sich Felix zu. »Sie haben wahrscheinlich schon lange Rasputins Fehlverhalten vergessen, ohne jedoch den offiziellen Hinrichtungsbefehl aufzuheben. Aber das ist nicht der Grund, warum Woland das tut. Es ist für ihn etwas Persönliches.«

»Siehst du«, wirft Lilith aufgeregt ein, »bevor er mich traf und sich hoffnungslos in mich verliebte, war dein Vater ein wenig in deine Namensvetterin, die Zarin, verliebt. Das ist es, was zu seiner Enthüllung und seinem Ausgestoßenen-Status führte – aber was für Woland wichtiger war, war die angebliche Hämophilie des Prinzen.« Sie fährt sich mit der Hand auf vertraute Weise durch ihr Haar – genau wie ich es immer tue. »Lange Rede, kurzer Sinn, es war Wolands Tochter, die das Blut des Jungen daran gehindert hatte, zu gerinnen – viele Tschorts haben diese besondere Macht. In seinem Bemühen, sie aus dem königlichen Haushalt zu entfernen, ließ Grigori dauerhaft ihre

Existenz auslöschen. Er behauptet, es war ein Unfall, aber ich bezweifle, dass Woland sich für solche Kleinigkeiten interessiert.«

Mein Telefon klingelt und informiert mich, dass unser Taxi angekommen ist.

Ich will fast nicht gehen.

Ich bin neugierig, mehr über die Vergangenheit meines Vaters zu erfahren – auch wenn das Teil von Liliths bösem Plan ist.

Und natürlich ist es das.

Ich kann es an dem Grinsen auf ihrem Gesicht erkennen.

Die gleiche Art von Grinsen, die ich auf *meinem* Gesicht hätte, wenn ich jemanden an meinem Haken hängen hätte.

»Wir gehen besser«, sage ich zu Felix.

»Richtig«, sagt er und schaut dann zu Lilith. »Danke.«

»Ja«, sage ich widerwillig. »Danke, dass du mir geholfen hast. Ich hätte vielleicht Schwierigkeiten gehabt, mit diesen Tschorts alleine fertigzuwerden.«

»Wie wäre es, wenn du mich umarmst und wir sind quitt?«, sagt sie und grinst.

Mist.

Jetzt hat sie mich.

Ich nähere mich meiner Mutter so vorsichtig wie einem giftigen Kaktus und umarme sie widerstrebend.

Für einen Vampir ist sie ziemlich warm und riecht gut – und das nicht nach Victoria's Secrets *Sexy Little Things Noir*.

Ich lasse sie los und stolpere ungeschickt auf das Taxi zu.

»Tschüss, Nostradamus«, sagt Felix. »Tschüss, Lilith.«

»Tschüss, kleiner Freund von Sasha«, sagt Lilith amüsiert. »Pass gut auf dich auf.«

War der letzte Teil eine Drohung?

Marius jault wie ein Hund. Ich schätze, das ist *sein* Abschied.

Bevor Lilith ihre Meinung ändern kann und sich vielleicht entscheidet, mich doch noch zu entführen, schnappe ich mir Felix' Schulter und schiebe ihn ins Taxi.

KAPITEL ELF

»ALTER«, sagt Felix, als das Auto losfährt.

»Alter«, antworte ich im gleichen Tonfall.

»Das war …«

»Ja«, sage ich.

»Aber sie …«

»Ich weiß.«

Scheinbar gehen uns die Gesprächsthemen aus, denn wir sitzen schweigend da und verarbeiten jeweils die jüngsten Ereignisse.

»Wie wäre es, wenn du mir alles erzählst«, sagt Felix schließlich und reibt seine Schläfen in einer kreisförmigen Bewegung.

Also erzähle ich ihm die Vorgeschichte: Ich war auf dem Weg, ihn zu retten, als Nostradamus und Lilith mich abfingen. Dann wechsele ich zu Russisch, damit der Fahrer kein Cogniti-Zeug hört, und erzähle ihm von der Auseinandersetzung mit den Tschorts.

»Aber was bedeutet das?«, fragt Felix, als ich fertig bin. »Ist Lilith nicht so böse, wie wir dachten?«

»Ich wünschte, ich wüsste es.« Mir fällt auf, dass ich noch nicht angeschnallt bin, also hole ich das jetzt nach. »Der Zyniker in mir sagt, dass es an dieser Begegnung nichts Mütterliches gab. Sie braucht mich für etwas, und mein Sterben im Rahmen dieser Rettungsaktion war für sie nicht hilfreich. Aber natürlich kann der naivere Teil von mir nicht anders, als zu hoffen, dass da mehr dran ist. Vielleicht schlägt doch ein Herz in ihrer Brust. Haben Vampire überhaupt Herzen in ihrem Körper?«

»Ich glaube, das haben sie«, sagt er, dann winkt er mit der Hand. »Was ist mit Nostradamus? Was hat er davon?«

»Ich kann den Kerl nicht gut lesen«, sage ich und frage mich, ob Nostradamus vielleicht genau dieses Gespräch bereits in einer seiner Visionen gesehen hat. »Angesichts meiner Erfahrung mit Darian habe ich es zu einem Prinzip gemacht, Sehern nicht allzu sehr zu vertrauen, auch meinem Vater nicht.«

»Ich habe die gleiche Regel.« Er zwinkert mir zu. »Selbst dir kann man kaum trauen.«

»Ich würde mir auch nicht trauen.« Ich grinse. »Ich dachte ernsthaft einmal, mein Fernsehname würde Sasha Devious werden.«

Felix kichert. »Dein Name als Fernsehmagier, oder wenn du in Pornos gelandet wärst? Weil er für Letzteres besser geeignet klingt. Oder fürs Strippen.«

Ich werfe ihm ein finsteres Stirnrunzeln zu. »In

deinen Träumen. Der einzige Grund, warum ich dir nicht auf die Schulter klopfen werde, ist deine kürzliche Begegnung mit dem Tod.«

Bei meiner Erinnerung daran fährt er mit seinen Händen über seinen Körper und schüttelt dann erstaunt den Kopf. »Ich kann nicht glauben, dass es mir gut geht.«

»Bist du sicher, dass es so ist?«

»Ja. Es ist wie damals, als Isis mich geheilt hat, aber irgendwie noch besser.«

Ich starre ihn an. »Du solltest die guten Gefühle loslassen, die die Heilung ausgelöst haben könnten. Sonst wäre dies ein sicherer Schritt in Richtung Sucht.«

Er zieht eine Grimasse. »Da hast du recht. Ich denke, ich werde wieder ins Programmieren eintauchen, um mich abzulenken, während ich mich erhole.«

»Gute Idee. Spiel auch Videospiele oder schau fern.«

Felix nickt, und wir fahren für einige Augenblicke in Stille, bis mir etwas einfällt. Ich wende mich an Felix und sage: »Danke.«

»Wofür?« Seine Monobraue bewegt sich fragend nach oben.

»Weil du Woland & Co. nicht gesagt hast, wo Rasputin ist. Ich bin mir nicht sicher, ob ich so stark gewesen wäre wie du, wenn sie mir so wehgetan hätten.«

Ein sichtbarer Schauer läuft über Felix' Haut. »Ich

glaube, ich hatte einfach zu viel Angst, um zu reden. Wenn es eine zweite Runde gegeben hätte, bin ich mir nicht sicher, dass ich …«

»Ich hätte es dir nicht übelgenommen, wenn du es ihnen gesagt hättest.« Ich greife hinüber und drücke seine Hand. »Es tut mir leid, dass ich dich wieder in meinen Schlamassel hineingezogen habe. Ich bin wie ein Fluch. Der schlimmste aller F…«

»Ach, halt die Klappe.« Er verdreht die Augen. »Du hast gesehen, wozu die Tschorts fähig sind, und hast dich beeilt, um mich zu retten – wohlgemerkt ohne Unterstützung oder einen Plan. Ich weiß nicht, ob ich das an deiner Stelle getan hätte.«

»Ich bin sicher, das hättest du. Du bist mutiger und stärker, als du denkst.«

Er beginnt zu antworten, aber das Auto hält an, und ich bemerke, dass wir neben unserem Haus stehen.

»Mist«, zische ich und duckte mich, so schnell ich kann.

»Was machst du da?« Felix runzelt seine Stirn.

»Ich gehe nicht nach Hause«, flüstere ich von unten. »Aber wenn Thalia und die Schläger mich sehen, könnten sie versuchen, mich genau dorthin zu *tragen*.

»Warte mal. Wenn nicht nach Hause, wohin gehst du dann?«

»Ich will Nero finden. Und bevor du fragst … Du kommst nicht mit mir mit. Nicht nach dem, was gerade passiert ist.«

»Aber …«

»Bitte geh. Wenn sie sehen, dass du trödelst, könnten sie misstrauisch werden.«

Er schaut erst mich an, dann sehnsüchtig auf das Gebäude.

»Alter, ich flehe dich an.« Ich zeige meinen patentierten Welpenblick und denke, dass es nie einen besseren Zeitpunkt gegeben hat, um mit schmutzigen Tricks zu spielen.

»Gut«, meckert er und öffnet die Tür. »Aber fürs Protokoll, es gefällt mir nicht.«

»Zur Kenntnis genommen. Ich schulde dir definitiv was.«

Felix geht, und das Taxi fährt zur zweiten Etappe unserer Reise – dem JFK-Flughafen.

Ich warte ein paar Blocks, bevor ich mich aufsetze.

Mist.

Wir stecken im Stau.

Ich löse meine Augen von den Millionen von Autos und lasse die Begegnung mit Lilith noch einmal in meinem Kopf ablaufen.

War sie ehrlich, als sie sagte, sie wolle mich kennenlernen?

Das ist schwer zu sagen.

Ich bin mir nicht sicher, was ich von meinem ersten Treffen mit meiner biologischen Mutter erwartet habe, aber bestimmt nicht das, was passiert ist.

Sobald ich auf Gomorrha bin, werde ich Rasputin im Detail über Lilith befragen müssen. Wenn es stimmt, dass er sie irgendwann in der Vergangenheit geliebt hat, ist sie vielleicht nicht ganz schlecht.

Oder wahrscheinlicher ist sie einfach eine *so* gute Schauspielerin ... oder gut im Bett.

Ich schüttele den Kopf, um ihn von allen Libido-zerstörenden Bildern des elterlichen Sexuallebens zu befreien, und denke stattdessen an Nero, wobei ich mich frage, ob ich ihn noch auf Gomorrha erwischen kann.

Ich schließe die Augen und springe in den Leerraum, um das herauszufinden.

———

ICH IGNORIERE die Standardformen vor mir und fange an, mich auf Neros Essenz zu konzentrieren, aber dann halte ich inne.

Ich brauche nicht nur *irgendeine* Vision von Nero. Ich brauche ausdrücklich eine nahe Zukunft, um ihn nicht auf seiner Suche zu sehen, nachdem er Gomorrha verlassen hat. Das wäre an sich auch interessant, aber nicht jetzt.

Das lässt mich erkennen, dass ich eine große Wissenslücke habe, wenn es um meine Seherkraft geht.

Ich habe keine Ahnung, wie ich kontrollieren kann, wie weit meine Visionen in die Zukunft reichen.

Wow.

Ich kann nicht glauben, dass ich noch nie daran gedacht habe.

Bisher zeigten mir meine Visionen Ereignisse, die von einigen Tagen bis zu einigen Momenten in die

Zukunft reichten, aber ich hatte nie die Kontrolle darüber.

Ich habe auch noch nie weiter als ein paar Tage in die Zukunft gesehen.

Das ist definitiv etwas, wonach ich meinen Vater fragen muss, denn es muss einen Weg geben. Über meinen Kopf hinweg sah Darian eine, wie ich annehmen muss, ferne mögliche Zukunft, in der er und ich zusammen waren – eine Zukunft, die nie zustande kam.

Die Erinnerung an Darian wirft einen dunklen Schatten auf meine aktuellen Pläne. Er machte eine große Sache daraus, dass ich »Nero gewählt habe«. Tatsächlich machte er deutlich, dass diese Entscheidung mich das Leben kosten wird.

Könnte es jetzt als »Wählen« gelten, nach Gomorrha zu gehen?

Als ob ich einen weiteren guten Grund bräuchte, weit in meine eigene Zukunft sehen zu wollen … Es sei denn, ich habe aus dem einfachen Grund nicht weit in meine Zukunft gesehen, weil ich nicht wirklich eine habe, weil ich tot bin, wie Darian es vorhergesagt hat.

Nun, *diese* Gedankenkette eskaliert schnell.

Vielleicht sollte ich mein Bestes geben, um eine nahe Zukunft mit Nero zu sehen, und dann in meiner eigenen, entfernteren Zukunft herumstöbern, um zu sehen, ob ich am Leben bin.

»Ich will Nero in ein paar Minuten sehen«, sage ich mir, falls ich Glück habe und der Trick, die Zeit einer Vision zu bestimmen, *so* einfach ist.

Nichts passiert.

Ich denke dann auf die übliche Weise an Neros Essenz, und das funktioniert besser. Ich bin von extrem ruhig wirkenden Formen umgeben.

In Ordnung. Zumindest wird in diesen Visionen niemand getötet.

Das ist eine willkommene Abwechslung – und scheint darauf hinzudeuten, dass ich Nero, wie ich gehofft hatte, erwische, während er noch auf Gomorrha ist. Irgendetwas sagt mir, dass es schnell unruhiger wird, sobald er abreist. Sonst bräuchte er keine mächtigen Verbündeten.

Von meinem Erfolg begeistert, ergreife ich eine Form und tauche in die Vision ein.

<h1 style="text-align:center">KAPITEL ZWÖLF</h1>

ICH BIN KÖRPERLOS – also schwindet meine insgeheime Hoffnung darauf, dass ich mich mit Nero in seinem Klub oder anderswo auf Gomorrha unterhalte.

Schlimmer noch, das ist nicht Gomorrha.

Um mich herum ist ein Strand, umgeben von einem Ozean, der sich auf allen drei Seiten bis zum Horizont erstreckt. Oben ist ein perfekter blauer Himmel mit bauschigen Wolken. Tiefer im Landesinneren liegt eine idyllisch anmutende Kleinstadt, die direkt dem alten Griechenland entsprungen zu sein scheint.

Das Thema des antiken Griechenlands wird fortgesetzt durch die leckeren, gutaussehenden Männer, die sich am Strand amüsieren. Sie tragen die Art von knappen Outfits, die die Spartaner im Film *300* trugen – viele kraftvolle Beine, Waschbrettbauch und pralle Brustmuskeln.

Sie kommen mir aus irgendeinem Grund auch bekannt vor.

Dann bemerke ich, dass sie alle eine Bräune haben, die zu dem schönen Wetter passt – bis auf einen, den sie alle anzugreifen scheinen.

Er sieht so blass aus, dass ich vermute, dass er eine ernsthafte Vitamin-D-Nahrungsergänzung braucht.

Als er einem Schlag ausweicht, dreht sich der blasse Kerl in meine Richtung, und ich erkenne ihn.

Es ist Vlad – nur habe ich ihn noch nie in so wenig Kleidung gesehen.

Er sieht gut in ihr aus. Oder, besser gesagt, ohne sie.

Seltsam ist auch, dass Vlad nicht so mürrisch aussieht, wie ich es erwartet hätte – zweifellos dank der starken Konzentration auf seinem Gesicht.

Ein anderer brauner Typ schwingt eine Faust auf Vlads Gesicht, aber der Vampir springt aus seiner Reichweite und schlägt dann den Mann in den Bauch.

Der nächste Krieger greift Vlad an, dann ein anderer und noch einer.

Moment. Wie kommt es, dass dies eine Vision von Nero ist?

Dann sehe ich ihn.

Nero steht mit Kit und Isis am Ufer, abseits vom Kampf.

Vlad bemerkt sie auch. Er bellt etwas in einer unbekannten Sprache, und die entschlossenen Kämpfer stoppen ihre Angriffe.

Das ist der Moment, in dem ich sie erkenne.

Oder ich glaube zumindest, dass ich das tue.

Als ich das letzte Mal nach Vlad sah, trainierte er eine Gruppe von Jungen mit Schwertern.

Wenn man diese Jungs genommen und zwanzig Jahre gewartet hätte, dann wären sie wahrscheinlich genauso erwachsen und würden auch so aussehen. Aber das ergibt keinen Sinn – außer, dass diese Kerle die Väter der Jungs sind?

Ohne den Kampf wird Vlads Gesicht wieder düster. Er geht zu Nero hinüber und schaut seinen Ratskollegen von oben bis unten an. »Nero. Kit.« Er ignoriert Isis demonstrativ.

»Die Zeit vergeht hier auf Atlantis viel zu schnell, also werde ich das so schnell wie möglich machen«, knurrt Nero. »Ich bin hier, um dir die Chance zu geben, den Gefallen zurückzuzahlen, den du mir schuldest. Ich stelle eine Armee zusammen, um mein Geburtsrecht zurückzufordern. Ich werde das nicht beschönigen; die Mission wird extrem gefährlich sein. Sie wird …«

»Ich bin dabei«, sagt Vlad, ohne zu zögern.

»Gut«, sagt Nero. »Wie lange brauchst du, um dich fertig zu machen?«

»Warte mal«, sagt Kit und verwandelt sich in den fittesten der Krieger, gegen den Vlad eben gekämpft hat. »Deine fabelhaften Gegner wirken nicht menschlich.« Sie verwandelt sich in einen anderen. »Was sind sie?«

»Strongmen«, sagt Vlad. »Sie behaupten, Nachkommen von Herkules zu sein, aber ich schätze, die meisten ihrer Art tun das.«

Moment.

Ariel sagte, sie sei eine Nachfahrin von Herkules. Heißt das, dass diese Typen aus *300* die gleiche Art von Cogniti wie Ariel sind? Wenn ja, wessen glänzende Idee war es, sie Strong*men* zu nennen? Sollten sie nicht eher Strongpeople heißen?

»Das war eine gute Demonstration ihrer Fähigkeiten«, sagt Nero und wirft Ariels Verwandten einen anerkennenden Blick zu.

Ich betrachte sie ebenfalls und frage mich, ob neben Supergeschwindigkeit und Stärke auch umwerfendes Aussehen Teil des Pakets ist.

»Manchmal sind sie zu gut«, sagt Vlad stolz und zeigt seine Hand.

Wow.

Ihm fehlt die Spitze seines rechten kleinen Fingers. Er muss sie in einem Schwertkampf mit diesen Kerlen verloren haben, und ich schätze, trotz all seiner vampirischen Heilkräfte konnte er *das* nicht wieder nachwachsen lassen.

Das Seltsame ist, dass er nicht im Geringsten sauer darüber ist.

»Beeindruckend«, sagt Nero und blickt auf das, was vom Finger übrig ist.

Dann schaut er Isis an, aber sie schüttelt den Kopf. »Ich kann seine Art nicht heilen – oder Anhängsel nachwachsen lassen.«

Vlad lässt seinen Arm fallen, als ob er die Idee hasst, diesen Finger nachwachsen zu lassen. »Ich habe diese Gruppe trainiert, seit sie Welpen waren«, sagt er. »Wie viele ihrer Art sind sie Söldner, genauso wie die meisten anderen im Dorf. Wenn du Gold und Ruhm erwähnen würdest, könntest du sie leicht davon überzeugen, sich deiner …«

—

ICH BEFINDE mich wieder im Taxi, also springe ich sofort zurück in den Leerraum.

Ich hatte recht. Die Männer, gegen die Vlad gekämpft bzw. die er trainiert hat, sind die gleichen Jungen, die ich schon einmal gesehen habe. Aber wie? Altern die sogenannten Strongmen schneller als normal?

Das scheint bei Ariel nicht der Fall zu sein.

Dann erinnere ich mich daran, dass Nero erwähnt hat, dass die Zeit auf dieser Welt sehr schnell vergeht. Ist es das, was passiert ist? Ist es etwa für Vlad zwanzig Jahre her, seit ich ihn das letzte Mal gesehen habe? Das würde erklären, warum er etwas gesünder und weniger traurig wirkt.

Ja, das ergibt Sinn. Das könnte sogar sein Plan gewesen sein – nach Atlantis zu gehen, um sich zu erholen, ohne dass jemand auf der Erde seine Abwesenheit wirklich bemerkt. Zweifellos hat er es getan, weil er seine Aufgaben als Vollstrecker ernst nimmt, aber nicht in der Lage war, sie nach der Beerdigung zu erfüllen.

Auf jeden Fall muss ich, wenn ich das »Nero zu wählen« überlebe, einen Weg zu diesem Atlantis finden und einen verdienten Urlaub machen, in dem niemand merken würde, dass ich weg bin.

Vielleicht nehme ich Nero mit und lasse ihn die gleichen Klamotten wie Vlad und seine Schüler anziehen. Ich werde sogar …

Schon gut. Im Moment muss ich mir eine Vision davon verschaffen, was Nero vor dieser Vlad-Rekrutierung tut.

Aber wie?

Vielleicht kann ich einen anderen Seher bitten, mir zu helfen?

Ich versuche, Rasputin zu erreichen.

Ich habe kein Glück. Er hat sich offensichtlich noch nicht erholt.

Als Nächstes suche ich den Bannik, aber er ist auch nicht erreichbar.

Ich könnte Nostradamus auf diese Weise erreichen, aber angesichts der Gesellschaft, in der er sich befindet, denke ich nicht, dass ich das sollte.

Vielleicht könnte ich es im Peter-Pan-Stil schaffen, indem ich es mir wirklich ganz doll wünsche?

Also tue ich das. Ich möchte eine Vision von Nero sehen, bevor er Gomorrha verlässt. Ich wünsche es mir mit ganzem Herzen – mit der gleichen Intensität, mit der ich mir zu meinem siebten Geburtstag ein Pony gewünscht habe.

Schnell, bevor sich die Kraft des Wunsches auflöst, konzentriere ich mich auf Neros Essenz.

Ein weiterer Haufen sicher klingender Visionen umgibt mich.

Ich berühre eine und wünsche mir zur Sicherheit auch jetzt noch einmal, dass es diejenige ist, die ich brauche.

———

ICH BIN KÖRPERLOS und erneut nicht auf Gomorrha.

Entweder ist das Wünschen nicht der richtige Weg, um das zu bekommen, was ich will, oder es ist einfach unmöglich, Nero auf Gomorrha zu erwischen, weil er es bereits verlassen hat.

Wie auf Atlantis fehlt es dieser Welt an Anzeichen für moderne technologische Fortschritte.

Den Lehmhütten nach zu urteilen, befindet sich dieser Ort sogar an einem noch früheren Entwicklungspunkt.

Dann fällt mir etwas Seltsames an den Hütten auf.

Sie sind enorm groß.

Nero, der neben einer steht, sieht aus wie ein kleines Kind, genauso wie Isis und Kit.

Vlad ist bei ihnen, ebenso wie der *300*-Trupp und eine Reihe von Leuten, die mir vage vertraut vorkommen. Ich denke, sie könnten vom New Yorker Rat sein, aber ich würde nicht mein Leben darauf verwetten.

Nur eine Person wird nicht von den Hütten in den Schatten gestellt, und das ist jemand, den ich definitiv bei meinen Begegnungen mit dem New York Council gesehen habe – der Typ, der den Ritus durchgeführt hat, und von dem ich annahm, dass es ein Riese sei.

Nur, dass er jetzt etwas trägt, was wie eine Kampfausrüstung aussieht – genau wie viele von Neros Verbündeten.

Sieht so aus, als hätte ich vielleicht recht gehabt. Riesen müssen existieren.

Interessanterweise sieht dieser Typ für jemanden, der in seine Heimat zurückkehrt, nicht glücklich aus, hier zu sein.

Extrem *un*glücklich wäre eine genauere Beschreibung des Ausdrucks auf seinem massiven Gesicht.

»Es tut mir leid, Colton«, sagt Nero, der anscheinend auch die Stimmung des Mannes bemerkt. »Ich weiß, dass ich viel von dir verlange.«

»Aber danach sind wir quitt?«, dröhnt der Riese, Colton. »Selbst wenn er dir sagt, dass du zur Hölle fahren sollst?«

»Ja«, sagt Nero. »Stell mich vor, und wir sind quitt.«

Colton lässt seine riesigen Schultern hängen und macht dann einen Atemzug, der so tief ist, dass ich fast erwarte, dass er eine der Hütten umpusten will.

»Vater!«, schreit er mit einer Stimme, die tief genug ist, um darin zu ertrinken. »Dein Zwerg ist zurück.«

Zwerg? Wie groß sind …

———

ICH BIN WIEDER IM TAXI, und alles dreht sich.

Klingt so, als ob Nero für was auch immer er vorhat

jeden Gefallen einfordert und ernstzunehmende Helfer um sich sammelt.

Außerdem bin ich eindeutig schlecht darin, den Zeitpunkt meiner Visionen zu kontrollieren – Vlad war in dieser Vision, was bedeutet, dass diese in der Zukunft *weiter* fortgeschritten war als die Vision, die ich zuvor gesehen habe.

Vielleicht versuche ich es noch einmal?

Als ich das tue, bekomme ich eine Vision, die noch weiter geht – denn Neros Crew hier beinhaltet eine Plage – oder vielleicht eine Horde – von Riesen.

Sie tragen eine bronzene Rüstung, sind mit einer Auswahl an scharfen und stumpfen Waffen bis an die Zähne bewaffnet und in der Tat so groß, dass sie Colton wie den Zwerg des Stammes erscheinen lassen.

Er mag für einen Menschen mit einer übereifrigen Hypophyse durchgehen, aber seine mehr als drei Meter großen Brüder würden das nie können.

Die Verbündeten, die Nero auf dieser Welt rekrutiert, sehen aus wie Zentauren – nur dass ihr menschlicher Kopf, ihre Arme und ihr Oberkörper aussehen wie die von aufgeblasenen Bodybuildern und der »Pferde-Teil« so mächtig gebaut ist, dass er dem Körper eines Ochsen ähnelt.

Als die Vision endet, versuche ich eine andere.

———

»WAS IST SO BESONDERS an diesem traurigen Haufen?«, fragt Kit Nero und nickt in Richtung der unterernährt aussehenden Menschen, die sich in einem Dorf abmühen, in dem alles von riesigen dampfbetriebenen Maschinen betrieben wird.

Ohne zu antworten, geht Nero zu einem obdachlos aussehenden Mann, holt eine Goldmünze aus seiner Tasche und sagt etwas.

Der Typ zieht sich aus, geht zu einer Lichtung und holt tief Luft.

Mit einem Lichtblitz verwandelt er sich von einem Landstreicher in *etwas*.

Meine erste Vermutung ist ein Drache, wie Nero selbst, aber ein kleiner.

Aber nein. Das Körperdesign dieses Dings ist deutlich anders. Der Schwanz ist länger, die Pfoten sind eidechsenartiger, und der Kopf sieht aus, als ob er auf einen Hahn gehört.

»Ein Basilisk?«, flüstert eine beeindruckte Kit fasziniert. »Ich dachte, die wären ausgestorben.«

»Einige denken das Gleiche von meiner Art«, sagt Nero. »Sei vorsichtig. Ihr Blick ist tödlich.«

Ein Basilisk? Ich glaube, ich habe einmal einen in einem von Felix' Videospielen getötet.

Jetzt ist es amtlich.

Ich bin nicht mehr beeindruckt von neuen Cogniti-Arten. Nach allem, was ich gesehen habe, wären unsichtbare rosa Einhörner, die Regenbögen kacken, dafür nötig.

Der Basilisk verwandelt sich wieder in einen Mann, was Kits Signal sein muss, sich in einen Basilisk zu verwandeln …

Die Vision endet, und ich sitze wieder im Auto.

Ich kratze mir vor Enttäuschung den Kopf.

Egal, was ich tue, ich kann Nero nicht auf Gomorrha erwischen.

Ich schätze, es ist Zeit, das aufzugeben. Ich habe eindeutig keine Ahnung, wie ich steuern soll, *wann* die Vision stattfindet.

Gut. An diesem Punkt bin ich gespannt, was Nero und seine exotische Armee tatsächlich tun werden.

Mit einem tiefen Atemzug springe ich in den Leerraum, um das herauszufinden.

KAPITEL DREIZEHN

NERO STEHT NACKT auf einem großen Hügel in einer vertrauten Welt. Der silberne Grand-Canyon-ähnliche Bergrücken in der Ferne, die außerirdischen Sternformationen am Himmel, die sieben unterschiedlich schattigen Monde und die prächtige Aurora borealis gehören alle zu dem Ort, den Nero auf einem Gemälde in seinem Büro hängen hat.

Die Welt, aus der er kommt.

Die Drachenwelt.

Wie um mir recht zu geben, erschüttert mächtiges Drachengebrüll den Hügel, auf dem Nero steht.

Er verengt die Augen und schaut in die Ferne.

Ja.

Zwei Drachen fliegen in seine Richtung.

Er schaut auf das Drehkreuz, an dem seine Armee aus dem Tor strömt, und dann zurück zu den Drachen.

»Wag es nicht, ohne mich Spaß zu haben«, schreit

Kit vom Fuß des Hügels, als sie ihre Kleider verschwinden lässt.

»Du kannst dich mir anschließen, wenn du darauf bestehst«, antwortet Nero. »Pass nur auf das Drachenfeuer auf.«

Kit winkt abweisend, und einen Moment später taucht ein riesiger Drache dort auf, wo sie gestanden hat – ein grünes Tier mit Schuppen von der Größe eines Esstellers.

Nero nimmt die Verwandlung von Kit als seinen Stichpunkt, verwandelt sich mit einem Energieblitz in seine eigene Drachenform und springt in die Luft.

Das Gebrüll der fernen Drachen ist jetzt noch wütender.

Wie zuvor scheinen Worte in das Brüllen eingebettet zu sein, aber sie sind schwer zu verstehen.

Kit springt in die Luft, und mein Standpunkt folgt ihr und Nero, als ob mein abwesender Körper es auch geschafft hätte, sich Flügel wachsen zu lassen.

Aus dieser Höhe sehe ich eine Armee in der Ferne, die in Richtung Drehkreuz marschiert. Es sieht so aus, als ob es sich um normale Menschen handelt, aber soweit ich weiß, könnten sie genauso gut alle Drachen in menschlicher Gestalt sein.

Und wo wir gerade von Drachen sprechen, die beiden, die näher kommen, müssen Erkundungen durchführen. Ein weiterer Haufen Drachen – der als Schwarm bezeichnet wird – schwebt schützend über der Armee.

Nero und Kit brüllen, bevor sie mit der Geschwindigkeit von Kampfjets auf die beiden Spione zuschießen.

Der größere gegnerische Drache versucht, sich an Neros Kopf festzukrallen, verfehlt ihn aber und bezahlt das mit einem Glied, das Nero sauber abbeißt.

Der Kleinere springt nach oben und stürzt sich auf Kit, aber sie weicht fachkundig aus und kratzt dann mit ihren Krallen über den Rücken ihres Gegners – was der Punkt ist, an dem ich bemerke, dass ihre Krallen rosafarben lackiert sind.

Los, Kit. Ich stelle mir vor, dass es für sie, verglichen mit einem natürlich geborenen Drachen, schwieriger sein muss, so zu kämpfen,.

Der größere Drache schlägt mit dem Schwanz zu und wickelt ihn um Neros Handgelenk. Neros Schnauze nimmt das Faksimile eines Lächelns an, und er spuckt seinem Gegner Feuer ins Gesicht.

Drachenschuppen, Knochen und Muskeln schmelzen und töten das Tier sofort.

Neros Aktion muss dem Gegner von Kit jedoch auf die Idee gebracht haben, dasselbe zu tun, so dass er tief einatmet und zielt.

Ich erinnere mich, was Nero zu ihr über die Vermeidung von Drachenatem gesagt hat.

Mist.

Sie wird keine Zeit haben.

Nero rauscht vor sie, und das Feuer trifft stattdessen seinen breiten Rücken.

Wie ich beim letzten Mal gelernt habe, als ich Drachen kämpfen sah, ist Nero unempfindlich gegen Drachenatem.

Selbst nach dieser Explosion sieht er genauso aus wie vorher – etwas, was man von dem verbliebenen Gegner nicht sagen kann. Kit schneidet in seinen Bauch wie ein Falke, der ein flauschiges Häschen reißt.

Sekunden später fliegen Kit und Nero siegreich auf das Drehkreuz zu.

———

KAUM BIN ich wieder im Auto, springe ich in den Leerraum zurück.

Ich muss sehen, wie groß Neros Armee ist und was passiert, wenn sie auf den Drachenschwarm und ihre Bodentruppen treffen.

Am wichtigsten ist, dass ich sicherstellen muss, dass es Nero gut geht.

———

ZWEI ARMEEN STEHEN sich auf einem trockenen Plateau am Fuße des Hügels gegenüber, auf dem Nero vorhin stand.

Zwei riesige Armeen, die an Szenen aus *Herr der Ringe* erinnern.

Dank der Riesen und der Zentauren weiß ich, auf welcher Seite Nero steht – und es gibt deutlich weniger von ihnen, nach meiner Einschätzung etwa eins zu fünf.

Ein nackter Nero und ein ebenso nackter Mann, den ich nicht kenne, stehen zwischen den beiden Armeen.

Der von ihnen ausstrahlende Hass würde auf einem Geigerzähler ausschlagen.

Wie üblich, wenn es an Kleidung mangelt, sieht Nero zum Anbeißen aus – eine beeindruckende Leistung seinerseits, da ich im Moment nicht einmal einen Mund habe. Und überhaupt, ist es falsch, dass ich möchte, dass Nero gegen diesen Kerl kämpft? Vielleicht zuerst einölen, um …

»Ich habe nicht die Befugnis, dir Claudia zu geben«, knurrt der unbekannte Typ. »Aber selbst wenn ich sie hätte, würde ich es nicht tun. Meine Streitkräfte sind zahlenmäßig den deinen überlegen, und du bist nur ein Drache gegen uns alle.« Er deutet auf den mit Drachen gefüllten Himmel.

»Dann wirst du sterben.« Neros Gesicht ist eiskalt. »Dasselbe gilt für alle anderen, die sich zwischen mich und den Thronräuber stellen.«

»Oder ich beende das jetzt«, sagt der Typ und bewegt sich blitzschnell.

Nero weicht der krallenartigen Hand aus, die auf seine Brust zielt. Mein Chef hat entweder einen Verrat erwartet oder er ist einfach so schnell.

»Ich sollte dir danken«, knurrt Nero, während seine Faust in das Gesicht seines Gegners fliegt. »Ohne dich, ihren General, wird deine Armee so viel leichter zu besiegen sein.«

Das Funkeln in den Augen des Generals ist unheimlich schlangenartig, als er sich duckt. »Und ohne dich wird deine einfach gehen.«

Neros Hände bewegen sich zu schnell, um ihnen zu folgen, aber sein Gegner blockiert jeden Schlag und geht dann in eine Offensive, die auch zu schnell ist, um ihr zu folgen. Ich kann allerdings sagen, dass er nicht einen einzigen Treffer landen kann.

Ein Drache brüllt in der Ferne und fliegt in Richtung der Kämpfer. Der Rest der Drachen folgt.

Auf der Seite von Neros Armee erscheint ein Drache aus dem Nichts – ein grüner, der Kit sein muss.

Brüllend startet Kit in die Luft, und der Rest von Neros Armee nimmt das als Marschbefehl und beginnt, sich nach vorn zu bewegen.

»Also hast du das geplant«, sagt der General fast respektvoll.

»Hoffentlich besser als du«, sagt Nero und landet schließlich einen kräftigen Schlag, der den Kiefer des Mannes trifft.

Der General taumelt, was der Moment ist, in dem Nero mit seiner krallenartigen Hand eine Wunde in seiner Brust reißt.

Der General tritt zurück, leuchtet auf und verwandelt sich in einen riesigen blauen Drachen.

Nero dreht sich ebenfalls um und brüllt etwas, was verdächtig nach »Jetzt!« klingt.

Was auch immer Neros Plan ist, ich hoffe, er kann es mit den Drachen aufnehmen, die sich bald dem General anschließen werden.

Ein Haufen dürrer Soldaten in Neros Armee beginnt zu leuchten. Mit dem Klang von zerreißender Kleidung erscheint eine Brut von Basilisken – oder was auch immer der Gruppenbegriff für Basilisken ist –, wo vorher Menschen waren.

Die seltsamen Kreaturen beginnen zu fliegen, stürzen sich über den Rest von Neros Armee und ergreifen einige der *300*-Kerle mit ihren Krallen.

Die starken Männer sehen jetzt anders aus als damals, als Nero sie rekrutierte; sie tragen schwere Rüstungen und komplizierte Geschirre, die eindeutig für Basiliskkrallen entwickelt wurden. In ihren Händen halten sie böse aussehende Lanzen mit Spitzen, die mich an leuchtend rosafarbene Diamanten erinnern.

Als Kit dieses behelfsmäßige Luftgeschwader anführt, bemerke ich, dass sie einen Reiter auf ihrem Rücken hat.

Vlad.

Oder anders ausgedrückt: Vlad reitet Kit.

Ich wette, das war *ihre* Idee.

Der General spuckt Feuer auf Nero.

Wie zuvor wirkt Nero unerschrocken von dem Drachenatem – aber es lenkt ihn ab. Der General nutzt diesen Moment, um Nero mit dem Schwanz ins Gesicht zu schlagen. Der Schlag hinterlässt keine

Spuren, aber er muss wehtun, da Nero vor Schmerz brüllt.

Nero erholt sich schnell und schlägt mit dem eigenen Schwanz aus.

Der General weicht der Bewegung aus und schaut zurück.

Die Drachen sind jetzt näher dran, aber auch Kit und die Basilisken.

Nero nutzt die Ablenkung des Generals zu seinem Vorteil und spuckt Flammen auf seine Brust.

Der General ist schnell und weicht dem Angriff fast aus, aber die Spitze seines Schwanzes wird vom Feuer getroffen und versengt sofort.

Er brüllt wie ein verwundeter T-Rex.

Seine Verbündeten gewinnen an Fahrt, und ihre Flügel flattern so stark, dass sie zu verschwimmen scheinen.

Kit und die Basilisken passen sich ihrem Tempo an und beschleunigen so schnell, dass ich fast erwarte, dass sie alle ihre Mitflieger verlieren – aber das tun sie nicht.

Nero schwingt seine Klaue auf den General und verfehlt ihn.

Der General versucht, Nero mit seinen schwertartigen Zähnen in die Schulter zu beißen, erwischt aber stattdessen leere Luft.

Die feindlichen Drachen sind fast in Schlagreichweite, ebenso wie Kit und ihre Einheit.

»Bereit?«, ruft Vlad Nero von Kits Rücken aus zu.

»Ja«, scheint Neros Brüllen zu antworten.

Kit fliegt über den General, während Nero nach unten taucht.

Der General beginnt wie ein Falke Nero hinterherzuschießen, als Vlad von Kits Rücken springt, und ich bemerke, dass er das Torschwert in seiner Hand hält.

Während er durch die Luft fliegt, aktiviert Vlad die Plasma-Klinge, und als er am Kopf des Generals vorbeirauscht, schwingt er sie in einem weiten Bogen. Die lichtschwertähnliche Waffe dringt mit Leichtigkeit in den Schädel des Drachen ein und spaltet den Kopf in zwei Hälften.

Vlad drückt den Knopf, um die Klinge zu verstecken, und landet auf Neros Rücken.

Ich weiß, dass dieses Manöver von dem inspiriert ist, das ich das letzte Mal gemacht habe, als Nero gegen einen Drachen kämpfte, und ich mache mir eine geistige Notiz, um Nero zu ärgern, weil er so ein Nachahmer ist. Ich merke auch, dass Vlad jetzt Nero reitet, einen nackten Nero.

Das ist noch etwas, was ich erwähnen kann, wenn ich in der Stimmung bin, ihn aufzuziehen.

Als sie ihren toten Anführer zu Boden stürzen sehen, frieren die anderen Drachen in der Luft ein – aber die angreifende Brut der Basilisken wird nur noch kühner und schneller.

Die Strongmen lassen einen Kriegsschrei ertönen, während gleichzeitig ein Schrei aus den Kehlen der Basilisken explodiert – ein Geräusch, das Dämonen aus der Hölle machen würden, wenn sie versuchen würden, »Kikeriki« zu rufen.

Eine der größeren Basilisken fliegt zu einem feindlichen Drachen, und ein Speer durchbohrt die dicke Drachenhaut in der Nähe der Schulter.

Treffer! Das diamantartige Material der Speerspitzen muss so stark wie Adamantium sein.

Der Drache brüllt vor Schmerz und schlägt auf den Speer, aber dann strömt eine dunkelmagentafarbene Energie aus den wilden Augen der Basilisken in die Wunde.

Der verwundete Drache brüllt und beginnt zu fallen.

Die *300*-Crew schreit etwas und drängt damit zweifellos ihre Basilisken, sie in die Nähe der Drachen zu bringen.

Dann bemerke ich, dass Nero über den Drachen fliegt, während Kit nach unten taucht.

Machen sie den gleichen Trick umgekehrt?

Das tun sie.

Vlad springt von Neros Rücken, tötet einen weiteren Drachen und landet auf Kit.

In der Zwischenzeit fliegt der Rest der Basilisken zu den fassungslosen Drachen, und Speere dringen in ihr Fleisch ein, während der magentafarbene Todesblick die Arbeit beendet, immer und immer wieder.

Unter uns treffen die Bodentruppen schließlich aufeinander.

Colton, der kleinste der Riesen, schwingt ein fast drei Meter langes Claymore und zerstückelt eine kleine Einheit feindlicher Truppen, während der Rest der Riesen noch mehr Schaden zufügt.

In der Zwischenzeit stürmen die Zentauren auf die feindliche Kavallerie zu und halten jeweils eine Lanze, die größer ist als der Turm auf dem Empire State Building. Tumorartige Muskeln wölben sich, als der Anführer der Zentauren ein Dutzend feindlicher Reiter in Kebabs verwandelt und der Rest seiner Einheit diesem Beispiel folgt.

Die menschlicher aussehenden Verbündeten von Nero helfen den Riesen und Zentauren, als sie aufholen. Isis beschießt verletzte Krieger mit dem heilenden Bogen ihrer Magie, und zwischen den Angriffen löst eine weißgekleidete Frau die feindlichen Soldaten mit Strömen weißer Energie auf, was mich an das erinnert, was Ratsmitglied Albina bei Roses Beerdigung tat.

Das muss sie sein, was bedeutet, dass Nero definitiv einige Mitglieder des New Yorker Rates einbezogen hat.

Ein Mann verwandelt sich in einen Riesenwolf, der Nostradamus' Marius wie einen unterernährten Welpen aussehen lässt. Er stürmt in eine Welle von Soldaten und richtet so viel Unheil an wie ein Dutzend Riesen, während ein Kerl, der wie ein Elf aussieht, aber ohne die charakteristischen Ohren, mit seinem Bogen und seinen Pfeilen einen auf Orlando Bloom macht und Dutzende von Soldaten in Nadelkissen verwandelt.

Am seltsamsten ist eine Frau, die Tiere zu sich ruft

wie eine Disney-Prinzessin, nur indem sie Energiebögen benutzt, anstatt zu singen. Sobald exotisch aussehende Vögel und andere Kreaturen sich ihr anschließen, schickt sie sie in die feindlichen Truppen, wo sie zubeißen und -hacken und die Soldaten zum Stolpern bringen.

Aber der größte Schaden für die feindliche Armee wird von ihren eigenen Drachen angerichtet, wenn sie tot vom Himmel fallen und diejenigen zermalmen, auf die sie fallen.

———

ICH BIN WIEDER IM AUTO.

Mein Herz rast in meiner Brust, und mein Magen hat sich vor Angst zusammengezogen.

Zuerst bin ich mir sicher, dass das meine Reaktion darauf ist, Nero in Schwierigkeiten zu sehen, aber dann merke ich, dass dieses Gefühl etwas mit den Tschorts zu tun hat.

Aber was?

Könnten sie mir folgen?

Ich schaue mich um. Ich sehe nur starken Stadtverkehr und keine offensichtlichen Verfolger.

Vielleicht kann der Leerraum mehr Antworten geben?

Ich konzentriere mich und lande sofort dort, mit drei Wolken von Visionen um mich herum – zwei, die erschreckende Melodien spielen, und eine sehr alltägliche.

Diese drei Wolken müssen drei verschiedene Orte und Ereignisse repräsentieren.

Mit drei ätherischen Schweifen greife ich aus jeder Wolke nach einem Vertreter und wirbele in die Visionen.

KAPITEL VIERZEHN

VIER TSCHORTS GEHEN in einem Mehrfamilienhaus einen Flur entlang.

Einen Flur, der seltsam vertraut aussieht.

Ich glaube nicht, dass diese vier mit Felix im Raum waren, aber ich bin mir nicht sicher. Ich schätze, es war zu viel, zu hoffen, dass alle Tschorts außer Boris und Woland gestorben waren.

Ein blasser Mann in einem schwarzen Anzug steht neben einer der anderen Türen, als ob er diese Wohnung bewachen würde.

Ein Mann mit Sonnenbrille im Haus.

Als sie ihn sehen, bewegen sich die Tschorts vorsichtig voran.

Der Typ, dem sie sich nähern – ein Vampir, wenn man die Sonnenbrille und seine Blässe betrachtet – reagiert erst, als sie etwas mehr als zehn Meter entfernt sind. Dann muss er etwas hören oder riechen, weil er sich zu ihnen dreht. »Wer ist da?«

Die Tschorts erstarren, aber es ist zu spät.

»Wer auch immer ihr seid, ihr solltet wissen, dass ihr es mit einem Vollstrecker zu tun habt«, sagt er ruhig und blickt sie an. »Geht jetzt und lebt.«

Definitiv ein Vampir – einer von Vlads.

Da sie entdeckt worden sind, lassen die Tschorts ihre Tarnung fallen und stehen gerader, ohne ein Zeichen von Angst auf ihren Gesichtern.

Der Vampir greift in seine Jacke und zieht eine Pistole hervor, wie ich sie noch nie gesehen habe.

Eine Pistole mit einem futuristisch anmutenden Schalldämpfer.

Er zielt auf die Tschorts und sagt: »Ich werde es nicht noch einmal anbieten.«

»Wie wäre es, wenn wir *dich* gehen lassen«, sagt ein spitzhaariger Tschort mit einem starken russischen Akzent. »Betrachte es als eine Höflichkeit, von Vollstrecker zu Vollstrecker.«

Ohne die Waffe sinken zu lassen, greift der Vampir mit der freien Hand in seine Hosentasche und zieht ein Handy hervor.

»Nein, das wird nicht funktionieren«, sagt derselbe Tschort und zieht ein seltsam aussehendes Ding heraus. Er schwenkt es herum. »Wir haben den Empfang blockiert und die Festnetzanschlüsse in diesem Gebäude gekappt. Also werden es nur du und wir vier sein. Bereit, dich jetzt zurückzuziehen?«

Der Vampir blickt auf sein Telefon, zweifellos, um die nicht vorhandenen Empfangsbalken zu überprüfen; dann drückt er ohne Vorwarnung auf den Auslöser und erzeugt einen kaum hörbaren Schuss.

Die Tschorts werden unkörperlich.

Ein Einschussloch taucht in der Brust des Spitzhaarigen auf, aber es gibt kein Blut oder sichtbare Schmerzen in seinem Gesicht.

Der Vampir blickt auf seinen noch stehenden Gegner, dann auf das Einschussloch in der Wand am anderen Ende des Ganges.

Und dann bemerke ich einen großen Tschort, der sich vom anderen Ende des Flurs aus zu dem Vampir schleicht.

Er muss von der Treppe links neben der Wohnung gekommen sein und die ersten vier Tschorts als Ablenkung benutzt haben.

Der Vampir zielt erneut.

Der neue Tschort zieht leise etwas heraus, was wie eine *Schaschka* aussieht – eine Art einseitiges Schwert, das von den Kosaken benutzt wird.

Mit einem zielsicheren Schlag trennt er den Kopf des Vampirs ab.

Der Kopf fällt auf den Boden, und der kopflose Körper folgt.

»Steckt ihn vorerst in den Müllschacht«, sagt der spitzhaarige Tschort, und zwei seiner Brüder beeilen sich, den Befehl auszuführen.

Als die Reinigung abgeschlossen ist, gruppieren sich die Tschorts vor der Tür, wo der Vampir stand.

Eine Tür, die ich jetzt erkenne – nur, dass ich mit all meinem Sein hoffe, dass ich falsch liege.

Es gibt noch andere Türen wie diese, nicht wahr?

In ähnlich aussehenden Gängen?

Das ist möglich.

Die Tschorts nehmen schwarze Einbrecher-Masken heraus, ziehen sie über und bedecken ihre Gesichter.

»Wie spät ist es?«, fragt der spitzhaarige Anführer, ein dünner, drahtiger Tschort, der mich an Boris erinnert.

»12.57 Uhr«, antwortet das Boris-Double.

»Wir sind spät dran«, sagt der Anführer. Er deutet auf die Tür und befiehlt: »Mach sie auf.«

Der Dünne nimmt einen Dietrich heraus und macht sich an die Arbeit. Obwohl seine Technik viel zu wünschen übrig lässt, erledigt er die Arbeit innerhalb von Minuten.

Bitte lass mich falschliegen.

Sie gehen hinein.

Beim Anblick des unzähligen teuren Nippes kann ich es nicht mehr leugnen.

Das ist die Wohnung meiner Mutter – die meiner Adoptivmutter also.

Wenn ich in diesem Zustand ein Herz hätte, würde es im Boden versinken.

Vielleicht ist sie nicht zu Hause? Vielleicht sind sie hier, um etwas zu stehlen, anstatt sie zu verletzen?

Aber natürlich *ist* sie zu Hause. Warum sonst bewachte dieser Vampir – der zweifellos für Nero arbeitete – die Wohnung?

Die Geräusche eines Fernsehers ertönen aus dem Wohnzimmer, und die Tschorts schleichen dorthin.

Mama bemerkt sie nicht einmal. Ihr Blick ist auf *The Real Housewives of New York City* gerichtet.

Der spitzhaarige Tschort schleicht sich hinter sie, legt seine Hände um ihren Hals und drückt ihn zusammen.

Mamas Gesicht wird aschgrau, und sie fängt an, um sich zu schlagen, während ein ersticktes Zischen anstelle eines Kreischens ihren Lippen entweicht.

»Zeit?«, fragt Mamas Angreifer den dünnen Tschort.

»Es ist schon eins«, antwortet der.

Mit einem gleichgültigen Achselzucken drückt der spitzhaarige Tschort fester zu.

———

EINE ANDERE GRUPPE von Tschorts geht einen anderen – diesmal unbekannten – Korridor entlang.

Wegen der Kartenschlösser an den Türen und der schicken Ausstattung kann ich sagen, dass dies ein Hotel ist. Als ich aus einem Fenster auf den Central Park schaue, weiß ich sogar, welches Hotel das ist – The Plaza.

Papas Lieblingsunterkunft, wenn er New York besucht.

Oh nein. Bitte lasst das nicht das sein, was ich denke.

Ein Vollstrecker-Vampir steht vor einem der Räume und sieht gelangweilt aus.

Die Tschorts folgen dem Drehbuch meiner anderen

Vision – sie benutzen sich selbst als Irreführung, bis sich ein schlaksiger Tschort hinter dem Vampir anschleicht und eine Schaschka für eine weitere Enthauptung benutzt.

Der einzige Unterschied ist, dass sie den Körper anstatt in einem Müllschacht in einem leeren Raum verstauen.

»Wie spät ist es?«, fragt ein rundgesichtiger Tschort.

»12.58 Uhr«, sagt derjenige, der den Vampir enthauptet hat.

Der Tschort mit dem runden Gesicht nickt und drückt eine Schlüsselkarte auf das Schloss.

Das Licht am Gerät leuchtet grün.

Der Tschort öffnet vorsichtig die Tür und schaut auf Papa, der den Neuankömmling mit riesigen Augen anstarrt.

Es ist so, wie ich befürchtet habe.

Die Tschorts töten meine Eltern in einem synchronen Angriff.

»Ich werde die Polizei rufen!«, Papa winkt mit seinem Handy und stolpert zurück.

»Und, wie viele Balken hast du?«, fragt der runde Tschort mit russischem Akzent.

Papa blickt auf den Bildschirm und erblasst.

Die Tschorts betreten den Raum.

Papa wirft sein nutzloses Handy auf die Angreifer und kriecht zum Festnetz.

Der schmächtige, klingenschwingende Tschort

weicht dem fliegenden Handy aus und geht dann zu Papa, genau wie die anderen.

»Kein Freizeichen?«, fragt der runde Tschort spöttisch, als Papa das Telefon mit zitternden Händen an sein Ohr hebt. »Wir haben sichergestellt, dass es keine Unterbrechungen gibt.«

Er nickt dem schlaksigen Tschort mit der Schaschka zu.

Nein. Bitte nicht.

Die Waffe rauscht durch die Luft und durchbohrt Vaters Brust.

———

EINE NEUE VISION BEGINNT.

Ich bin körperlos, in einem Lagerhaus mit Woland, Boris, ein paar Tschorts aus Felix' Vision plus ein paar Tschorts, die ich noch nicht gesehen habe.

Sie alle sehen aus, als wären sie gerade über die gesamte Länge von New York City gerannt und starren auf eine Wanduhr, die 12.44 Uhr anzeigt.

Wenn dies derselbe Tag ist, und es gibt keinen Grund, daran zu zweifeln, warten diese Bastarde nur darauf, dass meine Eltern sterben.

Wie kann ich diese verfluchte Vision stoppen, damit ich tatsächlich etwas *tun* kann?

Nicht, dass ich wirklich eine Ahnung hätte, was ich tun sollte. Angesichts meines derzeitigen Standorts und des Verkehrsaufkommens könnte ich bestenfalls versuchen, einen meiner Elternteile vor 13 Uhr zu erreichen, aber definitiv nicht beide.

Habe ich das Schicksal herausgefordert, als ich Mama sagte, dass ich Dad nie über sie stellen würde?

Weil ich vielleicht genau diese schreckliche Entscheidung treffen oder sie beide sterben lassen muss.

»Ich denke, es ist Zeit«, sagt Woland, als sich die Uhr eine weitere Minute bewegt. Er geht zu einem kleinen Tisch mit einer Flasche Wasser, einer dicken Rolle Klebeband und einem gefalteten Stück Papier darauf.

»Wird das wirklich funktionieren?« Boris schaut auf das Papier, dann auf seinen Chef.

»Sie ist eine Seherin«, sagt Woland und nimmt den Stift. »Wenn sie eine Vision davon sieht, wird es funktionieren.«

»Aber das sind nicht ihre richtigen Eltern«, sagt Boris. »Außerdem wird sie dann auch sehen, was passieren würde, wenn sie hierherkommt.« Er schaut betont auf das Klebeband.

»Dann werden, so traurig es auch sein mag, ein paar Leute umsonst sterben.« Woland zuckt mit den Achseln. »Ein kleiner Preis für die Chance, Rasputin zu bekommen.«

»Und du denkst, er wird kommen, um sie zu retten?« Boris reibt sich die Schläfen, und sein Wieselgesicht ist eine Maske der Verwirrung. »Weil auch er die Zukunft sehen kann?«

»Das, oder sie wird uns sagen, wo wir ihn finden«, sagt Woland. »Beide Ergebnisse sind mir recht.«

Boris zuckt zusammen. »Diese Seherscheiße tut meinem Gehirn weh.«

»Da gibt es ja nicht viel, was wehtun kann«, murmelt Woland leise vor sich hin und entfaltet das Papier. Lauter fügt er hinzu: »Bitte, meine Herren, ich brauche jetzt Ruhe.«

Die anderen Tschorts hören auf, miteinander zu flüstern, als Woland sich räuspert. Er zeigt auf das Papier und sagt: »Liebe Sasha. Bitte sieh, wie ich diesen Vertrag unterschreibe.«

Er hält inne und schaut sich um, als ob er nach einem Geist suchen würde, bevor er das Papier auf einer gestrichelten Linie unterschreibt. Während er das tut, flackert seine Mandats-Aura und bestätigt zweifellos die Verbindlichkeit dessen, was er gerade getan hat.

Ich betrachte den Vertrag.

Wenn man die Juristensprache ignoriert, läuft es auf Folgendes hinaus: Wenn ich, Alexandra »Sasha« Urban, um oder vor 12:59 Uhr allein und ohne Einbeziehung menschlicher oder Cogniti-Autoritäten zu der gegebenen Adresse in Brooklyn komme, verspricht er, Woland, feierlich, seine Leute zurückzurufen und meine Adoptiveltern leben zu lassen. Außerdem würde er sie nie wieder verletzen und alles in seiner Macht Stehende tun, um sicherzustellen, dass niemand, der für ihn oder den Rat von St. Petersburg arbeitet, ihnen Schaden zufügen würde.

Woland schaut auf die Uhr, dann auf die Tür, die ins Lager führt, während ich verarbeite, was ich gerade erfahren habe.

Woland hat einen Plan ausgearbeitet, der ebenso böse wie genial ist.

Er gibt mir eine Möglichkeit, meine *beiden* Eltern zu retten.

Alles, was ich tun muss, ist, mich selbst zu opfern.

Allerdings würde ich nicht nur mich selbst opfern. Die Tschorts hoffen, dass Rasputin kommen wird, um mich zu retten, also würde ich ihn in Gefahr bringen.

Doch Rasputin hat seine Seherkräfte nicht, nachdem er Nero geholfen hat, also wird er nicht kommen.

Die große Frage ist: Würde ich ihnen sagen, wo Rasputin ist, wenn sie anfangen, mich zu foltern? Andererseits, liegt *das* nicht an mir? Mit diesem Vertrag wird Woland nicht in der Lage sein, meine Adoptiveltern zum Sprechen zu bringen, und ich denke, ich habe eine höhere Schmerztoleranz als Felix.

»Ich wette, sie wird nicht kommen«, flüstert Boris leise, und Woland wirft ihm einen bösen Blick zu.

Als die Uhr auf 12.55 Uhr springt, endet die Vision.

KAPITEL FÜNFZEHN

ALS ICH IN die Realität zurückkehre, tippe ich die Adresse in Brooklyn aus dem Vertrag hektisch in mein Telefon.

Mist.

Ich werde es bei den aktuellen Verkehrsbedingungen nie rechtzeitig schaffen.

Ich spiele mit der App, um zu sehen, ob ich es zu Fuß schaffen würde. Nein. Ich würde noch später da sein.

Ich schaue vom Telefon auf. »Halten Sie das Auto an!«

Der Fahrer sieht mich an, als sei ich verrückt, und das aus gutem Grund – wegen des starken Verkehrsaufkommens stehen wir ja schon.

Ohne Zeit mit Abschiedsworten oder Erklärungen zu verschwenden, springe ich aus dem Auto und laufe durch das Meer der Fahrzeuge, bis ich einen

Hoffnungsschimmer sehe, der illegal neben dem Starbucks auf der anderen Straßenseite geparkt ist, wo der Verkehr schnell fließt.

Es ist eine Vespa, ein rosafarbener Klon von derjenigen, die ich früher besaß.

Ich laufe zu ihr und bete, dass der Besitzer nicht in den nächsten Sekunden herauskommt.

Das Erste, was ich tat, als ich meine eigene Vespa bekam, war herauszufinden, wie man sie kurzschließt, damit ich Maßnahmen ergreifen konnte, um zu verhindern, dass jemand anderes dies tat. Jetzt muss ich nur noch hoffen, dass der Besitzer dieses Babys kein Magier wie ich ist.

Nachdem ich fast zweimal überfahren werde, erreiche ich den Roller und schaue mich verstohlen um.

Niemand scheint mir in die Quere zu kommen, also beruhige ich meine zitternden Hände und probiere die schnellste der Methoden, eine Vespa kurzzuschließen, aus, die ich entwickelt habe.

Wenn ich gewusst hätte, dass ich das eines Tages wirklich unter Zeitdruck tun müsste, hätte ich geübt.

Ein paar Sekunden später sitze ich auf der Vespa und gebe Gas.

Trotz all des Adrenalins fühle ich mich schlecht wegen dieses schweren Diebstahls. Wenn ich überlebe, werde ich Felix bitten, mir zu helfen, den Besitzer zu finden und Entschädigung zu leisten.

Wenn ich überlebe.

Darauf sollte ich mich zuerst konzentrieren.

Ein gelbes Taxi huscht vorbei, als ich eine scharfe und sehr illegale Kehrtwendung auf die verkehrsreiche andere Seite der Straße mache.

Dort angekommen, benutze ich die kleinen Abmessungen meines Gefährts, mich an den quasi geparkten Autos vor mir vorbeizuschlängeln, und werde mit der Zeit schneller.

Eine Minute später bin ich so schnell, dass, wenn jemand eine Tür öffnet oder eine Hand aus dem Fenster hielte, ich sofort tot wäre, besonders ohne Helm.

Ich nehme mein Handy hervor und schaue darauf, um zu sehen, ob ich jetzt mein Ziel erreichen würde – und finde heraus, dass die GPS-App keine Option für »Roller« hat. Wenn ich in einem Auto ohne Verkehr wäre, würde ich es schaffen – aber selbst mit dieser halsbrecherischen Geschwindigkeit fahre ich deutlich langsamer als ein Auto.

Wenn ich mit dem Fahrrad fahren würde – was etwas näher an einem Roller liegt – wäre ich zu spät dran.

Außerdem ... *Will* ich es überhaupt pünktlich dorthin schaffen? Ich beeile mich im Grunde genommen, um mich in Wolands Falle zu begeben.

Das Problem ist, dass meine Zeit zu knapp ist, um eine bessere Möglichkeit zu finden, meine Eltern zu retten.

Trotzdem sollte ich versuchen, eine andere Lösung zu suchen.

Was, wenn ich das Offensichtliche mache und den

Notruf wähle? Ich könnte einem Beamten sagen, dass ich im The Plaza Hotel wohne und Schüsse aus Papas Zimmer gehört habe. Ich kann dann zurückrufen und einem anderen Beamten sagen, dass ich bei Mamas Adresse wohne und zwei Schüsse in ihrer Wohnung gehört habe.

Entschlossen springe ich in den Leerraum, um zu sehen, ob der Anruf bei der Polizei das Schicksal meiner Eltern verändern würde.

Nein.

Die Polizei schafft es entweder nicht rechtzeitig oder wird von den Tschorts getötet, wenn sie es tut.

Als Nächstes denke ich darüber nach, die Polizisten zu Wolands Adresse zu schicken.

Wieder sagt mir eine Vision, dass sich nichts ändert – was angesichts dessen, was der Vertrag über das Auftauchen allein besagt, nicht verwunderlich ist. Er muss den Tod meiner Eltern angeordnet haben, sobald er die Polizisten sah.

Eine weitere verzweifelte Idee kommt mir in den Sinn, und ich wähle Felix' Nummer.

»Hey«, sagt er. »Wie läuft es so?«

»Gut«, lüge ich. »Hör zu, kannst du das Telefon dem gutaussehenden Kerl geben, der heute Morgen unsere Tür bewacht hat?«

»Du meinst Eric?« Felix klingt amüsiert.

»Ja«, keuche ich. »Genau den.«

»Er war nicht da, als ich nach Hause kam«, sagt Felix.

Verdammt nochmal.

Eric muss irgendwo nach mir suchen. Das hätte mir klar sein müssen. Die Hoffnung war, ihn zu rekrutieren, damit er bei diesem Durcheinander helfen kann. Mit seinen Teleportationsfähigkeiten hätte er Mom und Dad in Sicherheit bringen können – vorausgesetzt, ich hätte ihn dazu überreden können.

»Worum geht es?«, fragt Felix.

»Ein Tunnel«, sage ich und zische ins Telefon. »Ich rufe dich gleich zurück.«

Felix ruft nicht zurück – was bedeutet, dass er die zweifelhafte Logik, dass ich anrufe, um mit Eric zu sprechen, kurz bevor ich in den Tunnel fahre, nicht in Frage stellt.

Oder er hat es bemerkt und wird sich später über mich lustig machen.

Ich hoffe, dass er genau das tun wird, denn das würde bedeuten, dass ich ein »Später« habe.

In der Ferne sehe ich das Ende des Staus. Es scheint, dass die Ursache ein Unfall war, bei dem ein Minivan in einen LKW gekracht ist.

Ich rausche an den kaputten Autoteilen vorbei und umfasse die Griffe fester. Es gibt jetzt Autos auf der Straße, Autos, die sich bewegen und in mich hineinrasen können.

Ich schaue auf das Telefon, um zu sehen, wie spät es ist, erschaudere und hole alles, was ich kann, aus dem Viertaktmotor der Vespa.

Riesig aussehende Autos scheinen mit tödlichen Geschwindigkeiten an mir vorbeizurasen.

Würde Woland seine Tschorts zurückpfeifen, wenn ich in einem Unfall sterben würde?

Nein, das bezweifele ich. Außerdem … Wie sollte er überhaupt von meinem Ableben erfahren?

Es sieht so aus, als hätte ich nur eine Option.

Mich Woland auszuliefern.

Wenn nur Nero noch auf der Erde wäre – oder Vlad oder Kit oder irgendjemand. Fast jeder Cogniti, den ich kenne, ist nicht verfügbar. Außer vielleicht Chester – aber er ist sauer auf mich.

Da ich verzweifelt bin, riskiere ich mein Leben, um Chester trotzdem anzurufen. Er geht nicht ran.

Ich schätze, es gibt auch noch Lucretia, meine Psychologin, und Pada, den Aufräumer.

Mit einem Sprachbefehl rufe ich zuerst Pada an. Seine Mailbox informiert mich, dass er im Urlaub ist.

Großartig.

Nicht einmal er.

Nicht, dass ich von Pada erwartet hätte, dass er überhaupt helfen würde. Sich auf eine Seite zu stellen ist wahrscheinlich schlecht für seine Arbeitsplatzsicherheit. Er muss nur warten und Woland helfen, meine blutbefleckte Leiche nach der Folter aufzuräumen.

Ich rufe Lucretia als Nächstes an, aber ich werde auf die Mailbox geleitet, die mir sagt, dass sie bei einem Kunden ist. Ich hinterlasse eine Nachricht, dass sie mich zurückrufen soll, sobald sie kann, aber setze keine große Hoffnung darauf. Sie würde es sowieso nicht rechtzeitig aus der Stadt schaffen. Außerdem hatten die Tschorts keine Schwierigkeiten, Vollstrecker zu töten, also welche Chance hätte ein Neuling wie Lucretia gegen sie?

Was ist mit dem Bannik, Lucretias Freund? Könnte er mir irgendwie helfen?

Ich fahre auf die langsamere Spur und konzentriere mich extra stark, um in den Leerraum zu gelangen.

———

ALS ICH SCHWEBE, bemerke ich, dass ich das noch nie während einer Fahrt getan habe.

Dann sehe ich die schrecklichen Formen, die mich von allen Seiten umgeben.

Man muss nicht besonders clever sein, um zu wissen, was diese mir zeigen werden – meine bevorstehende Begegnung mit Woland.

Wenn ich einen Körper hätte, würde ich mich von den Formen fernhalten, als ob sie mit Eiter und Furunkeln bedeckt wären. Ich befürchte, dass ich kalte Füße bekommen und meine Eltern sterben lassen werde, wenn ich mir diese Zukunft anschaue.

Als ich mich an mein ursprüngliches Ziel erinnere, versuche ich, den Bannik zu erreichen, aber erfolglos.

Nun, die Chance, dass er helfen könnte, war sowieso gering.

Da ich schon einmal hier bin, versuche ich als Nächstes, Rasputin zu kontaktieren – obwohl ich mir nicht einmal sicher bin, ob ich ihm die Situation erklären könnte, wenn er antworten würde. Er antwortet sowieso nicht und erspart mir damit die Lügen.

Ich schwebe und überlege, ob ich noch eine weitere Sache versuchen sollte. Schließlich beschließe ich, es zu tun.

Widerwillig gebe ich mein Bestes, um an die Essenz von Nostradamus zu denken.

Nichts passiert.

Vielleicht habe ich ihn noch nicht gut genug kennengelernt, oder er ist nicht im Leerraum.

Oder vielleicht ignoriert er einfach meine Aufforderung.

Ich blicke noch einmal auf die beängstigenden Formen, berühre meine eigene Darstellung und beende den sinnlosen Aufenthalt im Leerraum.

––––––

ICH KOMME WIEDER zu mir und sehe einen Honda Civic nur wenige Zentimeter von meinem Vorderreifen entfernt. Ich muss langsamer werden, um auf die nächste Ausfahrt zu gelangen.

Verzweifelt umklammere ich den Lenker und fahre auf die mittlere Spur, ohne in den Spiegel zu schauen.

Ich sterbe nicht, aber meine Herzfrequenz schießt durch die Decke, als ein böses Hupen meine Ohren erreicht.

Der Kerl, den ich geschnitten habe, beschleunigt und macht obszöne Gesten, als er mich überholt.

Das reicht.

Für den Rest dieser verrückten Fahrt werde ich mich auf die Straße konzentrieren.

Nach dieser Entscheidung leere ich meinen Kopf, so weit ich kann, und fahre so schnell, wie es die Vespa hergibt, bis das GPS mich dazu bringt, die Autobahn zu verlassen.

Von der Ausfahrt fahre ich mit der gleichen Höchstgeschwindigkeit, mit der ich auf der Autobahn unterwegs war, durch die regulären Straßen.

Ohne meine vom Sehen verstärkte Fahrintuition wäre ich mindestens viermal gestorben und hätte wahrscheinlich ein paar Fußgänger mitgenommen. Die gute Nachricht ist, dass es erst 12.54 Uhr ist, als ich neben dem Lager, das mein Ziel ist, parke.

Ich laufe in den vertrauten Raum und schiebe mehrere Tschorts aus dem Weg. »Ich bin hier! Sag es ab. Jetzt.«

Wolands Aura schimmert. Ich schätze, das bedeutet, dass der Vertrag, den er unterzeichnet hat, nun offiziell in Kraft getreten ist.

»Beeilung«, sagt Woland und hebt sein Telefon an sein Ohr, genau wie Boris.

»Es ist vorbei«, sagen sie beide, als die andere Seite abhebt. »Es hat funktioniert. Wir sehen uns hier.«

Ich schlucke etwas Luft und merke, dass der Vertrag nichts darüber aussagt, dass ich versuche zu fliehen, sobald ich allein hier ankomme.

Damit schieße ich zur Tür, aber die Tschorts, an denen ich eben vorbeigerannt bin, bilden eine undurchdringliche Wand vor mir.

Gut.

Dieser Ort hat Fenster. Vielleicht könnte ich …

Eine Faust trifft auf mein Kinn und schlägt mich bewusstlos.

KAPITEL SECHZEHN

ALS ICH VON den pochenden Schmerzen im unteren Teil meines Gesichts aufwache, stöhne ich vorwurfsvoll.

Was hat die Katze mit mir gemacht? Warum?

Dann höre ich, wie jemand zu mir kommt, und meine Erinnerungen kehren zurück.

Ich bin nicht in meinem Bett.

Ich wurde von den Tschorts gefangen genommen.

Dieses Stöhnen war ein großer Fehler. Es wäre viel vorteilhafter gewesen, sich tot zu stellen.

»Endlich bist du zurück«, sagt Woland aus ein paar Metern Entfernung. »Das ist schön. Ich freue mich nämlich darauf, mit dir zu reden.«

Ohne die Augen zu öffnen, untersuche ich meinen Körper.

Etwas hängt an meinem Hals, und meine Arme sind an meinen Seiten gefangen. Wenn ich raten müsste, würde ich sagen, dass ich an einen Stuhl gefesselt bin, was schlecht ist. Das ist eine der am schwersten zu besiegenden Fesselarten.

»Bitte gib nicht vor, noch bewusstlos zu sein.« Woland muss mir jetzt direkt ins Gesicht schauen, denn ich kann den geräucherten Fisch in seinem Atem riechen. »Ich will unser Gespräch nicht damit beginnen, dass ich dich zwinge, die Augen zu öffnen.«

»Gut.« Ich schaue ihn an, dann schaue ich auf das Ding an meinem Hals und sehe, dass es ein Lätzchen ist, wie die, die sie einem in Fischrestaurants geben. Wie aufmerksam. Sie wollen nicht, dass all das Blut, das sie vergießen werden, meine Kleidung ruiniert. »Bevor wir über etwas reden, wollte ich überprüfen, ob du weißt, wer mein Mentor ist.«

Ich denke, wenn ich Neros rechthaberischen Arsch ertragen muss, kann ich seinen Namen auch gleich fallen lassen, falls das diesen Arschlöchern Angst macht.

»Ich weiß ganz sicher, dass Nero nicht da ist, um sich in dieses Treffen einzumischen.« Woland schaut mich an. »Wie wäre es, wenn du kooperierst und es dir leicht machst?«

»Sicher«, sage ich, aber anstatt auf seine Antwort zu hören, versuche ich verzweifelt, eine Strategie zu entwickeln.

Natürlich kommt es nicht in Frage, ihnen den Aufenthaltsort von Rasputin mitzuteilen. Aber das bedeutet nicht, dass ich mich tapfer weigern muss, überhaupt zu reden und meine Folter einfach so hinzunehmen, wie es Spione in Filmen tun.

Was ist, wenn ich etwas anderes ausprobiere? Wie die Tschorts auf eine falsche Fährte zu schicken? Ich kann mich zuerst weigern, um den Schein zu wahren, und dann so tun, als ob ich »breche« und ihnen sagen, dass Rasputin irgendwo sehr weit weg ist. Sobald sie ihn suchen gehen, werde ich mir einen Fluchtweg überlegen. Sie könnten ziemlich sauer sein, wenn sie erfahren, dass ich gelogen habe – aber was werden sie tun? Mich an einen Stuhl fesseln und mich foltern?

Etwas an diesem Plan beunruhigt mich, also beschließe ich, meine Kräfte zu nutzen, um zu sehen, was passieren würde, wenn ich es durchziehe. Jetzt, da ich keinen Rückzieher mehr machen kann, an diesen Ort zu kommen, sind Visionen wieder eine Option, besonders weil es mir nichts ausmacht, zweimal eine Folter zu erleben.

Natürlich *macht* es mir etwas aus, aber in diesem Fall könnten die Vorteile die Nachteile überwiegen.

»Hörst du mir überhaupt zu?«, fragt Woland und klingt frustriert, aber ich ignoriere ihn und springe in den Leerraum.

SOBALD ICH MICH zwischen den Formen befinde, versuche ich zunächst, Rasputin, den Bannik und Nostradamus zu erreichen.

Wieder antwortet keiner von ihnen.

Gut. Zurück zu dem, weshalb ich hierhergekommen bin.

Ich betrachte die vier Wolken von Visionen in meiner unmittelbaren Umgebung: eine tödliche und drei im Vergleich dazu neutrale.

Mist.

Vielleicht ist das genug?

Ich kann bereits sagen, dass Lügen eine schlechte Idee ist.

Aber trotzdem.

Ich muss es mit Sicherheit wissen.

Ich greife nach einem Vertreter jeder Form und bereite mich auf unangenehme Erfahrungen vor.

———

DER SCHMERZ IST SO UNERTRÄGLICH, dass ich keinen Zweifel daran habe, dass sie mir glauben werden, wenn ich vortäusche, jetzt zu »brechen«.

Ich bin wirklich kurz davor.

»Stopp«, krächze ich heraus. »Ich sage euch, wo er ist.«

»Bitte, sprich weiter«, sagt Woland beruhigend.

»Ich kenne den genauen Namen der Welt nicht, aber Drachen leben dort«, sage ich durch eine trockene Kehle. »Es gibt einen silbernen Grand-Canyon-ähnlichen Bergrücken in der Nähe der Tore.« Ich spucke Blut aus. »Ich kann euch eine Karte zeichnen.«

Was ich nicht hinzufüge, ist, dass diese Karte sie durch das höllische Otherland mit hungrigen Gnomen, Strahlung, Giften, Rieseninsekten und viel mehr Spaß führen wird.

Woland seufzt. »Ich habe aus guter Quelle erfahren, dass Rasputin hier auf der Erde ist«, sagt er. Seine gewohnte Höflichkeit verlässt seine Stimme, als er hinzufügt: »Lüg mich noch einmal an, und ich werde dein Herz anhalten.«

Die Tschorts um mich herum murmeln, während ich mich frage, ob er blufft.

Er klingt allerdings, als würde er es ernst meinen.

Außerdem … Wer auch immer seine gute Quelle ist, hat Unrecht – Rasputin ist momentan nicht auf der Erde.

Mist.

Das bedeutet, selbst wenn ich brechen und ihnen die Wahrheit sagen würde, würden sie mir nicht glauben.

Andererseits könnte das eine gute Sache sein.

»Jetzt«, sagt Woland. »Bitte sag mir, wo er *wirklich* ist …«

Ich höre den Rest nicht, weil die Vision in diesem Moment endet und eine neue beginnt.

ICH FÜHLE MICH KURZ DAVOR, wieder tatsächlich zu brechen, was bedeutet, dass ich es genauso gut das zweite Mal hier und jetzt vortäuschen kann.

»Stopp«, raspele ich durch rissige Lippen, und meine Stimme ist heiser vom Schreien. »Diesmal werde ich dir *wirklich* sagen, wo er ist. Keine Lügen mehr.«

»Bitte, rede weiter«, sagt Woland beruhigend. »Aber vergiss nicht: Lüg mich noch einmal an, und du stirbst.«

Er muss bluffen.

Wie soll er herausfinden, wo Rasputin ist, wenn ich tot bin? Ich schätze, es gibt da noch Felix, aber trotzdem. Er muss bluffen.

Ich hoffe, er blufft.

»Queenstown, Neuseeland.« Ich huste mehr Blut aus. »Rasputin wohnt dort im Four Seasons.«

Ich habe keine Ahnung, ob es dort ein Four Seasons gibt, aber ich hoffe es. Ich habe gerade den weitesten Ort genannt, den ich mir vorstellen kann, und das erste berühmte Hotel, das mir in den Sinn kam.

Woland nimmt sein Handy heraus und wischt einige Male darüber.

»Du meinst das Four Seasons Motel in der Stanley Street?«, fragt er.

»Richtig«, sage ich. »Zimmer 7.«

Ein Motel? Es scheint nicht *das* Four Seasons zu sein, aber hey, ich werde alle Glücksfälle mitnehmen, die ich bekommen kann.

»Danke«, sagt er. »Du kannst dich jetzt entspannen.«

Er wendet sich von mir ab und sagt zu Boris und ein paar anderen Tschorts: »Bleibt hier und passt auf sie auf. Der Rest von uns wird sich um Rasputin kümmern.«

———

DIE LAGERTÜR ÖFFNET SICH, und ein wütend aussehender Woland stürmt mitsamt dem Rest der Tschorts auf den Fersen herein.

Was zum Teufel …? Sie waren für viel zu kurze Zeit weg, um nach Neuseeland und zurück zu fahren.

Dann verstehe ich es.

Sie müssen betrogen und die Otherlands als Abkürzung benutzt haben – wie Ariel und ich damals nach Vegas.

Sieht so aus, als würde ich jetzt herausfinden, ob Woland geblufft hat.

Ich schlucke hörbar, und er nähert sich mir.

»Ich habe dir gesagt, was passieren würde, wenn du mich noch einmal anlügst.« Woland packt mein schmerzendes Kinn und zwingt mich, seinem Blick zu begegnen.

Mist. Der Mordlust in seinen Augen nach zu urteilen hat er *nicht* geblufft.

»Warte«, sage ich verzweifelt. »Ich kann dir sagen, wo er ist. Wirklich.«

»Nein.« Wolands Gesicht ist steinhart. »Du hast genug von meiner Zeit verschwendet.«

Und damit breitet sich die verdorbene Energie aus seiner Hand in mein Kinn und in meinen ganzen Körper aus.

»Aufhören!«, will ich schreien, aber ich bekomme keinen Ton heraus, weil mein Atem zu abgehackt ist. Ich zittere und schwitze, Übelkeitswellen treffen mich eine nach der anderen. Es fühlt sich an, als hätte sich eine Pyramide aus Elefanten auf meiner Brust gestapelt, und mein linker Arm wird taub, als schreckliche Schmerzen in meinem Oberkörper explodieren.

Mein Kopf dreht sich ekelhaft, schwarze Flecken tanzen vor meiner Sicht, und mit einem letzten erstickten Atemzug sterbe ich.

―――

ICH BEFINDE mich im selben Lagerhaus, aber körperlos.

Der Grund für den Körperverlust ist klar. Im Stuhl befindet sich meine frische Leiche.

Die Visionen zeigen mir, wohin das Lügen führt, und das ist das Ende.

»Es ist poetische Gerechtigkeit«, sagt Woland zu meinem toten Ich und nimmt seine Hand von meinem Kinn. »Rasputin nahm meine Tochter, und jetzt habe ich seine genommen.« Er richtet sich auf und sieht in Gedanken versunken aus, bis Boris sich räuspert.

»Ja?« Woland schaut auf seinen Helfer.

»Was jetzt?«, fragt Boris. »Sollten wir …«

―――

ICH KOMME in die Realität und somit auf den Stuhl zurück und schaue mich verwirrt um.

»Hilf ihr, sich zu konzentrieren«, sagt Woland zu Boris.

Grinsend geht Boris hinüber und schlägt mit dem Handrücken auf meine Wange.

Der Schmerz ist scharf und stechend, aber zumindest wird er nicht durch den kürzlich verstorbenen Sasha-Tschort verstärkt, so wie bei Felix.

Andererseits war Felix vielleicht in einer besseren Position. Wenn sie den Schmerz verstärken konnten, konnten sie mit weniger Schäden am Körper des Opfers davonkommen.

Bevor ich mir weitere fröhliche Gedanken wie diesen machen kann, schlägt mir Boris in den Bauch.

Die Luft strömt aus meiner Lunge, als mein Solarplexus heute zum zweiten Mal vor Schmerzen schreit. Und es ist wieder Boris' Schuld.

Keuchend versuche ich, in den Leerraum zu gehen, finde es aber fast unmöglich, mich zu konzentrieren.

Wer hätte gedacht, dass es so viel schwieriger ist, die gewünschte Konzentration zu erreichen, wenn man unter lähmenden Schmerzen leidet?

Boris schlägt auf meine andere Wange.

Ich möchte schreien, aber ich habe immer noch nicht genug Luft, um das zu tun.

Ich habe einen starken Eisengeschmack im Mund, und Tränen fließen über meine Wangen.

»Genug«, sagt Woland, als ich erwarte, dass ich wieder geschlagen werde.

Für ein paar glückselige Minuten werde ich in Ruhe gelassen, also nutze ich die Gnadenfrist, um wieder zu Atem zu kommen.

Als ich mich so weit erholt habe, dass ich mich

wieder auf Woland konzentrieren kann, sieht er mich mitleidig an. »Das muss nicht so unangenehm sein«, erinnert er mich. »Es ist nur eine Frage der Zeit, bis du uns sagen wirst, was wir wissen müssen. Warum machst du es nicht jetzt, bevor der Schaden dauerhaft ist?«

»Bitte«, huste ich. »Was ist es, was du von mir wissen willst? Ich sage dir alles, was du willst.«

Er sieht verwirrt aus. Dann fragt er hoffnungsvoll: »Wo ist Rasputin?«

»Wer?«, frage ich, da ich mir denke, dass wenn ich sie schon nicht auf eine falsche Fährte schicken kann, ich zumindest für eine Weile Unwissenheit vortäuschen kann.

Woland seufzt und gibt Boris ein Zeichen.

Boris schlägt mir diesmal auf die Nase.

Ich sehe weiße Sterne, und der Schmerz lässt mich fast ohnmächtig werden.

Fast, aber leider nicht ganz.

Woland wartet, bis ich wieder reden kann, und sagt dann: »Ich weiß aus guter Quelle, dass Rasputin dein Vater *ist*, und du weißt, wo er sich aufhält.« Seine gewohnte Höflichkeit verlässt seine Stimme, als er hinzufügt: »Lüg mich noch einmal an, und ich werde dein Herz anhalten.

Die Tschorts um uns herum murmeln nervös.

Mist.

Ich wusste nicht, dass er *das* als Lüge betrachten würde. Dies könnte einer dieser Fälle sein, in dem die Zukunft ein bestimmtes Muster mag.

Ich habe nur noch eine Lüge, bevor er mir den Herzinfarkt verursacht, den ich in meiner Vision erlebt habe.

Außerdem, wer ist diese Quelle, von der er ständig spricht?

»Ich frage noch einmal«, sagt Woland. »Wo ist er?«

»*Idi k chortu*«, sage ich einen russischen Fluch, den ich gewählt habe, weil er auf seine Art verweist.

Woland schüttelt enttäuscht den Kopf. »Wusstest du, dass solche Sprüche der Grund dafür sind, dass meine Art so mächtig ist?«, fragt er. »Sie sorgen dafür, dass einige Russen bis heute an uns glauben.«

Anstelle einer Antwort schenke ich ihm meinen besten tödlichen Blick.

»Gut«, sagt er und schaut Boris an. »Benutze diesmal deine Kraft an ihr.«

Boris grinst breiter als vorher und nimmt meinen Hals in einen Würgegriff.

Nur anstatt zu drücken, lässt er seine Hände einfach nur liegen, und eine Energie wie die in meiner Vision breitet sich in meinem Körper aus.

Ein scharfer Schmerz breitet sich in der linken oberen Seite meines Bauches aus.

Was zum Teufel …?

Was ist gerade passiert?

»Boris hat gerade deine Milz absterben lassen«, sagt Woland.

Ich starre ihn verständnislos an, und mein Inneres ist schmerzhaft aufgewühlt.

»Die Milz ist für die Filterung von Antikörperbeschichteten Bakterien verantwortlich«, sagt Woland, der offensichtlich meinen Blick missversteht. »Es recycelt auch alte rote Blutkörperchen und das Eisen in deinem Hämoglobin.«

Schließlich kommt die Fähigkeit, zu denken, wieder zu mir zurück. »Nein.« Meine Stimme zittert. »Das kannst du nicht machen.«

»Wir können, und wir haben es getan«, sagt Woland. »Jeder in diesem Raum kann mit jeweils einem deiner Organe genau dasselbe machen. Solange du dich weigerst zu reden, wirst du eines nach dem anderen verlieren.«

Das Entsetzen, das ich empfinde, ist unbeschreiblich.

Ich habe gerade meine Milz verloren.

Obwohl ich immer noch unsicher über ihre Funktion bin, denke ich, dass ich jetzt anfälliger für bestimmte Infektionen sein werde. Nicht, dass es auf die genauen Auswirkungen ankommt. Die Idee, ein solches Organ zu verlieren, ist mehr als gruselig.

Ich denke, ich würde es vorziehen, wenn sie mich weiter schlagen würden – was wahrscheinlich der Grund dafür ist, warum sie sich dafür entschieden haben.

»Bist du bereit?« Woland nickt einem blonden Tschort zu, der gerade vortritt. »Deine Mandeln sind als Nächstes dran.«

Im Kampf gegen die Mutter aller Panikattacken versuche ich, mich auf den Leerraum zu konzentrieren.

Ich habe eigentlich viel zu starke Schmerzen, um

mich zu konzentrieren, aber ich muss es versuchen. Das könnte meine letzte Chance sein, denn der Schmerz wird ab jetzt nur noch schlimmer werden.

Ich mache einen Atemzug und konzentriere mich erneut.

Und noch einmal.

Endlich klappt es.

KAPITEL SIEBZEHN

ICH HABE die körperlose Existenz des Leerraumes noch nie so sehr begrüßt wie jetzt.

Vielleicht kann ich mir jetzt etwas ausdenken – obwohl meine Gedanken auf ein einfaches Mantra hinauslaufen.

Ich will keine weiteren Organe verlieren.

Das tue ich wirklich nicht.

Aber ich kann ihnen auch nicht sagen, wo Rasputin ist.

Ich würde lieber ohne Milz und Mandeln leben.

Ich ignoriere die Formen um mich herum und schwebe, bis ich mich so weit beruhigt habe, dass ich nur noch normale Panik verspüre, und dann versuche ich, Rasputin zu erreichen.

Er antwortet nicht, was wahrscheinlich das Beste ist.

Ich bin gerade so ausgeflippt, dass ich versucht wäre, ihm zu sagen, was los ist. Und dann würde er sich vielleicht für mich opfern.

Ich schwebe noch ein wenig länger und tue mein Bestes, um mich weiter zu beruhigen. Dann versuche ich noch einmal, den Bannik zu erreichen.

Erfolglos.

Nur der Vollständigkeit halber versuche ich, noch einmal an die Essenz von Nostradamus zu denken. Er wirkt scharfsinnig, also füge ich das zu meiner Einladung hinzu. Auch beunruhigt – zweifellos wegen seines Sehverlustes. Als Zugabe füge ich dem Mix sogar mein verzweifeltes Bedürfnis hinzu, mit *irgendjemandem* zu sprechen.

Zu meiner Überraschung taucht ein Wesen neben mir im Leerraum auf.

Ein Wesen, das Kraft und Neugierde ausstrahlt.

Es erblickt mich und greift nach mir.

Ich greife ebenfalls schnell zu und falle in die Verbindung.

———

ICH GEHE die Straße entlang und halte eine winzige Hand in meiner viel größeren fest.

Nun, nicht *meiner* Hand. Das ist Nostradamus' Erinnerung, also ist die größere Hand seine.

Dies ist eine Erinnerung an eine Zeit, bevor er sein Augenlicht verloren hat – und er genießt es, das Grün ringsum zu betrachten. Besonders gerne schaut er seinem geliebten Sohn zu.

»Können wir zur Bäckerei gehen und ein

Gebäckstück holen?«, fragt der Junge auf Französisch
– was ich verstehe, da ich in Nostradamus' Kopf bin.

Nostradamus grinst. »Was siehst du als meine
Antwort voraus? Glaubst du, ich stimme zu oder
nicht?«

Die Liebe, die er für seinen Sohn empfindet, ist
überwältigend.

Es macht mir fast Angst, eines Tages eigene Kinder
zu haben – jemanden so sehr zu lieben scheint schon
beinahe gegen die Regeln zu verstoßen.

»Muss alles eine Lektion sein?«, antwortete das
Kind in einem Singsang. »Es ist Sonntag. Ich will nur
…«

———

EINE WEITERE ERINNERUNG BEGINNT, und diesmal
steht Nostradamus in der völligen Dunkelheit, die
seine neue Existenz ist.

Er brütet jedoch nicht darüber nach, die Augen
verloren zu haben. Es ist der Verlust seiner Familie –
die von Tartarus ermordet wurde –, der ihn belastet.

Kalter Regen prasselt auf seinen Kopf, als er nach
vorne greift und den kleinen Grabstein abtastet.

Als er ihn findet, liest er die Inschrift in
Blindenschrift.

Es ist das Grab seines Sohnes.

Ein leeres Grab.

Die eigentlichen Leichen befinden sich auf einer

anderen Welt – einer Welt, die Tartarus ausgelöscht hat.

»Ich werde das Monster für das bezahlen lassen, was es dir angetan hat«, verspricht Nostradamus grimmig. »Er wird damit nicht durchkommen, das schwöre ich. Ich werde …«

———

WIE JEDES MAL, wenn der Erinnerungsteil der Verbindung vorbei ist, befinde ich mich in völliger Leere, während ein Synapsenhologramm von Nostradamus vor mir schwebt.

Er ist an die unheimliche Form-Einheit gebunden, die seine Gestalt im Leerraum ist, und der seine Brille fehlt – was mir einen Blick auf die unförmigen Narben gibt, die früher seine Augen waren.

»Sasha«, sagt er ruhig. »Das ist eine angenehme Überraschung.«

»Woher weißt du, dass ich es bin?«, frage ich und starre immer noch auf seine Verletzungen.

»Wenn ich an diesem Ort bin, kann ich gut sehen«, sagt er. »Oder genauer gesagt, es sind nicht die Augen, die man an diesem Ort braucht, um sehen zu können – oder die Ohren, mit denen man hört.«

»Richtig.« Ich schwebe ein kleines Stück nach unten. »So sehr ich auch gerne über Metaphysik diskutieren würde, im Moment brauche ich dringend deine Hilfe. Ich kann nicht riskieren, dass einem von uns der Sehersaft ausgeht, bevor ich dir sage, was los ist.«

»Natürlich.« Sein Akzent klingt stärker, als er auf meine Höhe absackt. »Sprich.«

Ich rassele die Informationen so schnell ich kann herunter, erkläre, was passiert ist, und schließe mit: »Ich hatte gehofft, dass du und Lilith helfen könntet, wie ihr es heute Morgen getan habt. Ich weiß, es ist viel verlangt, aber …«

»Ich bin dabei, aber ich kann nicht für Lilith sprechen«, sagt er. »Ich nehme trotzdem an, dass sie ihrer Tochter helfen wollen wird.«

»Großartig. Wann, glaubst du, könnt ihr hier sein?«
Er runzelt besorgt die Stirn.

»Wir sind auf einer anderen Welt«, sagt er. »Es kann eine Weile dauern, bis wir bei dir sind«

»Mist.« Ich schwimme etwa einen Meter nach unten. »Ich bin mir nicht sicher, ob ich genug Organe habe, um eine Weile zu warten.«

»Du musst dir eine Möglichkeit überlegen, sie aufzuhalten«, sagt er. »Und jetzt sollten wir dieses Gespräch beenden, damit wir beide so viel von unseren Seherkräften wie möglich behalten. Ich habe das Gefühl, dass wir sie brauchen werden.«

»Du hast recht«, sage ich und treibe zu meiner Form im Leerraum zurück.

»Sei tapfer«, sagt Nostradamus, während er dasselbe tut.

Wir beide berühren uns selbst – natürlich auf eine nicht-intime Weise – und die Verbindung endet.

ICH BIN WIEDER auf meinem Stuhl und habe neue Hoffnung in meinem Herzen.

Hoffnung, die verdunstet, als ein Tschort näher an mich herantritt und meinen Handrücken berührt.

»Letzte Chance für deine Mandeln«, sagt Woland.

Ich schüttele den Kopf und krümme mich.

Die Energie dringt wieder in meinen Körper ein, und mein Hals krampft, als ob ich den schlimmsten Fall von Streptokokken in der Geschichte der Medizin bekommen hätte.

Ich würge, und Tränen fließen über mein Gesicht.

Es ist schwer, zu glauben, dass ich gerade meine Mandeln verloren habe. Erneut habe ich nur eine vage Vorstellung von ihrem Zweck, aber ich glaube, dass ich jetzt eine erhöhte Wahrscheinlichkeit von Halsentzündungen habe.

»Bereit zu kooperieren?« Woland schaut mich an und nickt einem kurzen Tschort zu seiner Linken zu. »Deine Gallenblase ist als Nächstes dran.«

»Fick dich«, versuche ich zu sagen, aber wegen meiner geschwollenen Kehle kommt es eher wie ein Zischen heraus.

Der rundgesichtige Tschort kommt auf mich zu und berührt mein Handgelenk.

Diesmal sind die Schmerzen in meinem rechten Oberbauch.

Ein brutaler, pulsierender Schmerz.

Als ich feststelle, dass ich mir die Lunge aus dem

Hals schreie, tue ich mein Bestes, um mich zu beruhigen, aber es ist schwer, zu verarbeiten, dass ich keine Galle mehr in meiner Gallenblase habe.

Apropos Galle, ich habe genug im Hals.

Woland fängt meinen Blick auf. »Bitte rede. Uns gehen die nicht lebenswichtigen Organe aus.«

Ich schlucke einen neuen Schwall Galle. »Er ist mein Vater«, gelingt es mir herauszukrächzen. »Ich kann ihn nicht aufgeben.«

»Ein Vater, von dessen Existenz du nie wusstest«, sagt Woland.

Ich kämpfe gegen eine Welle von Übelkeit und schüttele den Kopf.

»Gut.« Woland nickt einem dünnen Tschort zu seiner Linken zu. »Welche Niere willst du vorerst behalten, links oder rechts?«

Ich beiße die Zähne zusammen und tue mein Bestes, um mein Entsetzen nicht zu zeigen.

»Dann die linke«, sagt Woland und nickt seinem Helfer zu.

Der Typ kommt herüber und geht ans Werk.

Dieser Schmerz ist der bisher schlimmste. Ich zittere wie während eines Anfalls und bete um Bewusstlosigkeit – aber sie kommt nicht. Stattdessen gibt es einfach endlose Qualen. Von meinem Magen ausstrahlend, pulsiert der Schmerz durch jeden Nerv, der in meinem Körper endet, bis ich das Gefühl habe, dass ich mich übergeben werde.

Das tue ich nicht – knapp –, aber ich bin so erschöpft von der Anstrengung, dass ich kaum in der

Lage bin, meinen Kopf oben zu halten, bis das schlimmste Zittern aufhört.

»Bist du fertig mit diesem Widerstandsquatsch?«, fragt Woland.

Ich kämpfe mich durch die Qualen, versteife meinen Nacken und presse demonstrativ meine Lippen zusammen.

Seufzend gibt Woland dem spitzhaarigen Tschort, der in meiner Vision meine Adoptivmutter getötet hat, ein Zeichen.

Der Bastard tritt vor.

»Du kannst ohne die Schilddrüse leben«, sagt Woland pedantisch. »Aber du müsstest für den Rest deines Lebens Ersatzhormone nehmen.«

Ich versuche, ihn anzuspucken, aber meine Kehle ist zu geschwollen und mein Mund zu trocken.

»So sei es«, sagt Woland.

Das spitzhaarige Arschloch geht auf mich zu und berührt meine Hand.

Einen Energieschub später scheinen sich die Qualen von meiner Kehle weiter meinen Hals hinunter auszubreiten.

Ich breche in kalten Schweiß aus und stehe kurz davor, den Verstand zu verlieren – oder zusammenzubrechen und ihnen zu sagen, was sie wissen wollen.

Aber nein.

Ich kann nicht.

»Was ist sonst noch unwesentlich?« Woland schaut

auf den schlaksigen Tschort, der Dad in meiner Vision mit einer Schaschka erstochen hat.

»Nun, Frauen *können* ganz gut ohne Eierstöcke leben.« Er nickt dem rundgesichtigen Tschort zu, der auch in Papas Hotel war.

Eine Kälte breitet sich in meinem ganzen Körper aus. Vor wenigen Minuten habe ich mich in Nostradamus' Erinnerung gefragt, ob ich überhaupt ein Kind haben möchte, aber das war nur ein spontaner Gedanke. In Wirklichkeit möchte ich sehr gerne die Möglichkeit haben, Kinder zu bekommen, und das wird mir genommen.

»Ich denke, es ist auch möglich, ohne die Bauchspeicheldrüse zu überleben«, sagt der Rundgesichtige und nickt einem skelettartigen Tschort zu.

»Sie würde sehr bald Insulin brauchen, und wir haben keins«, sagt Woland und betrachtet mich. »Nein, ich denke, die Eierstöcke sind hervorragend geeignet. Es gibt zwei davon, so dass Sasha zwei Chancen hat, bevor die Folgen irreversibel sind.«

»Bitte!«, würge ich heraus. »Nicht.«

»Dann sag mir, was ich wissen will«, sagt er beruhigend. »Das hört auf, wann immer du willst, dass es aufhört.«

Ich rüttele an meinen Fesseln, aber erfolglos.

»Nimm den rechten«, sagt Woland zum rundgesichtigen Tschort.

Der Typ geht auf mich zu und berührt meine

Wange. »Sag ihm einfach, was er wissen will«, flüstert er. »Das wirst du sowieso tun.«

Als ich nicht antworte, zuckt er mit den Achseln und schickt seine abscheuliche Energie in meinen Körper.

Es fühlt sich an, als ob sich all die Krämpfe, die ich je in meinem Leben hatte, zu einem einzigen Moment verdichten, und der kalte Schweiß, der meinen Rücken hinuntergetropft war, verwandelt sich in einen Fluss. Gleichzeitig fühle ich mich, als wäre ich in eine Sauna geworfen worden, wo jemand die Hitze auf Menschengrilltemperatur erhöht hat.

Ich muss würgen, und meine Sicht verdunkelt sich, aber irgendwie bleibe ich bei Bewusstsein – und spüre quälend klar den Schmerz.

Scheiß auf die Fruchtbarkeit. Ich bin bereit, ihnen alles zu sagen, nur um das zu beenden.

Eine verzweifelte Idee taucht in meinem schwimmenden Kopf auf, und ich kämpfe darum, in den Leerraum zu gelangen, um zu sehen, wie es ausgehen würde. Aber egal wie sehr ich es versuche, die Krämpfe aus der Hölle machen es unmöglich.

Ich versuche es noch einmal.

Nein.

Leerraum und Schmerz weigern sich, zusammenzuarbeiten.

Also gut. Vielleicht riskiere ich meine Idee, ohne sie durch eine Vision zu überprüfen?

»Du hast zwei Sekunden, bevor du steril wirst«, sagt Woland von irgendwoher.

Nein.

Nicht das.

»Hör auf«, stöhne ich. »Ich sage euch, wo er ist.«

Die verschwitzte Handfläche des rundgesichtigen Tschort verschwindet von meinem Gesicht.

»Bitte, rede weiter«, sagt Woland beruhigend. »Denk einfach daran, lüg mich noch einmal an, und du stirbst.«

Das ist richtig.

Das wird das zweite Mal sein, und ich weiß, dass er nicht blufft.

»Neuseeland«, presse ich heraus, so wie ich es in meiner Vision getan habe. »Er wohnt im Four Seasons Motel in Queenstown.«

Der Rest unserer Interaktionen verläuft wie in meiner Vision. Er überprüft, ob es in diesem Teil der Welt einen Ort namens Four Seasons gibt; dann nimmt er einen Haufen Tschorts und geht.

Ich atme durch meinen schmerzhaft geschwollenen Hals und sacke auf dem Stuhl zusammen.

Mein großes Glücksspiel ist, dass Nostradamus und Lilith kommen, bevor ich bei dieser Lüge erwischt werde.

Meine beschissenen Optionen waren, mein Leben zu riskieren oder meinen anderen Eierstock und wer weiß was noch zu verlieren.

»Willst du etwas Schach spielen?«, fragt Boris einen anderen Tschort und nimmt eine winzige Schachtel aus der Tasche.

»Wir müssen auf sie aufpassen«, antwortet der Tschort.

»Nicht unbedingt«, sagt Boris, lächelt mich dann dreckig an und lässt seine Knöchel knacken.

»Warte«, krächze ich, als er seine Hand zu einer Faust ballt, aber er ignoriert mich und schlägt sie auf die rechte Seite meines bereits geschwollenen Gesichts.

Etwas – wahrscheinlich mein Wangenknochen – knackt, und mein Bewusstsein schwindet.

―――

ICH KOMME mit einer Symphonie aus Schmerzen zur Besinnung.

Mein ganzer Körper leidet Qualen, und mein Gesicht fühlt sich an, als wäre es durch einen Fleischwolf gedreht worden.

Es gibt jedoch eine positive Seite.

Dank des Schmerzes weiß ich, wo ich bin – also zeige ich niemandem, dass ich wieder im Land des Bewusstseins bin.

Ich atme nur oberflächlich und hoffe, dass die Schmerzen nachlassen.

Aber das tun sie nicht.

Tatsächlich sind sie so schlimm, dass ich den Leerraum nicht erreichen kann, egal wie oft ich es versuche.

Nachdem ich gefühlte Stunden lang in meinem Elend geschmort habe, höre ich, wie sich die Tür öffnet.

Ich hoffe mit allem, was ich habe, dass es Lilith und Nostradamus sind, und öffne meine Lider ein Stück weit. Die Ironie meiner Situation entgeht mir nicht. Wenn mir heute Morgen jemand gesagt hätte, dass ich ausgerechnet Lilith sehen möchte, hätte ich demjenigen ins Gesicht gelacht.

Als ich sehe, wer hereinkommt, verlässt mich alle Hoffnung.

Ich habe mich schwer verrechnet.

Es sind nicht Lilith und Nostradamus.

Es ist Woland – und er sieht genauso wütend aus, wie er es in meiner Vision getan hat.

Und wie in dieser Vision wird er mich umbringen.

Er wird mein Herz anhalten, und das war's.

Wie um gegen das zu rebellieren, was passieren wird, hämmert mein Herz wie wild gegen meinen Brustkorb.

»Ich habe dir gesagt, was passieren würde, wenn du mich noch einmal anlügst.« Wie in meiner Vision packt Woland mein schmerzendes Kinn und zwingt mich, ihm in die Augen zu schauen.

Das war's.

»Warte«, sage ich verzweifelt. »Ich kann das erklären.«

»Nein.« Wolands Gesicht ist wie versteinert. »Du hast genug von meiner Zeit verschwendet.«

KAPITEL ACHTZEHN

BEVOR WOLAND seine herztötende Energie in mich schicken kann, explodiert die Lagerhalle.

Wolands Augen weiten sich, als ein Betonbrocken direkt auf sein Handgelenk zufliegt.

Er wird durchsichtig, springt zurück, und der Brocken landet genau dort, wo er gerade noch stand.

Alle schauen nach oben.

Dort ist Lilith.

Sie schwebt aus dem Loch in der Decke wie ein Löwenzahnsamen auf einem Lufthauch.

Es sieht so aus, als ob sie der Schwerkraft auch hier auf der Erde trotzen kann – zumindest für ein Publikum, das ausschließlich aus Cogniti besteht.

Woland kommt als Erster zu sich und rennt zum Ausgang. Boris rast hinter seinem Chef her, ebenso wie der spitzhaarige Tschort und ein paar andere.

Der Rest der Tschorts starrt Lilith an, als ob sie in ihrem Bann wären – und vielleicht sind sie es auch.

Vielleicht sehen sie ihr göttliches Gesicht oder vielleicht benutzt sie eine andere Kraft bei ihnen – das ist für mich schwer zu sagen.

Als Woland sein Ziel erreicht, rammt er seine Schulter gegen die Tür und läuft nach draußen, während Lilith auf die hypnotisierten Tschorts zusteuert, die übrig geblieben sind.

Mit einem Blitz roter Energie erscheinen kleine Einstiche in jedem Genick – einschließlich in Boris', der an der Tür steht.

»Ja«, gurrt Lilith gruselig. Dann macht sie eine neue Geste, und ein winziger Blutstrom läuft aus jeder der Wunden und fliegt entgegen aller Gesetze der Schwerkraft und Logik direkt in ihren Mund.

Die Tschorts scheinen aus ihrer Lähmung aufzuwachen und starren Lilith entsetzt an.

Ich kann es ihnen nicht verübeln.

Sie müssen das Gleiche denken wie ich: Sie kann sich von ihren Opfern aus der Ferne ernähren?

Lilith, die müde aussieht, lässt ihre Arme sinken, und das Blut hört auf zu fließen.

Die Tschorts starren sie immer noch an.

Lilith landet auf dem Boden und schluckt lautstark die Flüssigkeit in ihrem Mund.

»Komplex.« Sie grinst wie ein Hai. »Samtig mit blumigen Noten. Und das Beste daran ist: keine Wandlung mehr für euch.«

Boris reißt seine Augen von ihr fort und springt zur Tür, stolpert aber sofort zurück.

Mit einem lauten Knurren reißt Marius, der Wolf, an Boris' rechtem Oberschenkel.

Vor Schmerzen schreiend, fällt der Tschort und versucht, den Werwolf zu schlagen – nur um ein Stück seines Arms zu verlieren. Er bewegt sich, um zu treten, aber das bringt nur sein anderes Bein in Marius' Maul.

Als er sieht, dass der Werwolf beschäftigt ist, läuft der spitzhaarige Tschort zum Ausgang – als Nostradamus wie aus dem Nichts auftaucht und mit einem gebogenen Dolch durch die Kehle des Tschorts schneidet.

Der Tschort verdunstet. Für immer.

Da sie offensichtlich entscheiden, dass Nostradamus ein leichtes Ziel sein muss, stellen sich vier weitere Tschorts vor dem blinden Seher auf.

Als ob er sie sehen könnte, schlägt Nostradamus mit seinem Dolch zu, und seine Bewegungen sind schnell und präzise berechnet wie die eines Soldaten der Spezialeinheit oder eines gut programmierten Roboters.

Er muss seine Macht nutzen, um so zu kämpfen.

Nostradamus entsorgt schnell seine Angreifer und tötet weitere Tschorts, um mich zu erreichen. Dann steht er mit seinem Dolch neben mir – zweifellos, um zu verhindern, dass die restlichen Tschorts mich als Geisel benutzen.

In der Zwischenzeit grinst Lilith freudig erregt, als sie nach dem größten Tschort greift, den sie finden kann. Eine unscharfe Bewegung, und sie hält den Kopf des Tschorts mit seiner herausgerissenen Wirbelsäule in der Hand.

Die anderen Tschorts erblassen.

Sie grinst breiter, schwebt vom Boden nach oben und stürzt sich dann nach unten, um auf den Tschort zu zielen, der meine Gallenblase zerstört hat.

Fast spielerisch schlägt sie ihn aus der Luft, und der Kerl fliegt drei Meter weit und knallt dann so stark gegen die Zementwand, dass sein Körper buchstäblich explodiert.

Der Rest der Tschorts läuft von ihr weg, aber jeder, der zum Ausgang kommt, lernt Marius' Kiefer kennen.

Ich bin zu benommen, um den Rest des Kampfes zu verfolgen, und nehme nur Teile von dem wahr, was passiert.

Lilith landet, schnappt sich den Kerl, der meine Mandeln gestohlen hat, und tritt ihm in die Leiste. Er fliegt fast bis zur zerbrochenen Decke, stürzt dann zu Boden und löst sich auf.

Nostradamus weicht einem Schlag von einem schlaksigen, schaschkaschwingenden Tschort aus und vergräbt dann ein Messer in seinem Bauch.

Lilith reißt dem rundgesichtigen Eierstockexperten das Bein ab und fliegt dann umher, um die anderen Tschorts damit zu erschlagen.

Marius knurrt und entmannt den Nierenfachmann.

Lilith versenkt ihre Fangzähne in den Gallenblasentypen und trinkt ihn mit einem riesigen Schluck aus – dann rülpst sie übertrieben.

Meine Sicht beginnt an diesem Punkt zu

verschwimmen, was ein Segen ist, da Liliths Morde noch kreativer werden.

So kreativ, dass ich jahrelang Alpträume haben werde.

Schließlich sind die einzigen überlebenden Tschorts Boris mit seinen zerfetzten Körperteilen und ein paar andere, die zu verwundet sind, um sich zu bewegen.

Jetzt befreit Nostradamus meine Hände und Füße, nimmt mir dann das blutbefleckte Lätzchen vom Hals und wirft es auf den Boden. Ich kann jedoch nicht aufstehen, weil ich zu viele Schmerzen habe und weil der Mangel an Durchblutung meine Gliedmaßen einschlafen lassen hat, die jetzt prickeln und stechen, als würden sie eine Stachelschweinearmee beherbergen.

Lilith geht zu dem kleinen Tisch, der es geschafft hat, die Schlacht zu überstehen, und nimmt die Flasche Wasser.

Sie geht auf mich zu, sticht sich mit ihrem Fangzahn in den Finger und drückt einen kleinen Tropfen ihres Blutes in die Flasche.

Sie bleibt neben meinem Stuhl stehen, schüttelt das Wasser gut und betrachtet mein Gesicht. »Du arme Kleine.« Sie drückt die Flasche auf meine Lippen. »Trink das, und du wirst so gut wie neu sein.«

Da Felix davon nicht abhängig zu sein schien und ich alles tun würde, um die Schmerzen zu stoppen, schlucke ich gierig einen großen Schluck des Blutwassers.

Eine fast orgastische Linderung huscht durch meinen Körper. Es ist wie Essen, wenn man am Verhungern ist, oder Trinken kurz vor dem Verdursten.

Die Knochen in meinem Gesicht sind die ersten, die heilen, aber der Rest meiner Schmerzen verschwindet auch, ebenso wie Übelkeit, Schwindel und die Stiche in meinen Gliedmaßen.

Wow.

Felix hatte recht. Das ist Heilung auf Isis-Ebene, wenn nicht sogar besser.

Obwohl ich nicht glaube, dass ich süchtig bin, kann ich verstehen, warum eine direktere Blutentnahme ein Problem sein könnte.

»Danke«, sage ich und wundere mich, dass meine Stimme wieder ganz normal ist. Ich wende mich Nostradamus und Marius zu und danke auch ihnen.

»Gerne«, sagt Lilith. »Wir sind eine Familie. Ich bin mir sicher, du würdest mir auch helfen, wenn ich es bräuchte.«

Hm. Aber würde ich das tun? Was soll ich darauf antworten? Das ist wirklich unangenehm.

»Heilt dein Blut auch die inneren Organe?«, frage ich und beschließe, zu einem viel wichtigeren Thema zu wechseln.

»Natürlich«, sagt Lilith mit mehr als einem Hauch von Stolz.

»Auch wenn sie von Tschorts beschädigt wurden? Weil sie meine Milz und einen Haufen anderer Dinge getötet haben.«

»Ich wüsste nicht, warum nicht«, sagt Lilith und schaut zu Nostradamus, der mit den Schultern zuckt. »Aber da ich es noch nie getestet habe, sollten wir dich wahrscheinlich in ein menschliches Krankenhaus bringen, um es zu überprüfen.«

»Tolle Idee«, sage ich und stehe mühelos auf. Freudig gehe ich ein paar Schritte auf meinen wieder stabilen Beinen.

Die Genesung ist erstaunlich.

»Bevor wir gehen, müssen wir sie *erledigen.*« Lilith nickt dem immer noch stöhnenden Boris und seiner überlebenden Crew zu. »Welchen willst du?«

Für einen Moment denke ich darüber nach.

Ich würde nichts lieber tun, als zu Boris zu gehen und mit einem stumpfen Gegenstand auf seinen dummen Kopf zu schlagen – oder auf eine seiner Verletzungen zu treten und etwas Gleichgültiges zu sagen wie »Rache ist süß, Arschloch«.

Glücklicherweise gewinnt meine rationale Seite die Oberhand, und ich erinnere mich an Rasputins Visionen, in denen ich mich in eine Tötungsmaschine verwandele. Lilith hat offensichtlich eine seltsame Agenda, was das betrifft, und ich werde dabei nicht mitmachen.

Ich werde nicht zulassen, dass sie mich in ein Monster verwandelt.

Es sei denn, ich bin bereits ein Monster.

Ich habe mit Sicherheit die Gene dafür.

Aber nein. Klar, ich habe Feinde in der Hitze des Kampfes getötet, aber ich habe noch nie jemanden ermordet, und ich werde jetzt auch nicht damit anfangen.

»Immer noch zimperlich«, sagt Lilith enttäuscht zu Nostradamus. »Oh, nun ja. Besser für mich.«

Damit stolziert sie zu einem verwundeten Tschort hinüber und bricht ihm das Genick.

»Sicher, nennen wir es ›zimperlich‹«, murmele ich und schaue weg, als sie einen weiteren auslöscht.

»Aber das ist derjenige, der dich am meisten verletzt hat, oder?« Sie richtet ihre Schuhspitze auf Boris. »Ich glaube, er hat auch deinen kleinen Freund verletzt.«

»Das ist er.« Ich kann nicht anders, als mein Kinn und meine Wange zu reiben – die vollständig geheilten Teile meines Gesichts, die Boris verletzt hatte.

»Und trotzdem willst du ihn nicht umbringen?« Sie sieht wirklich verwirrt aus.

»Vielleicht ein anderes Mal«, sage ich so höflich wie möglich. »Du kannst ihm die Ehre erweisen.«

»Oh, das werde ich«, sagt sie bedrohlich. »Ich denke, er braucht eine Lektion in Etikette.«

Sie kniet sich neben Boris nieder und reißt ihm beiläufig das Ohr ab.

Er schreit.

Sie drückt etwas Blutwasser aus der Flasche in seinen Mund, und seine Verletzungen beginnen zu heilen. Sobald sie weg sind, erschafft sie neue.

Ich schaue wieder weg.

Lilith beginnt, etwas Neues mit Boris zu machen –

etwas, was klingt, als würde sie Hamburger von Grund auf selbst zubereiten … ohne Küchengeräte.

Boris schreit wie eine Furie und hört auch gar nicht mehr auf, bis ich mir die Ohren zuhalte, um nicht den Verstand zu verlieren.

Gedämpft, dauert das Schreien noch sehr, sehr lange an.

Als es aufhört, drehe ich mich um und sehe, dass Boris' Körper bereits zerfallen ist, wie die der restlichen seiner Art.

»Ich weiß«, sagt Lilith und schaut auf die leere Stelle. »Aber ich musste das schnell machen, damit wir dich ins Krankenhaus bringen können.«

Das ging schnell? Wie lange hätte sie den Kerl gefoltert, wenn sie mehr Zeit gehabt hätte?

Vielleicht hat sie nicht gelogen, als sie sagte, sie habe Rasputin gut behandelt. Im Vergleich zu dem, was sie tun kann, waren die Schläge der Wachen pure Zuneigung.

Nostradamus schüttelt langsam den Kopf, greift nach Marius und geht zum Ausgang.

Ich warte darauf, dass Lilith ihm folgt, und schließe mich als Letzte an.

Draußen wartet ein eleganter Ferrari. Marius und Nostradamus steigen hinten ein, während Lilith hinter das Steuer springt.

Großartig. Lassen wir den Psycho fahren. Warum nicht?

Ich steige vorsichtig ein und schnalle mich an.

Wenn wir einen Unfall haben, kann ich wenigstens

etwas von Mamas Blut lecken, um mich besser zu fühlen.

Moment mal, spricht da die Sucht?

Grinsend tritt Lilith aufs Gaspedal.

Die regulären Straßen fliegen mit NASCAR-Geschwindigkeit vorbei, und als wir die Autobahn erreichen, schafft es Lilith, noch mehr zu beschleunigen. Ich umkralle meinen Sitz und überprüfe, ob mein Sicherheitsgurt angelegt ist, während sie einen Beinahe-Unfall nach dem anderen verursacht.

Sie muss wieder ihre Glückskräfte einsetzen. Dieses ähnelt dem, was Chester tat, als er neulich fuhr – aber auf Steroiden und mit dem Verlangen nach antipsychotischen Drogen.

»Ist Woland entkommen?«, frage ich Nostradamus – hauptsächlich, um an etwas anderes zu denken als die bevorstehende Explosion des Autos.

»Ich habe keine Ahnung«, sagt Nostradamus und streichelt Marius' Fell. »Hast du gesehen, dass er entkommen ist?«

Marius knurrt.

»Warum hast du ihn dann nicht getötet?«, fragt Lilith – und zu meinem Entsetzen schaut sie zu Marius anstatt auf die Straße.

Marius knurrt wieder.

»Du hast recht«, sagt Nostradamus. »Sashas Sicherheit *hatte* Priorität.«

Wollen die mich verarschen – oder bedeutet dieses Knurren wirklich etwas?

»Woland hat alle seine Leute verloren«, sagt Lilith und sieht diesmal mich anstatt der Straße an. »Er hat wahrscheinlich den Schwanz eingezogen und ist bereits auf dem Weg nach St. Petersburg.« Sie richtet ihren Blick auf die Straße zurück und fügt hinzu: »Zweifellos wird er abgesetzt, weil alle Vollstrecker getötet wurden.«

Marius knurrt noch einmal.

»Nein.« Nostradamus krault Marius' flauschiges Ohr. »Du kannst ihn nicht zur Strecke bringen. Ohne Lilith sind Tschorts extrem schwer zu töten.«

Ich bin kurz davor, ein paar Fragen zu stellen, als wir auf eine Rampe fliegen und fast

in einem Gebäude mit der Bezeichnung *NYU Lutheran Medical Center* landen.

Marius werden beim Betreten der Lobby komische Blicke vom medizinischen Personal zugeworfen – zumindest bis Lilith alle bezirzt. Sie lässt sie mich auch so schnell wie möglich aufnehmen, und ich werde bald hineingehetzt und jedem der Wissenschaft bekannten Scan unterzogen.

»Ihre Organe sind vollkommen in Ordnung«, erzählt der Arzt Lilith, und seine Stimme klingt aufgrund seines Bezirztseins roboterhaft. »Tatsächlich ist sie bei so perfekter Gesundheit, wie ich es noch nie gesehen habe. Es ist außergewöhnlich.«

Ich stoße den Atem aus, von dem ich nicht wusste, dass ich ihn angehalten hatte. Ich habe mir Sorgen um meine Organe gemacht – besonders um den Eierstock und die Niere.

Wie sich herausgestellt hat, fühle ich mich ihnen sehr verbunden.

Lilith strahlt mich stolz an. »Mein Blut ist außergewöhnlich.« Dann wendet sie sich wieder dem Arzt zu und fragt: »Was ist mit meinem Drink?«

»Richtig.« Der Arzt gibt ihr einen Blutbeutel. »Typ O, wie gewünscht.«

Lilith nimmt ihm den Beutel ab und schlürft wie ein schlecht erzogenes Kindergartenkind.

Als sie mit diesem einen Beutel fast fertig ist, kommt eine Krankenschwester und gibt ihr noch einen.

»Was, wenn sie einen Patienten bekommen, der das für eine Transfusion braucht?«, frage ich, während ich aufstehe, um zu gehen.

»Wäre es dir lieber, wenn ich das Blut aus einem dieser sehr praktischen Behälter nehme?« Lilith lächelt räuberisch und winkt einem süßen kleinen Mädchen am Ende des Flurs zu.

»Nein«, sage ich schnell. »Ich bin mir sicher, sie haben viel Blut in der Bank. Lass dich nicht stören.«

Wir gehen schweigend, während mehr medizinisches Personal Lilith Beutel für Beutel bringt – Lilith, weil sie sie weiterschlürft, und ich, weil ich beschließe, meine Kommentare auf ein Minimum zu beschränken, damit keine Menschen getötet werden.

Sobald wir draußen sind, schaue ich auf mein Handy.

Immer noch nichts von Nero, aber ich habe eine Nachricht auf der Mailbox und zwei SMS von

Lucretia, in denen sie mich fragt, warum ich vorher angerufen habe und ob alles okay ist.

Okay ist auf einem anderen Planeten, schreibe ich zurück. *Vielleicht in einer anderen Galaxie.*

Sie schreibt sofort zurück:

Wollen wir uns treffen? Ich verlasse gerade die Banja und fahre in ein paar Minuten zurück in die Stadt.

»Sexmessages für deinen Freund?«, fragt Lilith, als sie mein Handy bemerkt. »Du solltest ihm vielleicht einen Besuch abstatten. Man sagt, mein Blut macht …«

»Bitte beende diesen Gedanken nicht«, sage ich, springe in das Auto und denke immer noch darüber nach, was ich Lucretia antworten soll.

»… Sex viel besser«, sagt Lilith genüsslich und schließt sich mir im Ferrari an.

Nostradamus gibt vor, es nicht gehört zu haben, streichelt Marius' Fell, und der Werwolf knurrt zufrieden.

»Also«, sagt Lilith. »Was jetzt?«

Das ist eine tolle Frage.

Es ist Stunden her, seit ich meine Visionen über Nero hatte, und ich wette, es besteht keine Chance, dass ich ihn an diesem Punkt noch auf Gomorrha erwischen kann.

Will ich immer noch dorthin gehen, um mit Rasputin und Ariel zu reden? Ich schätze, das tue ich, aber das hat keine Priorität – nicht, wenn Nero in Schwierigkeiten steckt.

Soll ich in die Drachenwelt gehen, um Nero bei

diesen epischen Schlachten zu helfen? Vorausgesetzt, ich habe sie nicht schon verpasst.

Er wäre sauer, wenn ich auftauchen würde – was ein Bonus ist. Aber was ist mit meinen derzeitigen Gefährten? Soll ich sie mitnehmen? Lilith könnte in einem Kampf sicherlich nützlich sein und würde das ganze Blutvergießen vielleicht sogar als eine gute Mutter-Tochter-Bindungserfahrung betrachten.

Nein, Moment.

Lilith zu bitten, mein Leben in einem Moment der Verzweiflung zu retten, ist eine Sache; sie zu bitten, meinem Boss aka Mentor aka Schwarm zu helfen, ist eine ganz andere.

Eigentlich ist es sowieso ein strittiger Punkt. Als Nero sie in ihrer Welt angriff, erwähnte sie, dass sie einen Vertrag mit dem Drachenkönig hatte, durch den sie sich von seiner Welt fernhält, wenn er sich von ihrer fernhält. Der gleiche Drachenkönig, dessen Wunsch, Claudia zu heiraten, der Auslöser für Neros Kriegstreiben war. Was mich an die Millionen-Dollar-Frage erinnert: Wer ist Cl…?

»Geht es dir gut?«, fragt Lilith. »War dein Hirnscan sauber?«

Trotz ihres spöttischen Tons scheint sie sich wirklich um mich zu sorgen, zumindest für den Bruchteil einer Sekunde.

Aber nein. Ich muss mir diese Sorge eingebildet haben.

Vielleicht ist es eine gute Idee, mein Gehirn gründlicher zu scannen.

»Ich bin nur aufgewühlt«, sage ich ihr ehrlich. »Ich weiß, dass du gerne mit mir in New York rumhängen möchtest, aber ich würde wirklich gerne zu meiner Therapeutin gehen.« Ich winke mit meinem Handy. »Durch Zufall ist sie gerade auch in Brooklyn, also würde ich mich gerne mit ihr treffen.«

»Wenn es das ist, was du brauchst, dann bin ich sicher, dass ihre Nähe kein Zufall ist«, sagt Lilith selbstgefällig. »Ich will, dass es dir gut geht, und meine Glückskräfte haben das zweifellos bewirkt.«

»Großartig, ich danke dir – und deinen Kräften«, sage ich. »Lass mich sehen, wo sie sich treffen will.«

Lucretia und ich schreiben hin und her, und dann einigen wir uns auf ein usbekisches Restaurant, wo Felix und ich einmal mit seinen Eltern zu Mittag gegessen haben.

Ich erkläre Lilith unser Ziel und stelle klar, dass wir es nicht eilig haben, dorthin zu gelangen.

Lilith startet schmunzelnd das Auto und tritt das Gaspedal dann trotzdem durch.

Während wir die Straße entlangrollen, fühlt sich ihr Fahrstil besonders gewagt an – wahrscheinlich, weil ich diesmal nicht damit beschäftigt bin, mir Sorgen um meine Organe zu machen.

»Ich muss sagen, ich treffe nicht oft andere Seher«, sagt Nostradamus über das Brüllen des Motors hinweg. »Besonders nicht solche, die so mächtig sind wie du.«

»Ich auch nicht.« Ich wende meine Augen gerne von der Straße ab, um zu ihm zurückzublicken. »Es ist frustrierend. Zu lernen, meine Kräfte zu nutzen, hat mir viele Kopfschmerzen bereitet.«

»Das ist eine Schande.« Er räuspert sich. »Weißt du, ich unterrichte gerne solche Dinge. Wenn es etwas Bestimmtes gibt, was du jemals lernen möchtest, frag mich einfach.«

Ich bin so aufgeregt, dass ich beinahe Liliths *The-Fast-and-the-Furious*-Fahrstil vergesse.

Nostradamus selbst bietet an, mich zu lehren, wie man Seherkräfte einsetzt.

Weihnachten ist offiziell vorzeitig gekommen.

Es sei denn, er hat bestimmte Absichten – was angesichts seiner Gesellschaft nicht ausgeschlossen ist.

Trotzdem, wenn ich mich schon bösen Tricks aussetzen muss, dann am liebsten in Form von Beantwortung meiner Fragen.

»Wie zielt man auf einen bestimmten Zeitpunkt bei einer Vision?«, frage ich und erinnere mich an mein letztes Dilemma im Leerraum.

»Ah.« Er fährt gedankenlos mit der Hand über Marius' Fell. »Du sprichst von einer extrem fortschrittlichen Technik. Die Wahl eines bestimmten Zeitpunktes in der Zukunft ist kostspielig in Bezug auf die Sehkraft und auch ziemlich schwer zu erklären.«

»Oh?«, sage ich enttäuscht.

»Nun, lass es mich versuchen.« Er sieht nachdenklich aus. »Okay, also im Kern ist es wichtig, sich auf die Essenz der Zeit zu konzentrieren«, sagt er und spricht *Essenz* auf französische Weise aus.

»Essenz«?

»Das ist richtig.«

»Also ein bisschen wie bei einer bestimmten Person, aber mit der Zeit?«, frage ich.

»Ja, sehr gut. Nur ist es schwieriger mit einem abstrakten Konzept wie Zeit.«

»Schwieriger?« Lilith schaut zurück. »Was ist die Essenz einer Sekunde? Oder einer Stunde? Oder eines Tages?«

Obwohl ich mir wünschte, sie würde sich auf die Straße konzentrieren, hat sie den Nagel auf den Kopf getroffen – *Essenz einer Sekunde* ist ein ziemlich nebulöses Konzept.

»Richtig.« Nostradamus nimmt einen Professorenton an. »Die Zeitwahrnehmung ist der Schlüssel dazu – was die Fähigkeit sehr persönlich macht. Du musst zum Kern dessen kommen, wie sich der betreffende Zeitpunkt für dich anfühlt. Wie er verläuft. Was er bedeutet. Dinge wie das Alter eines Sehers und sein Befinden spielen eine wichtige Rolle. Zum Beispiel wird ein Kind einen Monat als eine sehr lange Zeit wahrnehmen, aber für einen Alten wie mich ist ein Monat eine Kleinigkeit. Es ist der kurze Moment, bevor ich wieder Haare schneiden muss.« Er fährt mit den Händen durch seine unordentlichen Locken.

»Ich glaube, ich verstehe«, sagt Lilith.

»Du musst auch deinen emotionalen Zustand berücksichtigen«, fährt Nostradamus fort. »Wenn du Spaß hast, fließt die Zeit schneller, aber wenn du darauf wartest, dass ein Brief von einem geliebten

Menschen ankommt, kann die Zeit kriechend vergehen.«

Ein Brief? Er *ist* uralt.

»Also«, sage ich, »wenn ich deine Zukunft in einem Tag wissen will, muss ich mich auf deine Essenz und die Essenz der Idee eines Tages konzentrieren?«

»Grob gesagt ja«, sagt er. »Aber vergiss nicht, dass der fragliche Tag nur aus *deiner* Sicht sein wird, nicht aus meiner.«

»Hä?« Lilith runzelt ihre perfekte Stirn. »Hat ein Tag nicht für alle vierundzwanzig Stunden?«

»Nicht, wenn das Ziel der Vision in den Otherlands liegt«, sagt Nostradamus. »Oder, hypothetisch gesehen, wenn man mit Lichtgeschwindigkeit fliegt.«

»Relativität«, sage ich unsicher.

»Genau«, bestätigt er.

»Okay«, sage ich, »tun wir so, als wäre ich auf Atlantis, einer Welt, in der die Zeit so schnell vergeht, dass ein Tag hier zehn Jahre dort sind.«

»In Ordnung«, sagt er.

»Und nehmen wir auch an, dass du meine Zukunft in für dich einem Tag anvisiert hast.«

»Sicher«, sagt er.

»Wenn ich dich also richtig verstehe, würdest du meine Zukunft in von meinem Blickpunkt zehn Jahren sehen, aber von deinem aus in einem Tag, richtig?«

»Du bist nah dran«, sagt er. »Was du sagst, ist fast richtig, würde aber viel komplizierter werden, wenn ich beschließen würde, dich auf Atlantis zu besuchen.«

»Mein Kopf tut weh«, sagt Lilith. »Ich bin froh, dass

wir fast da sind. Erinnert mich daran, nie wieder in einem Auto mit zwei Sehern zu sitzen.«

»Ich glaube, ich verstehe es«, sage ich und ignoriere sie. »Aber ich muss wahrscheinlich damit experimentieren, um es wirklich zu verstehen.«

»Das ist eine ausgezeichnete Idee«, sagt Nostradamus. »Warum versuchst du es nicht jetzt?«

Ja, warum tue ich das eigentlich nicht?

Es hat mich gejuckt, nach Nero zu sehen, und jetzt kann ich das tun und meine neuen Fähigkeiten testen – vorausgesetzt, dass ich es hinbekomme.

Ich beruhige meine Atmung und springe in den Leerraum.

KAPITEL NEUNZEHN

DIESMAL UMGEBEN mich keine unheimlichen Formen, was bedeutet, dass Liliths Fahrstil uns nicht umbringen wird.

Hoffentlich.

Ich stürze mich sofort auf meine Aufgabe und konzentriere mich auf Neros Essenz – etwas, was ich im Schlaf tun kann.

Wahrscheinlich besser in meinem Schlaf, angesichts all der feuchten Träume, die ich von ihm habe.

Jetzt zum harten Teil – der Essenz des Konzepts eines Tages.

Normalerweise – damals, als noch nicht alle fünf Minuten jemand versucht hat, mich zu töten – war der Tag, zumindest ein Wochentag, eine ziemlich langweilige und langsam ablaufende Kette von Ereignissen in meinem Leben. Okay, vielleicht nicht alles. Die Morgenroutine würde schnell vergehen, aber die Fahrt auf meiner Vespa würde sich manchmal länger anfühlen – wahrscheinlich weil ich auf die Straße achten musste. Nachforschungen für Nero zogen sich normalerweise in die Länge, dann imitierte die Heimreise die Fahrt zur Arbeit, und mein Abendprogramm verging schnell – vor allem, wenn mir etwas Spaß machte, wie das Lesen eines Zauberbuchs.

Aber heute ist mein Tag *ganz* anders. Bei all der Folter und dem wiederholten Verlust des Bewusstseins fühlt er sich eher wie ein Monat an.

Um mich herum taucht ein neuer Satz von Formen auf.

Hoffentlich sind dies meine Meditationen über das Konzept eines Tages, die Früchte tragen.

Ich wähle eine aus, berühre sie mit meinem ätherischen Schweif und falle hinein.

NERO STEHT IN EINEM ZELT, umgeben von einer Gruppe von Leuten, die wie Generäle seiner Armee aussehen. Dazu gehören ein Unterwäschemodel-heißer Typ der Strongmen, ein Riese, ein massiver Zentaur und ein dünner Mann, der der Anführer der Basilisken sein muss.

An der Seite stehen Colton, der kleinste Riese, Vlad, Isis, Kit und andere Cogniti von der Erde.

Sie alle blicken auf eine wunderschöne, handgezeichnete Karte auf dem Boden.

»Nur noch eine weitere Schlacht und eine

Tagesreise, bevor wir endlich dem Thronräuber begegnen«, sagt Nero. »Wie beim letzten Mal ist es unser Ziel, sie nicht nur zu besiegen, sondern auch das Wort von meiner Rückkehr auf dem ganzen Kontinent zu verbreiten.« Er zeigt auf die riesige Landmasse, die das Herzstück der Karte ist – ein Superkontinent, der mich an Gondwana erinnert, als Südamerika, Afrika, Antarktis, Australien, der indische Subkontinent und Arabien zusammengeschmolzen waren. »Aus diesem Grund dürfen Menschen, die heute ihre Waffen niederlegen, nicht getötet werden. Ich werde wie beim letzten Mal mit ihnen reden und den Thronräuber entlarven.« Seine Faust spannt sich an seiner Seite an.

Also hat dieser Ort auch Menschen – und sie müssen den Großteil der Bodentruppen ausmachen. Ich nehme an, das müsste der Fall sein, wenn die Drachen ihre Kräfte auf dieser Welt behalten wollen. Klingt, als ließen die Menschen die Drachen die Welt regieren – und wären sich darüber hinaus der königlichen Blutlinien bewusst.

»Ja, Sir, kein Menschenmord, nachdem sie sich ergeben haben«, sagt Kit in einem spöttischen Ton, bevor sie aus irgendeinem Grund zu Winston Churchill wird. Mit ihrer eigenen Stimme fragt sie: »Was, wenn sich diesmal einige Drachen ergeben?«

»Ich werde persönlich über das Schicksal der Drachen entscheiden«, sagt Nero, während sich sein Ausdruck verdunkelt und sich seine Limbusringe ausdehnen.

Alle schauen auf die Karte – oder auf irgendetwas

anderes, was nicht Neros Gesicht ist – und ich kann ihnen das nicht verübeln. Nero sieht irgendwie beängstigend aus – und für mich ziemlich heiß.

Ich reiße meinen Blick von ihm weg und betrachte die Karte.

Alle Punkte sind mit einer seltsamen, kaum lesbaren Form von Kyrillisch beschriftet, aber ich kann einige der Namen erkennen. Einfacher ist der roten Linie zu folgen. Sie beginnt an einem Ort, der durch kreisförmige Symbole gekennzeichnet ist und mit »Ворота« beschriftet ist – was russisch für »Tore« ist. Von dort aus schlängelt sich die Linie um einen riesigen, mit silberner Farbe gezeichneten Bergrücken und führt S-förmig zu einer Stadt, die, wenn ich es richtig lese, als Godiva markiert ist.

Niemand kommentiert den köstlichen Namen des Ziels. Alle blicken düster.

»Hört zu«, sagt Nero, und sein Gesicht glättet sich. »Ihr habt alle hart gekämpft. Ihr habt alle gut gekämpft.« Er schaut zufrieden über alle hinweg. »Diejenigen, die es getan haben, um einen Gefallen zurückzuzahlen«, er schaut zu den Mitgliedern des Rates, als er das sagt, »sollten wissen, dass wir danach nicht nur quitt sein werden, sondern dass ich jedem Einzelnen von euch einen großen Gefallen schulden werde.«

Alle außer Kit sehen verblüfft aus – sogar der normalerweise ruhige Vlad. Es ist schwer zu sagen, ob sie es beängstigend finden, dass Nero ihnen einen

Gefallen schuldet, oder ob es nur ist, weil sie so etwas in einer Million Jahren nicht erwartet hätten.

»Diejenigen von euch, die für Ruhm, Reichtum und Macht kämpfen«, er schaut zu den Generälen, »die Menschen, denen ihr im Kampf begegnet seid, werden viele Jahrtausende lang Legenden über euch erzählen. Ihr werdet als Drachentöter bekannt sein. Egal, wo ihr seid, eure Kräfte werden aus dieser Anbetung wachsen.« Er wendet sich an den Strongman. »Die Schlachten, denen wir uns jetzt stellen werden, werden das, was bis jetzt passiert ist, in den Schatten stellen. Sie werden etwas sein, von dem du den Kindern deiner Enkelkinder erzählen wirst.« Er schaut auf den Anführer der Basilisken. »Die Reichtümer, die du im Begriff bist zu gewinnen, übersteigen deine wildesten Vorstellungen, und dein größtes Problem wird sein, wie du deinen obszön großen Schatz transportieren wirst.«

Während ich Neros mitreißende Rede höre, kann ich meinen Chef und Mentor nur um seine Redefähigkeiten beneiden. Wenn er auf Wall-Street-Konferenzen spricht, ist er gut. Aber hier ist er hervorragend. Ich wette, wenn er es darauf anlegt, könnte er der Alexander der Große der Otherlands werden.

Er beendet die Rede und das Treffen mit etwas, was mich an »Sie mögen uns das Leben nehmen, aber niemals nehmen sie uns unsere Freiheit!« aus *Braveheart* erinnert, und alle verlassen das Zelt mit einem federnden Schritt.

Alle außer Kit.

Sie geht zu Nero hinüber und verwandelt sich in Rasputin. Mit seiner Stimme sagt sie: »Das ist der letzte Kampf, den wir garantiert gewinnen werden, nicht wahr?«

»Der letzte, den er vorausgesehen hat, ja.« Neros Gesicht wird unergründlich. »Rasputin ging die Macht aus, bevor er sehen konnte, wie sich die Schlacht bei Godiva entwickeln würde, also würde ich es verstehen, wenn du danach gehen willst. Ich würde dir immer noch etwas schulden …«

»Gehen?« Kit verwandelt sich wieder in sich selbst und blinzelt ihm schelmisch zu. »Die nächste Schlacht ist die, in der es endlich richtig spaßig wird.«

»Ich hoffe, du weißt, dass nur weil ein Seher mich heute gewinnen sah, es nicht bedeutet, dass *du* überlebst. Oder jemand anderes, was das betrifft.« Nero geht zum Zeltausgang. »Wenn also Unsicherheit die Dinge für dich spaßiger macht, sollte der heutige Tag auch ein Knaller sein.«

»Daran habe ich noch gar nicht gedacht«, sagt Kit und grinst noch breiter.

Als sie zusammen aus dem Zelt steigen, frage ich mich, ob Kit ihre Sucht nach Sex durch ein ähnliches Verlangen nach Gewalt ersetzt hat. Beide Dinge gehören für einige Leute zusammen.

Im nächsten Moment schwenkt meine Sicht nach draußen, und der Anblick nimmt mir den nicht vorhandenen Atem.

Wir befinden uns auf einer manhattangroßen

Lichtung eines riesigen Waldes, der hauptsächlich aus kieferartigen Nadelbäumen besteht, die nicht nur grün, sondern auch violett und rosa sind.

Der Boden unter den Füßen aller ist von ähnlich gefärbten pilzartigen Wucherungen bedeckt, die mich an Schlangen (oder Riesenwürmer) erinnern, aber aus einem korallenriffähnlichen Material bestehen. Die längsten dieser Tentakel-Dinge ziehen sich zurück, wenn jemand irgendwo in ihre Nähe tritt, während die knospenden Wucherungen das nicht tun, sondern einfach unter Füßen und Hufen knirschen.

Auf beiden Seiten der Lichtung, am Rande des Waldes, befinden sich die Armeen.

Der menschliche Teil der feindlichen Armee ist fast dreimal so groß wie derjenige in meiner früheren Vision – und die Anzahl der Drachen hat sich auch etwa verdoppelt.

Auf Neros Seite gibt es deutlich weniger Kräfte.

Sie scheinen in der letzten Schlacht schwere Verluste erlitten zu haben.

Ich schätze, dass jetzt zwanzig feindliche Soldaten auf einen von Neros kommen – und das Verhältnis der Drachen zu Nero, Kit und den Basilisken ist noch schlechter.

Hat Rasputin gelogen, als er voraussagte, dass Nero diese Schlacht gewinnen würde? Auch wenn sie durch ein Wunder gewinnen, wird es dann noch genug von ihnen geben, um Nero zu helfen, wenn er nach Godiva kommt?

Auf der anderen Seite scheint die zahlenmäßige

Unterlegenheit die Moral von Neros Armee in keinster Weise zu beeinflussen. Tatsächlich eilen die frisch motivierten Generäle aufgeregt zu ihren jeweiligen Truppen und versuchen, ihre Soldaten genauso zu motivieren, wie Nero sie im Zelt motiviert hat.

Nero selbst beginnt, sich auszuziehen, und seine Bauchmuskeln und andere Teile lenken meine Aufmerksamkeit vom Rest des Geschehens weg.

Wenn er mehr Frauen in seiner Armee hätte, wäre dieser Teil ziemlich motivierend.

Bevor ich einen Weg finde, wie ich ohne Mund sabbern kann, verwandelt sich Nero in einen Drachen, fliegt auf einen nahegelegenen Hügel und brüllt unaufhörlich.

Ein großer gegnerischer Drache brüllt auf ähnliche Weise und fliegt auf Nero zu.

Das muss ein Unterredungstreffen sein, wie beim letzten Mal.

Als sie menschliche Gestalt annehmen und anfangen zu sprechen, sehe ich, dass ich recht habe.

Der Neuankömmling verlangt, dass Nero geht.

Nero fordert Claudia.

Genau wie beim letzten Mal sagt der Typ, dass er nicht die Autorität hat, Nero Claudia zu überlassen, und dass jemand mit einer so armseligen Armee keine Forderungen stellen kann.

Im Gegensatz zu dem anderen Kerl bricht zumindest dieser Drache nicht die Gesprächsgepflogenheiten durch einen Angriff.

Stattdessen sagt er grimmig: »Ich treffe dich auf dem Schlachtfeld.«

»Das ist deine Beerdigung«, antwortet Nero, bevor er in seine Drachenform und zu seiner Armee zurückkehrt.

Nach der Verhandlung mobilisieren sich die feindlichen Streitkräfte und beginnen, voranzuschreiten, aber Neros Armee bewegt sich nicht, während er sich in ihre Reihen begibt und wieder seine menschliche Gestalt annimmt. Angespannt stehen die Soldaten am Waldrand und bereiten sich auf etwas vor.

Wenn ich es nicht besser wüsste, würde ich denken, dass sie Angst vor dem Angriff haben.

Nicht, dass man ihnen einen Vorwurf daraus machen würde, wenn das der Fall wäre – die feindliche Horde sieht jetzt noch beeindruckender aus, da sie mit großer Entschlossenheit mit gefühlten Millionen von Gesichtern auf Neros Armee zuhält.

Die feindlichen Drachen brüllen und fliegen leicht vor ihren Bodentruppen her. Als sie ungefähr auf halbem Weg über die Lichtung sind, schreit Nero: »Jetzt!«

Mit einem Schrei preschen Neros Verbündete nach vorne.

Als die feindlichen Drachen das sehen, werden sie schneller und beginnen, ihr napalmähnliches Feuer zu spucken, das den Boden, auf dem die Truppen von Nero unterwegs sind, als eine ziemlich effektive psychologische Abschreckungsmaßnahme verbrennt.

Nero ruft einen neuen Befehl, und eine kleine Gruppe von Riesen kommt aus der Deckung des Pinienwaldes.

Interessant.

Ich dachte, sie wären in der letzten Schlacht getötet worden, aber es scheint, als würden sie sich nur verstecken.

Ihre enormen Muskeln wölben sich, da die Riesen minivangroße Holzvorrichtungen tragen. Dampfbetrieben und knarrend wie eine hölzerne Achterbahn sehen die Maschinen aus wie entfernte Vetter von Harpunenkanonen, die nur für, na ja, Riesen gemacht sind. Aus jedem Mund der Waffe ragen vertraute Speere heraus – diejenigen mit den Diamant- respektive Adamantiumspitzen, die Drachenhaut durchbohren können.

Ah, ja. Diese Waffen müssen Itzels Entwurf sein. Nachdem meine Vision ausgeblendet war, muss sie einen Weg gefunden haben, wie *etwas* in dieser technologisch herausfordernden Welt funktionieren kann, und Nero ließ seine Truppen die Maschinen auf dem Weg zu dieser Schlacht bauen.

Auch die Drachentruppe bemerkt das Problem, und ihre Limbusringe dehnen sich aus – nur ist es an diesem Punkt schon zu spät.

»Feuer!«, brüllt Nero.

Die Riesen zielen und ziehen an Seilen, die aus ihren Waffen herausragen.

Die Geschütze dröhnen, und eine Wolke aus

Speeren schießt nach vorne und verdeckt die Sonne, während sie durch die Luft fliegen.

Ich bin froh, dass ich im Moment keine Ohren habe, denn das Gebrüll verletzter Drachen ist so laut, dass es dauerhaften Schaden anrichten würde.

Die wie Stecknadelkissen aussehenden Drachen versuchen, sich zu zerstreuen, aber die Riesen laden nach, feuern erneut und werfen danach die Vorrichtungen beiseite, um nach vorne zu stürmen und sich wieder dem Rest der Armee anzuschließen.

Die Speere erreichen ihre bereits verwundeten Ziele, und das erneute Brüllen ist genauso ohrenbetäubend wie das letzte.

Als ob sie darauf gewartet hätten, verwandeln sich die Basilisken in ihre Eidechsenformen und fliegen, aber diesmal ohne die Strongmen, was für die feindlichen Bodentruppen nicht gut ist, weil diese stattdessen die Armee anführen.

Auch Vlads neue Rolle im Kampf ist nicht gut für die feindlichen Truppen. Anstatt auf Kits oder Neros Rücken zu reiten, läuft der Vampir mit dem tödlichen Torschwert in der Hand Seite an Seite mit seinen ehemaligen Schülern.

Die Kampfschreie verstärken sich, als Neros Armee auf die feindlichen Truppen trifft und durch sie wie ein heißer Löffel durch Eiscreme schneidet.

Obwohl sie immer noch schrecklich in der Unterzahl sind, gibt mir die schiere Gnadenlosigkeit von Neros Verbündeten Hoffnung.

Während die Strongmen und die Riesen die

feindlichen Truppen durch ihre überlegene Stärke dezimieren, sehen die Strongmen so aus, als würden sie sich amüsieren. Sie scheinen den Bodenkampf mehr zu mögen, als von Basilisken getragen zu werden. Es gibt eine fast gruselige freudige Erregung auf ihren Gesichtern, während sie Hackfleisch aus den feindlichen Kräften machen.

Dennoch kommen die Strongmen nicht gegen Vlad an, der für die feindlichen Soldaten der personifizierte Tod ist. Jeder Schwung seiner tödlichen Klinge kostet zwei, drei oder vier Leben auf einmal, während nicht einmal die talentiertesten Soldaten einen Schlag auf ihm landen können. Wie eine eigene Armee schneidet er sich durch die Feinde und lässt seine Verbündeten weit hinter sich zurück. Während er geht, vergießt er so viel Blut, dass eine anständige Menge in seinem Mund landet – und wenn sie das tut, schluckt er sie gierig mit ausgefahrenen Fangzähnen.

Neros andere Verbündete sind ebenfalls beschäftigt. Stadträtin Albina verbrennt ganze Geschwader mit ihrer Kraft, und der elfenähnliche Typ schießt genug Pfeile für hundert normale Bogenschützen ab. Gleichzeitig jagen die Basilisken am Himmel verwundete Drachen, indem sie ihre tödlichen Blicke nutzen, um sie zu erledigen, und die Zentauren dezimieren die feindliche Kavallerie, indem ihre Lanzen alles abschlachten, was auf ihrem Weg liegt.

Mit Gebrüll gehen Nero und Kit in die Luft. Sie schließt sich den Basilisken an, aber Nero fliegt über die feindliche Armee.

Mit vor Angst zitternden Armen schießen die feindlichen Bogenschützen auf ihn, aber ihre Pfeile kratzen nicht einmal an seinen Schuppen.

Nero spuckt Feuer auf den hinteren Teil der feindlichen Truppen, schmilzt Menschen und ihre Rüstung zu Pfützen und demoralisiert eine bereits erschütterte Armee.

In der Zwischenzeit verlässt Kit die Basilisken und fliegt zu einem feindlichen Drachen, der derzeit von niemandem umgeben ist.

Ein großer grüner Drache mit mindestens einem Dutzend Speeren in seinem Körper.

»Du bist nicht einmal ein echter Drache«, scheint das Brüllen ihres Gegners zu sagen, als er Feuer auf sie richtet.

Kit taucht unter die Flammen, und schlägt dann mit ihren Krallen zu.

Das ist jedoch ein Fehler. Der grüne Drache weicht ihrem Schlag aus, und bevor sich Kit zurückziehen kann, reißt er seine Krallen durch ihre Schulter.

Kit brüllt vor Schmerz auf.

Als er eine Gelegenheit erkennt, schließt sich ein verwundeter roter Drache Kits Feind an.

Oh nein.

Wenn ich einen Mund und eine Sprechanlage hätte, würde ich den Basilisken oder Nero sagen, dass sie Hilfe holen sollen, aber ich habe nichts davon, und sie sind zu sehr mit ihren eigenen Kämpfen beschäftigt, um sie zu bemerken.

Kit, scheinbar unerschrocken vom Kampf an zwei

Fronten, schlägt mit dem Schwanz nach dem roten Newcomer, während sie dem grünen Drachen in das schuppige Handgelenk beißt.

Ihr Gegner brüllt so laut, dass einige der Basilisken – und viel wichtiger, Nero – in ihre Richtung schauen und bemerken, dass sie in Schwierigkeiten ist.

In großen Schwierigkeiten, als der grüne Drache mit seiner unversehrten Kralle in Kits andere Schulter fährt.

Nero und die anderen eilen herbei, um Kit zu helfen, aber sie kommen zu spät.

Der rote Drache nutzt die Ablenkung, die sein grüner Verbündeter geschaffen hat, um mit seinem Schwanz immer wieder auf Kits Kopf zu schlagen, bis sie benommen ist. Dann führt er ein Luftmanöver durch, das damit endet, dass diese riesigen Klauen eine tiefe Wunde in Kits Rücken reißen.

Kit lässt das Handgelenk des grünen Drachen los und stürzt wie ein abgeschossenes Flugzeug in einer Spirale zu Boden.

Mit einem herzzerreißenden Platschen landet sie auf einer kleinen Einheit feindlicher Soldaten, zerquetscht sie zu Tode und bleibt unbeweglich liegen.

KAPITEL ZWANZIG

NEIN.

Das kann nicht sein.

Kit kann nicht verletzt oder Schlimmeres sein.

Ich weigere mich, das zu akzeptieren.

Trotz allem, was Nero vorhin gesagt hat, kann ich nicht glauben, dass Rasputin es »einen Sieg« nennen würde, wenn eine Freundin von mir stirbt.

Der riesige Werwolf und Colton, der kleine Riese, schließen sich den anderen Truppen an, um die feindlichen Soldaten von Kits Körper fernzuhalten. Vlad fängt auch an, zu ihr zurückzukehren, aber er ist zu weit weg, um schnell helfen zu können.

Dann scheint Kit-der-Drache zu verschwinden. Ich gerate für eine Sekunde in Panik, aber dann sehe ich, dass sie sich gerade wieder in ihre gewohnte Form gewandelt hat.

Ist das ein gutes oder ein schlechtes Zeichen?

Sie hat noch immer die Wunden, die sie als Drache

zugefügt bekommen hat, und liegt immer noch ohne Lebenszeichen da.

Eine Schwadron von Basilisken richtet ihren tödlichen Blick auf die Wunden des grünen Drachen, der Kit verletzt hat, während Nero brüllt und einen mächtigen Feueratem bläst, der den roten Drachen auf der Stelle verbrennt.

Nachdem er Rache genommen hat, taucht Nero wie ein Falke nach unten.

Als er den Boden erreicht, nimmt er wieder seine menschliche Gestalt an und hebt Kit in diesen charakteristischen Brautgriff auf seine Arme, den er schon häufiger mit mir geübt hat.

»Halte durch«, sagt er beruhigend zu ihr und verschwimmt dann, weil er so schnell in Richtung Zelt läuft.

Seine Armee teilt sich für Nero wie das Rote Meer für Moses.

Nachdem ihr Anführer durch ihre Ränge gelaufen ist, beginnen alle, noch rücksichtsloser zu kämpfen.

Unterstützend für die Bodentruppen greifen die Basilisken die verbliebenen Drachen mit verstärkter Wut an, und ihre Todesblicke kreuzen sich am Himmel wie Laser bei einem surrealen Konzert.

Nero nähert sich dem Zelt mit Kit im Schlepptau und ruft: »Phase zwei!«

Ein Grinsen erscheint auf den Gesichtern von Neros Verbündeten, als eine neue Überraschung aus dem Wald kommt.

Es ist eine Armee von menschlichen Soldaten, die

unheimlich wie die bösen Jungs aussehen – die gleiche Rüstung und alles –, aber sie werden von den Strongmen angeführt und schauen wütend auf das, was von den verwundeten Drachen am Himmel übrig ist.

Es sieht so aus, als hätten einige Soldaten nach der letzten Schlacht nicht nur ihre Waffen niedergelegt, sondern sogar die Seiten gewechselt.

Ich wette, Neros Macht, die Wahrheit zu erkennen, war in diesem Fall besonders praktisch. Er konnte sichergehen, dass sie ihn nicht hintergehen wollten, bevor er sie in seine Armee aufnahm.

Als sie eine weitere Wendung zum Schlechten sehen, beginnen die feindlichen Drachen, die am weitesten vom Geschehen entfernt sind, zu fliehen.

Nero betritt das Zelt und schaut Isis an.

Stimmt. *Sie* habe ich gar nicht auf dem Schlachtfeld gesehen.

Hat sie sich hier draußen versteckt? Warum?

»Denkst du, es hat funktioniert?«, fragt Isis.

»Heile sie«, sagt Nero, anstatt zu antworten, und legt Kit sanft auf die Karte. »Keine Zeit zum Reden.«

Mit einem Nicken beschießt Isis Kit mit ihrer Energie, und Kits schwere Wunden beginnen sofort zu heilen.

Ich wünschte, ich könnte vor Freude auf und ab springen.

Kit erholt sich bereits, ihrem lustvollen Stöhnen nach zu urteilen.

»Jetzt mach etwas draus.« Isis nickt in Richtung Zelteingang. »Sei der personifizierte Zorn.«

Nero nickt heftig und stürmt mit einem Gesicht voll tiefer Trauer aus dem Zelt.

Was?

Was hat es damit auf sich?

Ohne die Zeit zu haben, weiter über das Geheimnis nachzudenken, beobachte ich, wie Nero sich in seine Drachenform verwandelt und etwas brüllt, was verdächtig klingt wie: »Dafür werdet ihr bezahlen.«

Die wenigen feindlichen Drachen, die am Himmel verblieben sind, klemmen buchstäblich ihre Schwänze zwischen ihre Beine und fliegen davon.

Anstatt die Drachen zu verfolgen, stürzen sich die Basilisken nach unten, um ihre Blicke und Krallen auf die feindlichen Truppen zu richten.

Nero jagt auch niemanden. Stattdessen verkleinert er die Anzahl der feindlichen Bodentruppen mit seinem Atem.

Doch egal wie viele Verluste sie erleiden, es sind immer noch zu viele menschliche Soldaten übrig.

Auch Nero scheint das zu erkennen, denn er brüllt etwas, und die Frau, die das letzte Mal die Tiere kontrolliert hat, tritt aus dem Wald, gefolgt von einer ganzen Armee von Kreaturen mit scharfen Klauen und noch schärferen Zähnen. Mit einer Geste schickt die Frau ihre Kreaturen zur feindlichen Armee, berührt dann das schlangenartige Korallenmaterial auf dem Boden und konzentriert sich.

Plötzlich hören die tentakelähnlichen Dinge auf, den feindlichen Soldaten auszuweichen, und beginnen stattdessen, sie an den Knöcheln zu packen – was

Neros Armee einen weiteren großen Vorteil verschafft.

Die menschliche Armee erleidet unvorstellbare Verluste, und das Blatt der Schlacht beginnt sich zu wenden – aber nur knapp.

»Phase drei!«, brüllt Nero, und menschliche Soldaten erscheinen von allen Seiten der Lichtung, die die feindliche Armee umgibt.

»Ergebt euch!«, schreien die Riesen aus ihren gewaltigen Kehlen.

»Ergebt euch!«, schreien Vlad und die Strongmen, während sie tödliche Schläge ausführen.

»Ergebt euch«, scheint auch Neros Drachengebrüll zu sagen, kurz bevor er wieder einmal ein Höllenfeuer spuckt.

»Ergebt euch!«, knurren die Zentauren.

»Ergebt euch!«, schreit der menschliche Teil der Armee. »Schließt euch dem wahren Erben unserer Welt an.«

Und es scheint zu funktionieren.

Einer nach dem anderen senken die feindlichen Soldaten ihre Waffen und knien sich mit den Händen hinter dem Kopf auf den Boden.

ICH BIN WIEDER in der realen Welt, und es dauert einen Moment, bis ich mich neu orientiere. Ich bin mit Nostradamus und Lilith in einem Auto auf dem Weg zu Lucretia – und all dieses Adrenalin in meinem Blut ist dem Fahrstil von Lilith zu verdanken.

Ich muss sagen, Nero zu sehen, wie er diesen Kampf gewann, war fantastisch. Aber was mich jetzt beunruhigt, ist, dass es der letzte *sichere* Kampf war, was Rasputins Visionen betrifft. Was ist, wenn …

»Also, war dein kleiner Seher-Test erfolgreich?«, fragt Lilith, als sie sieht, wie ich meine Augen öffne – was sie tut, weil sie zu mir anstatt auf die Kreuzung schaut, über die sie hinwegfliegt, wobei sie fast eine nette alte Dame und einen Pudel umbringt.

»Ich denke schon«, sage ich, vor allem, um sie dazu zu bringen, wieder auf verirrte Fußgänger zu achten. »Andererseits habe ich keinen Beweis dafür gesehen, dass die Ereignisse, die ich in meiner Vision gesehen habe, genau einen Tag nach diesem Moment passieren werden.«

»Du hast es geschafft, einen Tag in die Zukunft zu blicken?« Nostradamus pfeift. »Die meisten Seher haben nur genug Energie, um mit Sekunden zu arbeiten, wenn sie das zum ersten Mal ausprobieren.«

Großartig. Es wäre nützlich gewesen, das zu wissen, *bevor* ich den Test gemacht habe.

Oh, na ja. Bleibt mir nur zu hoffen, dass ich nicht zu viel von meiner Seherkraft mit dieser Vision verbraucht habe. Es gibt noch viele Dinge, die ich vorhersehen möchte, angefangen bei Neros letzter Schlacht.

Bevor ich in den Leerraum zurückkehren kann, biegen wir übelkeitserregend scharf nach Brighton

Beach ab. Schaufensterfronten beginnen vor meinen Augen zu verschwimmen. Obwohl ich die russischen Namen jetzt lesen kann, fliegen sie zu schnell vorbei, als dass ich sie tatsächlich wahrnehmen könnte.

Zwei Sekunden und zehn graue Haare später kommt der Ferrari quietschend und mit verbranntem Gummi zum Stehen.

Überrascht, noch am Leben zu sein, lege ich meinen Sicherheitsgurt ab.

»Danke, Nostradamus.« Ich drehe mich um, um ihn anzusehen. »Dir auch, Marius.« Ich lächele das zottelige Biest an. »Und vor allem dir.« Ich sehe Lilith an, die wie der Grinch grinst.

Ich öffne die Beifahrertür und stolpere auf wackeligen Beinen aus dem Auto.

Lilith steigt auch aus.

»Vielleicht habe ich vergessen, es zu erwähnen, aber dieses Treffen ist mit meiner Therapeutin«, erkläre ich ihr, »also ist es privat. Das bedeutet, dass du dich uns nicht anschließen kannst.«

»Oh.« Lilith zieht einen Schmollmund. »Aber ich würde gerne mehr Zeit mit dir verbringen.«

»Wie wäre es mit irgendwann in der Zukunft?« Mit meinem besten Pokerface strecke ich meine Hand aus. »Warum tauschen wir nicht die Nummern aus, damit wir in ein paar Tagen etwas verabreden können?«

Sie zieht eifrig ihr glänzendes neues iPhone heraus, öffnet es und legt es auf meine nach oben gerichtete Handfläche.

Während ich das Gerät nehme, wirbeln unzählige Mentalitätseffekte durch meinen Kopf – alle drehen sich um ein hinterhältiges Thema: das Herumschnüffeln im Telefon von jemandem. Ich hatte diese Methode oft während meiner Restaurant-Gigs angewendet. Allerdings hatte ich dort so getan, als müsste ich die Taschenrechner-App der Person benutzen oder ein Foto sehen, das sie *wirklich repräsentiert*, oder ein Bild ihres Haustieres, damit ich *den Namen erraten kann*.

So, wie ich es während einer Aufführung tun würde, sehe ich gelangweilt und desinteressiert aus, während ich heimlich mit geübtem Können zu den letzten Aufrufen navigiere. Dort angekommen, merke ich mir die wenigen Zahlen, die ich sehe. Leider steht über keiner einzigen Nummer ein Name, aber egal. Felix sollte jetzt in der Lage sein, herauszufinden, wen Lilith in dieser Vision, die ich vorhin hatte, angerufen hat. Außerdem, wenn wir Glück haben, könnte er herausfinden, was gesagt wurde.

Die dreckige Arbeit erledigt habend, verlasse ich die Anrufübersicht mit einer geübten Abfolge von Bewegungen und rufe die Kontakt-App auf. Ich drehe den Bildschirm so, dass Lilith ihn sehen kann – und später schwören würde, dass sie nie die Augen davon genommen hat –, und klicke demonstrativ auf die Schaltfläche »Neuer Kontakt«, gebe meine Daten ein und rufe mich dann selbst an.

Ich gebe ihr das Telefon zurück, warte darauf, dass meines klingelt, und dann füge ich Lilith als Kontakt hinzu und unterdrücke dabei ein weiteres zufriedenes Lächeln.

Jetzt kann ich Felix auch *ihre* Nummer geben, um mehr herauszufinden.

»Irgendetwas, das ich als deinen Nachnamen eintragen soll?«, frage ich Lilith, bevor ich auf *Kontakt speichern* klicke. »Ist es Rasputina – die weibliche Variante des Nachnamens meines Vaters?«

»Nein«, sagt sie. »Obwohl Grisha und ich eine Trauung hatten, war ich nicht offiziell von meinem vorherigen Mann geschieden.« Um ihr nicht vorhandenes Schamgefühl zu zeigen, umfasst sie ihre nicht existierenden Perlen. »Ich fürchte, du wurdest unehelich geboren. Was für ein Skandal.«

»Ich bezweifle, dass es mir egaler sein könnte, selbst wenn ich mir richtig viel Mühe gäbe«, sage ich und beginne dann, *Evil* anstelle des Nachnamens zu tippen.

»Wie wäre es, wenn du Rossi nimmst?«, schlägt Lilith vor. »Das war der Name meines verstorbenen Mannes. Nun, *das* war ein Mann, der wusste, was ich wollte – oft sogar vor mir.« Sie wackelt lüstern mit den Augenbrauen.

Igitt. Sie braucht *wirklich* diese Too-much-information-Lektion.

Moment mal.

Warum klingt der Nachname Rossi so vertraut?

»Sasha!« Lucretias normalerweise ruhige Stimme ist alles andere als ruhig. »Warum redest du mit *ihr*?«

Ich drehe mich um und sehe Lucretia vor dem

Restaurant stehen, deren blaue Augen quasi aus ihren Höhlen springen.

Dann geht mir ein Licht auf.

Aber das kann nicht sein.

Aber *dort* habe ich diesen Namen schon einmal gehört.

Ich drehe mich wieder zu Lilith, dann schaue ich auf meine Freundin und Therapeutin, dann wieder zurück.

Ja.

Wenn die Leute bei der Arbeit denken, dass Lucretia und ich uns ähneln, haben sie ihre blassen Gesichtszüge noch nicht mit denen von Lilith verglichen.

Jetzt, da ich darauf achte, ist die Ähnlichkeit unheimlich.

Und natürlich *ist* Lucretias Nachname Rossi.

Ein Name, den sie von ihrem Vater bekommen haben muss – einem Vater, der ohne Zweifel ein Empath war, wie seine Tochter.

Lilith schaut auch auf Lucretia, dann auf mich zurück, und ein böses Lächeln breitet sich auf ihrem Gesicht aus. »Ich dachte, das wäre ein Mittagessen mit deiner Therapeutin«, sagt sie. »Du hast nichts davon gesagt, dass es sich um ein Familientreffen handelt.«

KAPITEL EINUNDZWANZIG

»DU BIST MEINE SCHWESTER?« Ich starre Lucretia an. »Warum hast du mir das nicht gesagt?«

Lucretia starrt mich an, als würde mir ein zweiter Kopf wachsen. »Du bist auch ihre Tochter? Moment, nein, das kann nicht sein. Du wurdest auf dieser Welt geboren, und sie hat sie hundert …« Sie hört auf zu reden und erinnert sich zweifellos an die Geschichte, dass meine Geburtsurkunde über ein Jahrhundert alt ist.

Sie wendet sich an Lilith und betrachtet sie mit unverhohlener Verachtung. »Also hast du mehr von uns hervorgebracht, nur um uns zu verlassen? Wie viele Geschwister habe ich im Moment?«

»Geschwister?«, frage ich fassungslos. »Plural?«

»Wir gehen besser, Liebes«, sagt Nostradamus aus dem Auto zu Lilith. »Es ist gerade etwas Wichtiges dazwischengekommen.«

»Vom Seher gerettet«, sagt Lilith und seufzt

dramatisch. »Viel Spaß beim Tratschen«, sagt sie mir, als sie um die Vorderseite des Autos herum zum Fahrersitz geht. »Und denk daran, dass Lucretia diejenige war, die das ganze Konzept der ›Rabenmutter‹ in den Bereich der Psychologie dieser Welt eingeführt hat. Ihre Vorurteile gegen mich sind ebenso unfair wie stark.« Sie winkt uns zum Abschied wie bei einem Schönheitswettbewerb zu, rutscht dann auf den Fahrersitz und rast davon.

Lucretia starrt mich weiterhin an. »Wie ist das möglich?«, fragt sie unsicher. »Woher kennst du sie überhaupt? Warum ist sie zurück?«

Wie betäubt schüttele ich den Kopf. »Du bist meine Schwester? Eine Halbschwester?«

»Sieht so aus.« Lucretia betrachtet mich, als ob sie mich zum ersten Mal sieht. »Nun«, sagt sie nach einer Pause. »Ich denke, das verlangt zumindest nach einer Umarmung.«

Zögernd trete ich auf sie zu und umarme ihren schlanken Körper. Ihr Haar riecht nach ruhigen, moosigen Wäldern, und mein Kopf dreht sich, während ich versuche, meine turbulenten Emotionen zu verstehen.

Unter dem Schock verbirgt sich eine eigentümliche Leichtigkeit, vermischt mit wachsender Erregung. So habe ich immer davon geträumt, mich mit meiner Geburtsfamilie zu vereinen.

Es ist so anders als damals, als ich Rasputin kennengelernt habe, den Vater, der mich verlassen hat, um mich zu retten, und es ist mit Sicherheit nicht vergleichbar mit meinen Begegnungen mit der wechselhaften Lilith.

Dieses freudige Wiedersehen ist das, was ich mir immer erhofft habe – und es hilft definitiv, dass ich Lucretia mochte, bevor ich wusste, dass wir eine Familie sind.

Ich mochte und respektierte sie.

Tatsächlich, wenn ich eine Liste von Leuten zusammenstellen würde, mit denen ich verwandt sein möchte, stünde sie mit ganz oben darauf.

Ich drücke sie fester.

Nach gefühlten Minuten trennen wir uns sanft und grinsen wie bekiffte Idioten.

»Besorgen wir dir etwas zu essen«, sagt sie und nickt in Richtung des Restaurants. »Du musst am Verhungern sein.«

Wie hat sie …? Oh, richtig, sie kann meinen Hunger mit ihren Empathiekräften spüren.

Ich hoffe, sie spürt auch meine Freude über diese Entwicklung der Dinge.

Wir gehen hinein und nehmen Platz.

»Tut mir leid«, sage ich zu ihr, als der Kellner uns zwei Speisekarten gibt. »Mir ist gerade aufgefallen, dass ich dich in ein Restaurant eingeladen habe, aber du nichts essen kannst.«

Sie hebt die Augenbrauen an. »Ich *kann* essen.« Als der Kellner geht, um uns Wasser zu holen, flüstert sie: »Ich brauche es nur nicht, genauso wenig wie schlafen.«

»Also können Vampire essen und schlafen?« Ich

öffne das Menü. »Vlad hat mich etwas anderes denken lassen«

»Nur weil du hypothetisch etwas tun kannst, bedeutet das nicht, dass du es willst, wenn du es nicht musst.« Sie schaut in die Karte und rümpft die Nase. »Das Vergnügen, menschliche Nahrung zu essen, ist langweilig im Vergleich zur Ekstase, so zu essen, wie wir es tun.« Sie schaut auf und schaut sich um, um sicherzustellen, dass wir nicht belauscht werden. »Auch der Schlaf bietet uns nach dem Übergang keine Ruhe – nur eine Chance zum Träumen, eine zweifelhafte Belohnung dafür, dass wir acht Stunden damit verschwenden, wie ein Baumstamm an einem Ort zu liegen.«

Ich schüttele den Kopf und versuche mir vorzustellen, wie es wäre, nicht essen oder schlafen zu wollen. In diesem Moment würde ich hundert Dollar für ein Nickerchen geben und das Doppelte für ein gutes Essen.

Hoffentlich muss ich das aber nicht. Die Preise an diesem Ort sehen vernünftig aus.

Dann fällt mir etwas auf. »Moment mal«, sage ich. »Wie kann ich mit dir über das ganze Cogniti-Zeug sprechen? Du hast deine Mandats-Aura verloren, als du zum Vampir geworden bist, also sollte es mir verboten sein, mit dir zu sprechen, richtig?«

Sie lächelt. »Das Mandat ist eigentlich subtil genug, um diese Art von Dingen zu bedenken. Sein Hauptziel ist es, uns davon abzuhalten, den uneingeweihten Cogniti Geheimnisse zu enthüllen.

Da ich bereits alles weiß, kannst du frei mit mir sprechen.«

Der Kellner kommt zurück, und ich beeindrucke Lucretia, indem ich alles auf Russisch bestelle.

Sie bestellt auf Englisch eine Suppe – *Shurbo dushpera* – und erklärt dem Kellner, dass sie keinen großen Hunger hat.

»In Ordnung, spuck es aus«, sagt sie, als er geht. »Woher kennst du Lilith, und, was noch wichtiger ist, warum ist sie wieder auf dieser Welt?«

»Oh. Ich schätze, wir hatten nach meinem letzten Abenteuer keine Gelegenheit zum Reden«, sage ich und beginne mit der Geschichte über Zwergenbetriebene Raumanzüge, eine Reise durch die tödlichen Otherlands und die Rettung meines biologischen Vaters. Der Teil, den ich pointiert beschönige, ist, dass Nero ein Drache ist, da ich ja nicht sein Geheimnis lüften kann, und ich schweige auch darüber, was zwischen uns in diesem Hotelzimmer passiert ist, weil, na ja, das zu viel wäre.

»Sie kam, um sich an Nero zu rächen, und erfuhr von mir«, sage ich gegen Ende. »Dann hat sie mir heute zweimal das Leben gerettet, aber warum sie hier ist, weiß ich nicht.«

»Sie hat dich gerettet?«, Lucretia runzelt die Stirn. »Das sieht ihr nicht ähnlich. Die Frau hat keine Spur von mütterlichen Instinkten.«

Der Kellner bringt unsere Suppen und das *Lepjoschka-Brot,* also hören wir vorübergehend auf zu sprechen.

»Wie war es, mit ihr aufzuwachsen?«, frage ich, als wir wieder allein sind.

»Ich weiß es nicht«, sagt Lucretia bitter. »Mein Vater hat mich so ziemlich alleine aufgezogen. Sie tauchte nur von Zeit zu Zeit auf, um, ich zitiere, ›die besten Orgasmen ihres Lebens zu erleben‹.«

Verdammt. Liliths TMI-Sache scheint eine *lange* Geschichte zu werden.

Ich puste auf einen Löffel voll mit meiner *Lagman*-Suppe und schaue mir Lucretia an. Die Ironie der Umkehrung unserer üblichen Therapeuten- und Patientenrolle entgeht mir nicht.

»Ein Empath zu sein ist manchmal ein Fluch«, sagt meine neu gefundene Schwester, während sie gedankenverloren in ihrer Suppe rührt. »Als mein Vater noch am Leben war, konnte ich seine Freude spüren, wenn er mit mir sprach. Aber wenn Lilith sich dazu herabließ, aufzutauchen, gab es ein schwarzes Loch, wo herzliche Gefühle hätten sein sollen. Das Einzige, was ich je von ihr gefühlt habe, war gelegentlich ein Gefühl der Enttäuschung. Ich vermute, Lilith hat mich immer als lästigen Nebeneffekt von diesem umwerfenden Sex mit meinem Vater gesehen.« Ich bin mir nicht sicher, ob Lucretia es merkt, aber sie verbiegt ihren Löffel mit ihrem festen Griff. »Für Lilith bin ich wie eine Geschlechtskrankheit, die spricht, sonst nichts.« Sie lässt den Löffel los und sieht fast so düster aus wie Vlad, so dass ich mich frage, ob es unangebracht wäre, sie noch ein- oder zweimal zu umarmen.

Als ich sehe, wie sie es in ihrer Eigenschaft als Therapeutin nicht tut, tue ich es auch nicht, aber ich bedecke ihre Hand mit der meinen und drücke sie beruhigend.

»Tut mir leid deswegen.« Sie schüttelt den Kopf, und ihre übliche Gelassenheit kehrt zurück, als sie ihre Hand wegzieht und mir ein kleines Lächeln schenkt. »Wie du siehst, ist das ein heikles Thema.«

»Natürlich«, sage ich leise. »Aber bist du sicher, dass sie ganz böse ist?« Als ich erkenne, dass ich erbärmlich naiv klinge, füge ich hinzu: »Ich meine, sie musste mich heute nicht retten, aber sie tat es. Auf psychotische Weise, sicher, aber ohne Lilith wäre ich tot – und Rasputin wäre wahrscheinlich auch ermordet worden.«

»Ich weiß es nicht«, sagt Lucretia, und ihre blauen Augen werden kälter. »Ich habe vor langer Zeit die Wahrheit akzeptiert, dass meine Mutter ein Monster ist, und jetzt kann ich nicht enttäuscht werden.«

Ich mache den Fehler, mir einen Löffel Suppe in den Mund zu schieben, und der reiche Geschmack von Nudeln und würzigem Fleisch überlagert für die nächsten Momente alles andere.

»Sie kann mehr von sich selbst in dir sehen«, sagt Lucretia und führt einen Löffel Suppe zu ihren eigenen Lippen, nur, um sich vor Ekel zu schütteln. Sie legt den Löffel weg und sagt: »Vielleicht haben diese Ähnlichkeiten etwas Mütterliches in ihr geweckt? Ich meine, sogar Drekavac-Mütter lieben ihre schreckliche Brut.«

»Warte, willst du damit sagen, dass ich wie sie bin?« Ich ersticke vor Empörung fast an meiner Suppe. »Die Person, die du als Monster betrachtest?«

»So meine ich das nicht.« Sie rührt wieder ihre Suppe um. »Ihr beide teilt eine gewisse Verschlagenheit, aber du hast deine immer in positive Bahnen gelenkt, wie deine Illusionen, was einen riesigen Unterschied macht.«

Ich reiße ein großes Stück Brot ab, stopfe es mir in den Mund und denke, während ich kaue, darüber nach.

Rasputin hat auch gesagt, dass ich einige Dinge mit Lilith gemeinsam habe. Und das muss stimmen, denn seine Kommentare halfen mir, Liliths Essenz zu finden und eine Vision von ihr zu sehen.

Das wirft also die Frage auf: Könnte ich unter den richtigen Umständen ein mordender Psychopath sein?

Ist das der Grund, warum sie versucht hat, mich dazu zu bringen, diese Tschorts zu töten – und die vielen Unschuldigen in meiner alternativen Kindheit, die Rasputin verhindert hat?

Ist sie wie Dr. Evil, auf der Suche nach ihrem Mini-Me?

»Es tut mir leid«, sagt Lucretia. »Ich wollte nicht, dass du dich so fühlst. Ich bin eine schlimme Schwester und eine noch schlechtere Therapeutin.«

Ich schlucke einen Mund voll Nudeln so schnell hinunter, dass ich fast an ihnen ersticke. »Du bist eine erstaunliche Therapeutin und eine großartige Schwester«, sage ich, als ich wieder reden kann. »Apropos Schwester, du hast vorhin etwas über mehr

Geschwister gesagt. Was hast du damit gemeint? Habe ich noch andere Schwestern oder Brüder?«

»Hmm.« Sie schaut in ihre sich abkühlende Suppenschüssel. »Es gibt nur eine Person, von der ich weiß. Jemand, den unsere liebe Mutter mit noch einem anderen Mann hatte. Aber dieser jemand würde es wahrscheinlich nicht zu schätzen wissen, wenn ich dir seine Identität einfach so preisgebe. Es tut mir leid.«

»Oh, komm schon«, sage ich und frage mich, ob es zu früh ist, meinen »fantastischen Schwester«-Kommentar von vor wenigen Sekunden zurückzunehmen. »Du wirst mir wirklich nichts sagen?«

»Wie wäre es, wenn ich mit unserem gemeinsamen Geschwisterchen rede?«, sagt sie beruhigend. »Ich bin sicher, sobald ich das tue, wird es mit dir reden wollen.«

»In Ordnung«, sage ich und unterdrücke den Drang, hinzuzufügen: »Oder ich kann einfach Lilith fragen.« Ich atme tief durch, wie Lucretia es mir selbst beigebracht hatte, und sage ihr: »Ich will wirklich wissen, wer es ist. Mein ganzes Leben war voller Fragen über mein biologisches Erbe, und jetzt gibst du mir noch ein weiteres Geheimnis, über das ich einfach nachgrübeln muss.«

»Ich werde mein Bestes tun, um sicherzustellen, dass das schnell aufgelöst wird«, sagt Lucretia und hört dann auf zu reden, weil der Kellner den Rest meines Essens bringt.

Als er unsere Suppenschüsseln abräumt, nimmt

Lucretia ihr Telefon heraus und schickt jemandem eine Nachricht.

»Ich habe gerade um ein Treffen gebeten«, sagt sie, sobald der Kellner außer Hörweite ist. »Ich halte dich auf dem Laufenden.«

Ich muss all meine Willenskraft aufwenden, um ihr nicht das Telefon aus den Händen zu reißen und zu überprüfen, wem sie gerade geschrieben hat.

Nach reiflicher Überlegung kann ich Felix vielleicht bitten, diese Nachricht zusammen mit den Anrufen von Lilith zu verfolgen. Schließlich kennen wir Lucretias Nummer und …

»Tu das, was immer du gerade gedacht hast, nicht«, sagt Lucretia. »Bitte. Tu mir den Gefallen.«

»Gut«, verspreche ich sauer und beginne, meine *Pilav* zu essen.

»Du bist sauer auf mich«, stellt Lucretia fest und beobachtet, wie ich meinen Teller in mürrischer Stille leer esse.

»Wärst du das nicht?« Ich spüle das Essen mit Wasser herunter.

»Wenn du diese Person triffst, wirst du es sicher verstehen«, sagt sie.

Ich erstarre, und das Blut weicht aus meinem Gesicht. »Es ist nicht Nero, oder?«

»Nein.« Sie grinst wissend. »Du und Nero seid nicht verwandt. Wenn man eure Gefühle bedenkt, wäre es ziemlich beunruhigend, wenn ihr es wärt.«

»Findest du?«, erwidere ich sarkastisch, und gebe

mir nicht einmal die Mühe, den ganzen »Eure Gefühle«-Kommentar anzusprechen.

Natürlich sind Nero und ich nicht verwandt. Sie hat diesem mysteriösen Geschwisterkind geschrieben, und Nero ist im Moment nicht per SMS erreichbar. Außerdem hat sich Lilith, als sie auf ihrer Welt kämpften, nicht so verhalten, als ob sie Nero kennen würde, und sie würde hoffentlich ihren Sohn erkennen.

»In Ordnung«, sage ich großmütig. »Ich bin nicht sauer auf dich. Jedenfalls nicht sehr.«

»Gut«, sagt Lucretia. »Aber das Essen geht auf mich.«

»Gut. Aber du wirst mir auch Dinge über dich selbst erzählen. Private Dinge, die man nur einer Schwester erzählen würde.«

»Immer auf der Suche nach Geheimnissen.« Sie lächelt wie die Mona Lisa. »Nun, da du darauf bestehst, es gibt etwas Spannendes in meinem Leben, das ich niemandem erzählt habe. Ich hatte nicht einmal vor, es jemandem zu sagen, aber es sieht so aus, als würde ich dir etwas von dieser Größe schulden.« Sie hält inne, als ob sie zögerte, weiterzumachen.

»Wow. Das hört sich wirklich nach etwas Großem an.« Ich spieße ein Stück Lamm mit meiner Gabel auf. »Raus mit der Sprache. Ich gebe keine Ruhe, bis du es mir sagst.«

»Okay.« Sie sieht sich um, als wolle sie die US-Atomcodes teilen. »Es geht um Jaroslaw«, sagt sie verschwörerisch und hört dann wieder auf zu reden.

Ihr Geheimnis hat mit ihrer Beziehung zum Bannik zu tun? Ich rutsche zur Kante meines Sitzes und kaue vorsichtig, aus Angst, dass ich sie verschrecke.

»Er und ich, wir versuchen es«, sagt sie schließlich. »Aber bitte behalte das für dich.«

Versuchen?

Als ich ihre Bedeutung analysiere, ersticke ich fast an einem halb gekauten Stück Lamm. Ich erhole mich und untersuche ihr Gesicht auf Anzeichen von einem Scherz, finde aber keine. »Ihr versucht, ein Baby zu bekommen?«

»Er hat seine Kraft genutzt, um eine Zukunft zu finden, in der wir erfolgreich sind«, flüstert sie. »Es hat viel von seiner Sehkraft verbraucht, bis zu dem Punkt, dass er seit Tagen völlig ausgesaugt ist, aber er glaubt, dass er den richtigen Zeitpunkt und den richtigen Ort gefunden hat, an dem es klappen könnte.«

Seit Tagen ausgesaugt? Okay, dann. Scheint so, als würde unsere Familie generell zu viel teilen.

Trotzdem bin ich froh, dass Lucretia mir das gesagt hat. Ich vermutete einmal, dass sie meine Mutter sein könnte und fragte sie, ob sie Kinder habe. Sie deutete an, dass sie irgendwann einen menschlichen Liebhaber gehabt hatte, aber sie es nicht geschafft hatten, ein Kind zu zeugen. Zwischen den Zeilen hatte ich den Eindruck, dass sie wirklich ein Kind haben wollte.

Etwas egoistischer hätte ich gerne eine kleine Nichte oder einen kleinen Neffen. Und angesichts des mehr als guten Aussehens des Banniks – und ganz zu schweigen von Lucretia selbst – wird dieses Baby wahrscheinlich sehr süß sein.

»Ich schätze, das bestätigt es«, sinniere ich laut. »Ein Vampir *kann* schwanger werden. Ich meine, ich habe mir das schon gedacht, da Lilith mich bekommen hat, aber …«

»Es macht es nur unwahrscheinlicher«, sagt Lucretia. »Daher Jaroslaws harte Arbeit.«

Ich breche in schallendes Gelächter aus.

»Wie auch immer«, sagt sie und tut so, als ob sie die Doppeldeutigkeit nicht verstanden hätte. »Bevor du fragst, alle Arten von Cogniti – einschließlich eines Banniks – sind auf diese Weise kompatibel.«

»Das wollte ich nicht fragen. Ich bin mehr an diesen Visionen interessiert, die Jaroslaw immer wieder haben muss. Das muss in der Tat eine ›harte Arbeit‹ sein.« Ich wackele mit den Augenbrauen. »Kein Wunder, dass ihm der Sehersaft ausgegangen ist. Nein, Moment, Sehersaft klingt in diesem Zusammenhang anzüglich. Seherkraft? Nein, immer noch schmutzig.«

Ich lerne noch eine weitere Tatsache über die Physiologie der Vampire.

Sie können erröten.

»Du benutzt nur Humor, um ein unbequemes Thema zu wechseln«, sagt Lucretia und wirft mir einen bedeutsamen Blick zu. »Lass mich meinen früheren Punkt wiederholen: Jeder Cogniti, sogar Nero, kann …«

»Ich glaube, ich will ein Dessert«, sage ich laut genug, damit der Kellner es hört.

Der Kellner kommt, und Lucretia verdreht hinter seinem Rücken die Augen.

Weiß sie eigentlich, was Nero ist? Es scheint so, als würde sie das tun.

Obwohl ich bereits bis zum Platzen voll bin, bestelle ich einen grünen Tee und ein Stück Baklava.

»Hast du eine Ahnung, wann deine Bemühungen Früchte tragen werden?«, frage ich Lucretia, als der Kellner geht.

»Noch ein Themenwechsel.« Sie neigt ihren Kopf. »Du solltest wissen, dass ich bemerkt habe, dass du etwas Wichtiges übersprungen hast, als du mir von deinen letzten Abenteuern erzählt hast. Etwas, was vielleicht in einem Hotel passiert ist?«

Verflucht seien ihre Fähigkeiten als Seelenklempnerin und Empathin. Sie muss wirklich meine kleine Auslassung mitbekommen haben. Außer …

»Hat Nero etwas zu dir gesagt?«, frage ich und lehne mich nach vorne.

»Wenn er es getan hätte, wäre es durch die Schweigepflicht der Ärzte geschützt«, sagt sie. Dann erscheint ein Grinsen auf ihrem Gesicht. »Und damit hast du meinen Verdacht bestätigt.«

Der Kellner bringt das Dessert, und ich ringe mit mir, ob ich ihr sagen will, was passiert ist.

»Gut«, sage ich, als der Kellner geht. »Ich erzähle es dir.«

Ich erzähle ihr, wie Nero und ich uns immer wieder geküsst haben und wie er an diesem Tag mehr für mich getan hat, es aber nicht riskieren wollte, dass ich etwas für ihn tat.

»Ich denke, es geht nicht nur um seine Angst, die Kontrolle zu verlieren und dich zu verletzen – was ein berechtigtes Anliegen ist«, sagt sie nachdenklich und bestätigt abermals, dass sie von seiner Drachennatur weiß. »Aber ich kann das nicht näher mit dir besprechen, weil er ein Patient ist.«

»Er hat mit dir darüber gesprochen?« Ich greife nach meiner brühend heißen Teetasse.

»Es tut mir leid. Ich kann das weder bestätigen noch leugnen.«

»Ach, komm schon. Was hat er gesagt? Denk dran, du schuldest mir etwas nach dem Geschwistermysterium.«

Lucretias Telefon klingelt.

»Oh, Mist«, sagt sie, als sie daraufschaut. »Ich habe einen Patientennotfall, zu dem ich schnell losmuss.«

»Sicher. Und ich bin eine Ballerina.«

»Ich schwöre, dass ich gehen muss.« Lucretia stöbert durch ihre Handtasche, holt ihre Brieftasche heraus und legt einen Hundert-Dollar-Schein auf den Tisch. »Bitte sei nicht sauer.«

»Du machst es mir schwer«, sage ich und stecke mir den Baklava in den Mund.

»Ich mache es wieder gut, ich verspreche es«, sagt sie, dann küsst sie mich auf die vom Dessert prallgefüllte Wange – und sprintet zur Tür.

Vielleicht gibt es wirklich einen Notfall?

Ich kaue zu Ende, und als ich meinen Tee trinke,

merke ich, dass mich all dieser Geschwisterkram von etwas ziemlich Wichtigem abgelenkt hat, was auch mit Nero zu tun hat – die bevorstehende Schlacht in Godiva.

Nun, es gibt keine bessere Zeit als die Gegenwart, um etwas über die Zukunft herauszufinden.

Ich stelle meinen Becher ab und konzentriere mich darauf, in den Leerraum zu gelangen.

Sobald ich zwischen den Visionsformen schwebe, überlege ich, ob ich meine neue Fähigkeit nutzen soll, einen bestimmten Zeitpunkt zu erreichen oder nicht. Wenn ich das tue, könnte ich zwei Tage in der Zukunft anpeilen – zum einen, weil meine letzte Vision bereits ein Tag nach heute war, und zum anderen, weil Nero sagte, dass sie dann in Godiva sein würden … auch wenn wegen der Seher-Relativität ein Tag für ihn nicht gleichbedeutend mit einem Tag für mich sein muss.

Nein, da ich eine Tendenz habe, Dinge zu vermasseln, und da Nostradamus sagte, dass die Bestimmung des Zeitpunkts zu viel Energie verbraucht, hebe ich mir das lieber für später auf. Ich habe heute so viel Energie benutzt, dass sie mir bald ausgehen könnte.

Und falls mir eine nicht zielgerichtete Vision nicht das gibt, was ich sehen will, kann ich ja immer noch die Extra-Kraft aufwenden.

Ich bereite mich darauf vor, mir Neros Essenz vorzustellen, aber etwas von meiner Intuition sagt mir, dass ich stattdessen Kit ins Visier nehmen sollte.

Sie wurde im letzten Kampf verletzt, also wäre das auch ohne meine Intuition eine gute Idee.

Als ich an Kit denke, taucht eine Reihe von Formen auf.

Düster aussehende Formen.

Mist.

Ich greife auf eine von ihnen zu und hoffe mit meinem ganzen Wesen, dass ich Kit nicht sterben sehen werde.

KAPITEL ZWEIUNDZWANZIG

ÄHNLICH WIE BEI meiner vorherigen Vision steht Nero von seinen Generälen umgeben in einem Zelt. Colton, Vlad, Isis und andere Cogniti von der Erde sind ebenfalls hier, zusammen mit zwei Gruppen von Menschen, die ich noch nie zuvor gesehen habe.

Eine Gruppe ist genauso gekleidet wie die Menschen, die in den letzten beiden Kämpfen die Seiten gewechselt haben. Ich nehme an, sie sind die kommandierenden Offiziere, die für diese Truppen verantwortlich sind. Die zweite Gruppe ist die interessantere.

Sie hat Limbusringe, die sich wie die von Nero verhalten – was bei mir den starken Verdacht weckt, dass es sich um Drachen handelt.

»Das ist es«, sagt Nero zur Drachengruppe. »Wenn ihr eure Unterstützung zurückziehen wollt, ist das eure letzte Chance. Sobald ihr Flügel an Flügel mit mir am

Himmel gesehen werdet, wird euer Schicksal zu meinem Schicksal.«

»Ich stehe zu dir, dem wahren Erben der Gorinych-Dynastie«, sagt ein großer Mann mit einer falkenartigen Nase. »Und ich bezweifle, dass jemand anderes hier seine Entscheidung so leichtfertig getroffen hat, dass er es sich im letzten Moment anders überlegt.«

»In der Tat«, sagt eine auffallend schöne blonde Drachendame. »Du hast den Zustand des Imperiums mit eigenen Augen gesehen. Du hast die Misswirtschaft gesehen, die Yudos sogenannte Herrschaft ist.«

»Nenn ihn in meiner Gegenwart nur den Thronräuber«, knurrt Nero. »Und ja, ich habe die Armut und Erniedrigung von Drachen und Menschen gesehen. Mein Vater erstickt zweifellos im Jenseits an seinem eigenen Feuer.«

Die Drachen nicken grimmig.

»Schon vor deiner Ankunft wurden aus geflüsterten Worten über das Recht des Thronräubers auf die Macht regelrechte Verschwörungen«, sagt ein dünner Drache mit ozeangrünen Augen. »Er denkt wahrscheinlich, dass er seiner Herrschaft Legitimität verleihen kann, indem er Claudia heiratet, aber für die Ältesten von uns lässt es ihn nur schwach und unsicher aussehen.«

Neros Gesicht war so wütend, dass ich halb erwarte, dass er sich in einen Drachen verwandelt, um Feuer zu speien. Alle Nichtdrachen im Zelt – sogar die Riesen – treten einen Schritt zurück.

»Bis zur Heiratsanzeige wussten wir nicht einmal, dass sie noch lebt«, sagt der am ältesten aussehende Drache. »Jetzt fragen sich viele von uns Ältesten, warum er sie die ganze Zeit versteckt hat. Warum hat er sie nicht schon vor langer Zeit getötet oder geheiratet? Warum nicht …«

»Der Feigling hat sie als Geisel behalten«, knurrt Nero. »Er wusste, dass ich eines Tages zurückkehren würde, und dass sie das Einzige wäre, was mich davon abhalten würde, Godiva sofort dem Erdboden gleichzumachen.«

»Das, oder er hätte die Notwendigkeit voraussehen können, sein Blut eines Tages mit dem der königlichen Linie zu mischen«, sagt der Kerl mit der Falkennase. »Er war immer ziemlich gut darin, Wege zu finden, seine Haut zu retten.«

»Egal aus welchem Grund er sie behalten hat, diese Ehe sieht für uns wie ein Akt der Verzweiflung aus«, sagt die Frau. »Er ist jetzt noch weniger machtwürdig, was mich betrifft.«

»Meine Sorge gilt Claudia, sobald Yudo – ich meine, der Thronräuber – mit dem Rücken an der Wand steht«, sagt ein athletisch aussehender Drache, der bisher nicht gesprochen hat. »Es sei denn, du denkst, er wird ihr Leben gegen seins eintauschen?«

»Der Thronräuber wird nicht bis morgen leben.« Neros Limbusringe dehnen sich aus und füllen seine ganzen Augen. »Überlasst es mir, mir Sorgen um Claudia zu machen. Euer Job ist auf dem Schlachtfeld vor diesem Zelt.«

Die Drachen nicken feierlich, und ihre Limbusringe zeigen unterschiedliche Maße an Erregung.

»Hört mir alle zu«, sagt Nero, und seine tiefe Stimme durchdringt das Zelt. »Wir haben die Verbrechen des Thronräubers gesehen. Wir haben seine Lakaien besiegt. Wir sind stärker geworden und haben Allianzen geschlossen.« Er sieht seine neuen Menschen- und Drachenfreunde bedeutungsvoll an. »Heute beenden wir das hier. Legenden werden über die Schlacht von Godiva erzählt werden.« Sein Blick richtet sich auf die Strongmen. »Es werden Lieder über jeden einzelnen von euch gesungen werden.« Zur Basilisken-Abordnung sagt er: »Es wird nicht größer oder bedeutender als das hier werden«, und dann schaut er zu den Riesen auf.

Er setzt seine bewegende Rede noch ein paar Minuten fort, bis alle im Zelt bereit zu sein scheinen, die Feinde mit den bloßen Zähnen zu zerfetzen.

Nero nickt zufrieden über die Grausamkeit auf jedem Gesicht, tritt aus dem Zelt, und seine mehr als motivierten Verbündeten stürmen ihm hinterher.

Vor dem Zelt sehe ich einen weiteren silbernen Bergrücken, dieser in Form eines Halbmonds.

Die Berge sind nicht nur hoch, sie scheinen in den Weltraum zu ragen. Ich wette, dass selbst der kleinste höher ist als der Mount Everest auf der Erde oder vielleicht sogar Olympus Mons auf dem Mars. Obwohl der Himmel wolkenlos ist, sind die Berggipfel nicht zu erkennen. Es ist, als ob sich die tektonischen Platten dieser Welt verschworen haben, um eine Landschaft zu schaffen, die selbst Kreaturen, die so groß wie Drachen sind, sich klein und unbedeutend fühlen lässt, wenn sie sie anschauen.

Im Inneren des Halbmonds steht eine Burg – obwohl sie auf den ersten Blick auch wie ein Berg aussieht. Sie ist sowohl groß als auch breit genug, um einer zu sein. Hergestellt aus chromfarbenem Obsidian, sieht die Struktur so aus, als wäre sie von einer Million Drachen, die gemeinsam Feuer spien, aus dem höchsten Berg geschmolzen worden – und vielleicht stimmt das ja sogar.

Das Schloss ist der perfekte Ort für einen Sitz der kaiserlichen Macht – mit den astronomischen Bergen in der Umgebung ist die Mündung des Halbmonds der einzige Ort, an dem man Godiva auf dem Boden oder in der Luft erreichen kann, was einen heimlichen Angriff fast unmöglich macht.

Und Nero wird hier eindeutig erwartet. Jeder Zentimeter des felsigen Bodens um die Burg herum ist mit feindlichen Truppen gefüllt.

Bogenschützen, Kavallerie und Fußsoldaten sind alle bis an die Zähne bewaffnet und tragen Rüstungen von viel besserer Qualität als die der früheren Armeen, die Nero bekämpft hat.

Noch wichtiger ist, dass diese Menschen sehr entschlossen aussehen, bis zum letzten Mann zu kämpfen. Ich bezweifele, dass der Kapitulationstrick bei ihnen funktionieren wird.

Mist.

Was das noch schlimmer macht, ist, dass Rasputin

Nero nicht gesagt hat, wie dieser spezielle Kampf enden wird. Es ist möglich, dass die Quoten gegen Neros Jungs proportional zu den Köpfen der Armee stehen – fünfzig zu einem oder etwas in dieser Richtung.

Der Himmel über den Truppen sieht noch einschüchternder aus, denn jeder Kubikmeter wimmelt von feindlichen Drachen verschiedener Farben, Formen und Größen.

Es ist unmöglich, dass die Armee von Nero mit so vielen Drachen umgehen kann – sogar mit Hilfe der Drachen aus dem Zelt.

»Diesmal keine Unterredung?«, fragt Ratsmitglied Albina, als sie besorgt zum Himmel aufblickt.

Neros Nasenlöcher beben. »Der Thronräuber ist nicht einmal auf dem Schlachtfeld. Es war zu viel, zu hoffen, dass er sich mir allein gegenüberstellt.«

»Was ist mit dem da?« Albina zeigt auf einen Drachen, der doppelt so groß aussieht wie der Rest.

»Zmey ist stark, aber nicht sehr intelligent«, sagt Nero und schaut mit verengten Augen nach oben. »Ich bezweifle, dass der Thronräuber ihm befohlen hat, zu verhandeln.«

»Okay. Wann fangen wir dann an?«, fragt Albina und bildet einen Bogen weißer Energie zwischen ihren Handflächen.

»Auf mein Zeichen«, sagt Nero und geht hinüber zu dem Ort, an dem sich ein paar Gruppen von Soldaten mit den Drachen aus dem Zelt vermischen. Alle bis auf zwei der Drachen – der Athlet und

Falkennase – sind nackt, und die meisten der Truppen hinter ihnen tragen auch ihre Geburtsanzüge.

Interessant.

Diese Truppen sind entweder Nudisten oder Drachen in menschlicher Gestalt, die ihre Rüstung nicht ruinieren wollen, wenn sie sich verwandeln – und wenn es Letzteres ist, wird das Gefälle zwischen den Armeen nicht so schlimm sein, wie ich befürchtet hatte.

»Wandeln«, sagt Nero zu einer nackten Gruppe, und sie verwandeln sich in besonders große Drachen, bevor sie sich so nah wie möglich am Boden hinhocken.

Ja.

Definitiv Drachen.

Das gleicht die Dinge ein wenig aus, zumindest dann, wenn dreißig feindliche Drachen auf einen von Neros als bessere Chancen angesehen werden können.

Dann deutet Nero auf die nahe stehenden Riesen, die Itzels dampfbetriebene Harpunenwaffen tragen. Sie nähern sich, legen die Geräte auf die Rücken der Drachen und sichern sie dann mit dicken Seilen.

Ein Haufen Basilisken in menschlicher Gestalt klettern auf die Drachen, setzen sich jeweils hinter eine der Waffen und greifen nach den Auslöseseilen.

»Jetzt ihr alle«, sagt Nero zu den nackten Menschen, die hinter dem weiblichen Drachen aus dem Zelt schauen. Trotz der angespannten Situation bin ich froh, zu sehen, dass Neros Blick an ihrem perfekt geformten Körper vorbeizieht und seinen Charme scheinbar nicht wahrnimmt.

Sie und ihr Volk verwandeln sich im Handumdrehen in Drachen, und der Rest der Basiliskenkrieger begibt sich mit diamantbesetzten Speeren bewaffnet auf ihren Rücken.

Nero nickt als Nächstes dem älter aussehenden Drachen zu. Er verwandelt sich, und seine nackten Truppen auch.

Ich erwarte, dass sich der athletisch aussehende Mann auszieht und auch seine Drachengestalt annimmt, aber er und seine Truppen, die sogar Rüstungen tragen, nehmen sich ebenfalls Speere und klettern auf die Rücken der Staffel des älteren Drachen, ohne ihre Form zu ändern.

Entweder sind die Soldaten des Athleten keine Drachen, oder es ist eine Taktik, um die Anzahl der Drachen auf Neros Seite zu verstecken.

Meine Wette wäre Letzteres – zumindest, wenn mein Chef diesen Kampf so führt, wie er seine Portfolios normalerweise führt.

»Pozoj«, sagt Nero zu dem falkennasigen Drachen aus dem Zelt. »Du wirst dafür sorgen, dass niemand, besonders nicht der Thronräuber, das Schlachtfeld verlässt.«

Pozoj nickt feierlich und erteilt dann Befehle.

Während er spricht, fällt mir auf, dass Godivas starke Verteidigungsposition ein zweischneidiges Schwert für den Thronräuber sein wird, wenn er versucht zu entkommen.

Wenn ich mich einschalten könnte, würde ich Nero fragen, ob es für die kommende Luftschlacht nicht besser für ihn wäre, Pozoj zu benutzen. Die Flucht des Thronräubers ist für mich weniger wichtig, aber ich schätze, ich werde ja auch nicht von einer Vendetta angetrieben.

Als Nero fertig damit ist, mit anderen Drachen zu sprechen, geht er zwischen dem Rest seiner Armee herum und weist die Truppenführer an, was zu tun ist. Irgendwann muss er sie für bereit halten, weil er sich in seine Drachenform verwandelt und etwas brüllt, was unheimlich nach »Angriff!« klingt.

Der Boden erzittert unter ihren Füßen, als die Riesen auf die Burg zumarschieren, während die Zentauren auf ihr übliches Ziel zusteuern – die feindliche Kavallerie. Gleichzeitig schießt Ratsmitglied Albina ihre weiße Energie auf die nächste feindliche Einheit und löst sie an Ort und Stelle auf.

An der Spitze der menschlichen Truppen eilen die starken Männer in einem blutrünstigen Wutanfall vorwärts, stellen schnell einen Guinness-Weltrekord an Toten pro Sekunde auf, während sich östlich von ihnen der Werwolfstyp in seine riesige Gestalt verwandelt und beginnt, Feinde in Stücke zu reißen.

Auf der Westseite befindet sich Vlad. Diesmal hält er ein Schwert, das so groß ist, dass es von einem der Riesen stammen muss. Links von Vlad befindet sich Isis, bewaffnet mit nur einem Schild und einem kurzen Schwert, und rechts von ihm Colton, der kleine Riese aus dem Rat. Hinter ihnen läuft der elfenhafte Typ, der

Pfeile mit der Geschwindigkeit eines halbautomatischen Gewehrs verschießt.

Bei Vlad gibt es außerdem ein paar Basiliskenkrieger – die nicht so gerne auf Drachen reiten zu scheinen wie ihre Brüder. Sie sind mit den gleichen diamantbesetzten Speeren bewaffnet, die in die feindliche Rüstung eindringen, als ob es sich um Aluminiumfolie handeln würde.

Ganz hinten in Neros Bodentruppen steht die Dame, die Tiere kontrollieren kann – und sie ist selbst eine Miniaturarmee, dank des Zoos der Lebewesen unter ihrem Kommando.

Einige Minuten, nachdem der Kampf begonnen hat, breitet sich Hoffnung in mir aus. Obwohl sie in der Unterzahl ist, scheint Neros Seite all ihre Ausdauer und Wildheit für heute aufgehoben zu haben.

Mit jedem Muskelzucken tötet oder verstümmelt jeder der Strongmen einen feindlichen Soldaten, und sie zeigen keine Anzeichen von abnehmender Begeisterung.

Die Riesen sehen auch energetisch aus, während sie Tausende von Soldaten mit tödlichen Schwüngen ihrer massiven Schwerter dezimieren – und jeder, den sie nur verwundet haben, unter ihren riesigen Füßen zu Tode getrampelt wird.

Wie zuvor machen die Zentauren kurzen Prozess mit der Kavallerie und benutzen bald ihre Lanzen und Hufe auf den entmutigten Bodentruppen, die das Pech haben, in ihren Weg zu fallen.

Colton und der Elf kämpfen genauso heftig, und

Isis heilt alle um sich herum, wenn sie auch nur einen Kratzer abbekommen.

Dennoch, wenn es um die Bodenschlacht geht, ist die Tötungswelle von niemandem vergleichbar mit der von Vlad. Jeder Schwung seines riesigen Schwertes scheint ganze Regimenter zu fällen, und das Blut, das er vergossen hat, hinterlässt ein makaberes abstraktes Kunstwerk, das die Drachen am Himmel bestaunen können.

Nur, dass die Drachen zu sehr damit beschäftigt sind, zu kämpfen, um nach unten zu schauen.

Die gewaltigen Luftstreitkräfte des Feindes befinden sich in einer sorgfältig angeordneten Formation, die an das erinnert, was Armeeflugzeuge während einer Flugshow tun. An der Spitze der Formation steht der gigantische Drache, den Nero Zmey genannt hat. Klug oder nicht, er ist riesig und schrecklich, und sein bösartiger Blick schweift nie von einem einzigen Ziel ab.

Nero.

»Jetzt!«, scheint Neros Brüllen zu sagen, und seine Verbündeten brüllen als Antwort eine beängstigende Drachenversion eines Kriegsschreies.

Nero taucht ab, und Zmey verlässt seine Formation, um ihm zu folgen.

Die großen Drachen, die Itzels Waffen auf dem Rücken haben, drängen sich zusammen und fliegen zum rechten Flügel der feindlichen Formation. Die Drachen mit den Basiliskenreitern auf dem Rücken folgen diesem Beispiel.

Die feindlichen Drachen, die aus der vorherigen Schlacht geflohen sind, müssen ihre Kameraden vor der Gefahr von Itzels Waffen gewarnt haben, denn jeder, der in Reichweite der dampfbetriebenen Waffen kommt, durchbricht die schöne Formation. Einige von ihnen tauchen unter die Stelle, von der sie denken, dass die Waffen dorthin schießen werden, andere fliegen hoch, und wieder andere huschen zur Seite – und knallen in ihre Brüder.

Wie eine Reihe von Dominosteinen löst sich die Formation in ein unkoordiniertes Durcheinander auf – und zwar dann, als die Schützengruppe den Kurs ändert und auf das Zentrum der entkommenden Feinde zielt.

Die Kanonen dröhnen und durchbohren ein paar hundert kreischende und brüllende Drachen mit Speeren, während die Basiliskenkrieger von den Rücken ihrer Drachen springen, sich in ihre fliegenden Formen verwandeln und ihren Todesblick auf die frischen Wunden richten.

Inmitten des Chaos fliegt eine große Gruppe feindlicher Drachen, um das anzugreifen, was sie für ein einfacheres Ziel halten müssen – *Menschen*, die Speere auf dem Rücken der Drachen schwingen. Nur, dass diese Menschen Drachen sind, die ihre Speere mit übernatürlicher Kraft und Geschwindigkeit werfen können, so dass sie mit Leichtigkeit die Drachenhaut durchdringen.

Als sie ihre Speere geworfen haben, springen die *menschlichen* Reiter von ihren Brüdern herunter und verwandeln sich in ihre Drachenformen, wobei sie ihre Rüstungen zerreißen, während sie sich auf ihre verwundeten Gegner stürzen.

In der Zwischenzeit taucht Nero unter Zmeys riesigem Drachenfeuerstrom hindurch, stoppt dann mitten in der Luft und bereitet sich auf einen Kampf vor.

Wenn ich könnte, würde ich Nero sagen, dass er das noch einmal überdenken soll. Ich möchte ihn daran erinnern, dass der Ausgang dieser Schlacht nicht von Rasputin garantiert wurde – und dass Zmey zu groß ist, um einfach Drache gegen Drache zu kämpfen, selbst für jemanden, der so mächtig ist wie Nero.

Als er Nero vor sich sieht, brüllt Zmey so laut, dass die Burg und die Berge in der Ferne vibrieren.

Nero schießt so schnell vorwärts, dass er verschwimmt, und führt dann eine kunstvolle Schleife aus, indem er über Zmeys Körper rauscht und dann unter der Bestie hindurchtaucht.

Mit einem bösartigen Schlag hinterlässt er eine Wunde an Zmeys Unterbauch.

Der riesige Drache brüllt vor Schmerz, schlägt mit seinem Eiffelturm-Schwanz unter seinen Körper und erwischt Nero auf dem Kopf.

Mein Chef wirbelt wie betäubt zurück, während Zmey seinen Körper neu ausrichtet und mit seinen Krallen auf Neros Kopf zielt.

Nero reagiert rechtzeitig, um nicht weggefegt zu werden, aber die Rückseite von Zmeys bulldozerartiger Klaue kratzt immer noch über seine Schnauze.

Vor Schmerz knurrend, schlägt Nero auf Zmeys Gesicht. Der große Drache versucht zu entkommen, aber Neros Klaue dringt mit einem ekelhaften Glucksen in das riesige Auge seines Gegners ein.

Zmeys Brüllen lässt die Luft um ihn herum schimmern, als ob sie überhitzt wäre. Das Tier schlägt wieder mit seinem Schwanz in Neros Richtung, aber erfolglos, da dieser ausweicht. Mit einer Geschwindigkeit, die aus Schmerz und Verzweiflung geboren wurde, zielt er als Nächstes mit seinen Krallen auf Neros Brust.

Zu meinem Entsetzen öffnet sich Neros Bauch. Eine hässliche, zwei Meter lange Wunde, aus der Blut zu spritzen beginnt wie bei einem Springbrunnen.

Nero brüllt vor Schmerz.

Ich kann nicht glauben, was ich in dieser Vision *erlebe*, und bete, dass die Wunde nicht so schlimm ist, wie sie aussieht.

Aber der Realität ist meine Verleugnungstaktik egal. Nero umfasst seine klaffende Wunde wie ein Held in einer Tragödie und stürzt in einer tödlichen Spirale ab.

KAPITEL DREIUNDZWANZIG

ETWAS AN DER ART UND WEISE, wie Nero fällt, erinnert mich an eine andere Vision, diejenige, in der Kit wie ein Flugzeug mit deaktivierten Triebwerken nach unten geschossen ist.

Zmey knurrt und stürzt hinter seinem sterbenden Feind her.

Mein nicht vorhandenes Blut verwandelt sich in Eis.

Entweder wird er Nero in Stücke reißen – oder Nero wird mit voller Geschwindigkeit auf den Boden krachen. So oder so, er wird sterben, und im zweiten Szenario wird er auch Vlad, Isis und den Rest der Leute unten zerquetschen.

Ich wünsche mir verzweifelt, dass Nero sich erholt und gegen Zmey kämpft, aber er fällt immer weiter.

Und fällt.

Bis er etwa sechs Meter vom Boden entfernt ist.

An diesem Punkt verwandelt sich Nero wieder in eine menschliche Gestalt.

Eine menschliche Gestalt, die jedoch *nicht* Nero ist.

Was?

Obwohl Zmeys Schnauze eidechsenartig ist, ist der Ausdruck darauf zweifellos Verwirrung, als er eine Frau sieht, wo ein Mann sein sollte.

Und dann macht es bei mir klick.

Kein Wunder, dass mich der spiralförmige Abstieg daran erinnerte, was mit Kit passiert ist.

Das *ist* Kit. Oder genauer gesagt die Person, die ich in dieser Vision für Nero gehalten habe, war die ganze Zeit Kit.

Zmey erholt sich von seiner Verwirrung und taucht ab, um Kit aus der Luft zu schnappen – und das ist der Zeitpunkt, an dem die Basiliskenkrieger um Vlad ihre Speere auf ihn richten und seine Schuppen an mehreren Stellen durchbohren.

Fast zur gleichen Zeit verwandeln sie sich in ihre schuppigen Formen, und Isis beschießt Kit mit einem Strom heilender Energie, der fünfzehn Zentimeter dick ist.

Die Wunde auf Kits Brust verschwindet sofort, und Kit öffnet grinsend ihre Augen, während die Basilisken ihren Todesblick auf Zmeys ruiniertes Auge und die Speerwunden richten.

Dann verschwindet Kit wieder, und ich sehe Zmey doppelt.

Mit einem letzten Gebrüll erschlafft der ursprüngliche Zmey – und Kit benutzt ihre neuen massiven Krallen, um den Körper aus der Luft zu schnappen, ihn auf die feindlichen Truppen zu werfen und sie unter der riesigen Leiche zu zerquetschen.

Zmey-Kit blinzelt mit ihrem riesigen Auge auf Isis und den Rest und fliegt hoch, um wieder in den Luftkampf zu starten.

————

ICH BIN ZURÜCK IM RESTAURANT, schwindelig von dem, was ich gerade vorhergesehen habe.

Ich fühle mich, als hätte ich den Effekt eines anderen Magiers gesehen – und wurde dabei getäuscht, was selten ist.

Die ganze Zeit habe ich Kit beobachtet, nicht Nero – was Sinn ergibt, jetzt, wo ich darüber nachdenke. Ich wollte Kit sehen, aber sie tauchte bis zur Enthüllung am Ende nirgendwo auf.

Mit einem leichten Schuldgefühl erinnere ich mich daran, dass ich, als ich in die Vision ging, erwartete, dass Kit etwas Schlimmes zustoßen würde. Doch als ich erst einmal in der Vision war, war ich zu sehr damit beschäftigt, den Kampf zu beobachten und mir Sorgen um Nero zu machen, um überhaupt an Kit zu denken. Was noch schlimmer ist, ist, dass Kit fast gestorben wäre.

Aber warum der Wechsel?

War das alles ein Trick, um Zmey zu besiegen?

Das erklärt etwas Seltsames, was in der letzten Vision geschah: den Teil, in dem Isis Nero sagte, er solle *etwas daraus machen* und wie Nero dann so tat, als ob Kit getötet worden wäre. War das alles Teil dieses Tricks? Haben Nero, Isis und Kit gehofft, die sich zurückziehenden feindlichen Drachen glauben zu lassen, dass Kit nicht mehr dabei war? Wenn ja, warum? War dieser Zmey-Typ einen so komplizierten Plan wert?

Dann geht mir ein Licht auf.

Es ging nicht um Zmey. Es war ein Weg für Nero, so zu tun, als sei er bei der Godiva-Schlacht, während er in Wirklichkeit woanders ist.

Während ich über das Rätsel nachdenke, warum Nero die wichtigste Schlacht seines Feldzuges verpassen würde, löst meine Seherintuition einen Alarm aus.

Ich nehme meinen Tee hoch, trinke einen großen Schluck, knalle dann die Tasse auf den Tisch und springe zurück in den Leerraum.

Ich konzentriere mich auf Neros Essenz und betrachte die schrecklich klingenden Formen, die um mich herum erscheinen.

Ja.

Es gibt keinen Zweifel mehr daran.

Etwas wirklich Schreckliches wird mit Nero oder jemand anderem passieren, der mir wichtig ist.

Ich berühre eine Form und bereite mich auf das Schlimmste vor.

NERO und zwei andere Männer gehen am Fuße der Godiva-Bergkette in schwarzen Outfits entlang, die nur eine Kapuze von Ninja-Kostümen entfernt sind. Anstelle von Katanas ist Nero jedoch mit dem Torschwert bewaffnet, und seine Gefährten tragen Breitschwerter.

Wenn ihre Augen etwas zu sagen haben, sind die Gefährten Drachen, und sie sehen sich so ähnlich, dass ich vermute, dass sie Brüder sind.

Der Größere der beiden übernimmt die Führung, während Nero und der Kürzere vorsichtiger folgen, und Nero über das karge, felsige Gelände schaut, als ob er nach etwas Bestimmtem sucht.

Der Halbmond-Eingang von Godiva ist weit von diesem Ort entfernt, und es muss derselbe Tag wie der der Schlacht sein, denn ich kann sehen, wie das Ende von Neros Truppen hier ankommt.

»Wartet mal«, sagt Nero und betrachtet drei riesige Felsbrocken aufmerksam. »Tritt zur Seite«, sagt er dann dem Größeren seiner Gefährten und zeigt auf eine perfekt glatte und gewöhnliche felsige Oberfläche unter den Füßen des Kerls.

Achselzuckend geht der größere Mann weg und stellt sich hinter Nero, der mit dem Finger den kyrillischen Buchstaben »zhe« auf den glatten Abschnitt des kleineren der Blöcke zeichnet.

Für einen Moment scheint nichts zu passieren, und Neros Begleiter tauschen besorgte Blicke aus.

Dann, mit einem Kreischen, rutscht der Boden, auf

dem der größere Kerl stand, weg und enthüllt, was ein Geheimgang sein muss.

»Folgt mir«, sagt Nero und klettert in das Loch.

Sobald alle drin sind, schließt sich das Loch hinter ihnen wieder.

Neros Begleiter blicken besorgt auf den Ausgang, aber mein Chef geht bereits tiefer in den Tunnel, der von wurmähnlichen leuchtenden Lebewesen erhellt wird, die an der schleimigen Decke und den Wänden kriechen.

Die beiden Drachen beeilen sich, ihn einzuholen, und sobald sie es tun, beschleunigt Nero sein Tempo. Irgendwann wird der Tunnel immer kurvenreicher, und sie sehen sich gezwungen, langsamer zu werden.

»Denkt daran, wenn wir einmal in der Burg sind, werden wir uns nicht mehr verwandeln können«, sagt der größere Drache zum kleineren. »Die Schutzzauber …«.

»Ich bin nicht in einer Höhle aufgewachsen«, knurrt der kürzere wütend und wendet sich dann Nero zu. »Ist es wahr, dass die Mitglieder der kaiserlichen Familie die einzigen Drachen sind, die sich trotz der Schutzzauber noch verwandeln können?«

»Leider ein Ammenmärchen«, sagt Nero. »Wenn sie sich verwandeln *könnten*, hätte Claudia sich schon längst befreit.«

»Stimmt«, sagt der kleinere Drache. »Ich kann immer noch nicht glauben, dass sie noch lebt.« Er blickt Nero an. »Um ehrlich zu sein, kann ich nicht glauben, dass überhaupt einer von euch noch lebt.«

»Der Thronräuber war hochmotiviert, meine Flucht geheim zu halten.« Nero umfasst seinen Schwertgriff so fest, dass ich halb davon ausgehe, dass er zerbricht.

»Es wird nicht mehr lange ein Geheimnis bleiben«, sagt der größere Drache. »Nach heute werden selbst die größten Einsiedler wissen, dass du zurück bist.«

Der kleinere Kerl nickt zustimmend, dann schaut er Nero an und fragt: »Ist es wahr, dass sogar du nicht wusstest, dass sie lebt?«

»Ich sah, wie sie erstochen wurde und dann unbeweglich in einer Blutlache lag«, knurrt Nero, und seine Limbusringe füllen seine Augen aus. »Ich habe angenommen, sie sei tot.« Sein Kiefer spannt sich an, und er geht ein paar Schritte lang leise.

»Dein Fehler könnte das Beste gewesen sein, was passieren konnte«, sagt der kurze Drache. »Weil du weggelaufen bist, hast du überlebt. Du bist stark geworden, und jetzt bist du wieder da. Wenn du bei ihr geblieben wärst, wärst du …«

Neros Bewegungen verschwimmen, und er hat den Drachen an seiner Kehle gepackt und lässt ihn über dem Boden baumeln, bevor jemand *Temperamentanfall* sagen kann.

»Sir«, sagt der größere Drache beruhigend und legt eine vorsichtige Hand auf Neros Schulter. »Das hat er nicht so gemeint.«

»Habe ich nicht«, sagt der Kleine erstickt. »Es tut mir leid.«

Nero schaut auf seine Hand, als ob sie einen eigenen Willen entwickelt hätte, lässt dann den Kerl los und stolziert durch den Tunnel.

»Was habe ich dir über deine Zunge gesagt?«, zischt der große Drache seinem Kameraden zu. »Du sagst immer das …«

»Lass ihn in Ruhe«, knurrt Nero, ohne sich zu drehen. »Dein Bruder hatte recht. Ich kann einfach den Gedanken nicht ertragen, dass Claudia in einem Käfig lebt, während ich meine Zeit auf einer anderen Welt verbracht habe, ohne ihr Leiden zu bemerken.«

Wenn ich Ohren hätte, die ich spitzen könnte, würde ich es an diesem Punkt tun. Ich weiß immer noch nicht, was Claudia für Nero ist, und das ist das meiste, was ich zu diesem Thema gehört habe, seit ich zum ersten Mal von ihrer Existenz erfahren habe.

»Schon als kleines Kind liebte sie ihre Freiheit über alles«, fährt Nero fort und wird schneller. »Sie fand diesen Tunnel alleine und benutzte ihn, um von der Burg wegzulaufen und im Wald umherzustreunen.« Ein abwesendes Lächeln berührt seine Augenwinkel. »Es dauerte eine Woche, bis die königlichen Wachen sie damals gefunden hatten, und sie war erst vier Jahre alt. Und von da an wurde es nur noch schlimmer.«

Also kannte Nero Claudia schon als kleines Kind. Das ist ein starkes Argument gegen meine größte Sorge: dass sie seine Frau oder eine andere Art von romantischem Interesse ist. Es sei denn, sie war eine

Prinzessin, mit der er als Kind verlobt war – solche Dinge könnten für eine kaiserliche Drachenfamilie normal sein.

»Wirst du sie überhaupt erkennen, wenn du sie triffst?«, fragt der größere Drache vorsichtig. »Sie war noch so jung, als …«

»Das werde ich«, knurrt Nero. »Mein Herz wird sie erkennen, egal was passiert.«

Wenn er sie das letzte Mal sah, als sie jung war, kann sie nicht seine Frau sein, oder?

Zumindest hoffe ich das nicht.

»Außerdem«, fügt Nero hinzu, »hat Claudia einen weinfarbenen Fleck im Gesicht, eine Art Muttermal.« Er berührt seine linke Wange. »Er hat die Form einer Wolke und ist immer sichtbar, egal ob sie in ihrer Drachenform ist oder nicht.«

»Das ist hilfreich zu wissen«, sagt der kurze Drache. »Wenn wir uns aufteilen und die Zellen durchgehen, dann …«

»Kein Aufteilen«, sagt sein größerer Bruder. »Der Thronräuber ist zu clever, um das Schloss unbeaufsichtigt zu lassen, was bedeutet, dass wir uns den Weg nach innen erkämpfen müssen.«

»Wo wir gerade von Wachen sprechen …« Nero senkt seine Stimme auf ein Flüstern. »Wir könnten in Hörweite derjenigen sein, die den Eingang zum Schloss bewachen.«

Damit verstummen alle drei Männer und bewegen sich vorsichtiger mit lautlosen Schritten.

Sie gehen für eine ganze Weile – Nero muss über

Drachengehör gesprochen haben, als er vor der Hörreichweite gewarnt hat –, aber irgendwann erreichen sie eine rostige Metalltür, die den dicksten Banktresoreingang wie eine Saloontür wirken lassen würde.

Nero findet eine glatte Oberfläche neben der Tür und zeichnet das gleiche Symbol wie am Tunneleingang.

Alle stehen für einige Augenblicke erwartungsvoll da, aber es passiert nichts.

Vielleicht ist der Öffnungsmechanismus kaputt? Oder ist es Magie?

Unerschrocken aktiviert Nero sein Torschwert, durchbohrt die Tür, und das schimmernde Plasma schneidet durch das dicke Metall wie eine Schere durch Papier.

Er schneidet ein Loch aus, das groß genug ist, damit auch der große Drache eintreten kann, zieht dann den Brocken heraus und legt ihn sanft auf den Boden.

Hinter der Tür befindet sich eine Ziegelwand.

Jemand muss den Eingang während eines Umbaus geschlossen haben.

Neros Schwert durchschneidet den Stein mit der gleichen Leichtigkeit. Dann tritt er den Ausschnitt weg, und ein Raum mit zehn bewaffneten Wachen kommt zum Vorschein.

Die Wachen starren die Eindringlinge mit unterschiedlich starker Überraschung an, zumindest bis Nero nach vorne wirbelt und sie alle in Stücke schlägt, bevor sie überhaupt ihre Schwerter ziehen können.

Der große Drache tritt hinter Nero ein und betrachtet das Massaker. »Vielleicht *können* wir uns trennen – wir beide gehen einen Weg, und du den anderen.«

»Noch nicht«, sagt Nero und geht durch den kellerartigen Raum, in dem sie sich befinden.

»Wir sind drin«, sagt er, während er die silberfarbenen Obsidianwände betrachtet. »Wenn er es nicht verändert hat, sollte sich das Gefängnis ganz in der Nähe befinden.«

Der nächste Raum sieht aus wie ein Weinkeller – und Nero und seine Begleiter machen mit den Wachen im Inneren kurzen Prozess.

Als Nächstes gehen sie durch einen Korridor mit hohen Decken, und dann betreten sie einen riesigen Raum voller verschiedener Folterutensilien, die im Vergleich zu dem, was ich in Museen gesehen habe, besonders robust aussehen. Ich schätze, dass man das braucht, wenn man es mit Drachen zu tun hat.

»Dieser Raum wurde für Kampftraining genutzt, bevor der Thronräuber ihn pervertiert hat«, flüstert Nero missbilligend.

»Es gibt Gerüchte darüber, was mit den Feinden des Thronräubers hier passiert.« Der kurze Drache scheint zu erblassen, während er sich umsieht. »Ich hielt sie bis jetzt für eine Übertreibung.«

»Er *ist* wirklich ein Bastard«, sagt sein größerer Bruder nüchtern. »Also, in welche Richtung?« Er schaut sich die beiden zur Auswahl stehenden Türen an – eine sehr große und eine normal große.

»Hier entlang.« Nero geht um ein offenes Gerät herum, das wie ein Sarkophag aussieht, mit kurzen Schwertern, die aus dem Inneren herausragen – eine Art eiserne Jungfrau, schätze ich – und geht zur kleineren Tür.

Von dort aus betreten sie einen weiteren langen Korridor, und Nero geht bis zum Ende, wo er das Schloss an der Tür mit seinem Schwert abschneidet.

Der nächste Raum ist so riesig wie ein leerer Tanzsaal.

Sieben Wachen stehen um einen robusten Metallkäfig in der Mitte des Raumes herum.

Drei von ihnen springen auf Nero, während der Rest seine Verbündeten angreift.

Nero weicht dem Schlag des ersten Angreifers aus und schneidet ihn dann mit seinem Schwert in zwei gleich große Hälften.

Als Nero das nächste Mal zuschlägt, versucht der Mann zu parieren, aber das schimmernde Material des Torschwertes geht direkt durch seine Metallwaffe und spaltet sie sauber in zwei Teile. Dann, während er die Flugbahn fortsetzt, schneidet Neros Schwert durch das Fleisch und die Knochen der Wache.

Der letzte Wachtposten versucht, sich von Nero zurückzuziehen, schafft es aber nicht weiter als ein paar Schritte, bevor mein Chef ihm den Kopf abschneidet.

Neros Gefährten sind nicht so schnell mit dem Töten, aber sie behaupten sich gegen die Wachen.

Nero überlässt sie ihnen und dreht sich zum Käfig um.

In ihm befindet sich eine Frau.

Sie trägt ein schlichtes Kleid, hat lange rotbraune Haare, ein hübsches Gesicht und – am auffälligsten – ein Muttermal in Form einer Wolke auf der Wange.

Trotz der Situation sieht sie nicht aus, als sei sie in Panik, und all ihre Aufmerksamkeit ist auf Neros Gesicht gerichtet.

Mit einem Grunzen tötet Neros größerer Begleiter seine letzte Wache – dann schließt er sich mit seinem Bruder zusammen, um die letzte zu erledigen.

»Claudia«, sagt Nero und tritt auf den Käfig zu.

Ihre unerschütterliche Ruhe scheint zu brechen. »Nero?«, fragt sie zitternd. »Bist du es wirklich?«

»Tritt zurück«, befiehlt Nero, und als sie sich tiefer in den Käfig zurückzieht, schneidet er mit seinem Schwert ein großes Loch in die Käfigstangen.

Dann tritt er ein.

»Du *bist* es«, keucht Claudia. Mit Tränen, die über ihre Wangen strömen, springt sie auf Nero zu und nimmt ihn in eine Umarmung, gerade als seine Gefährten die letzte Wache beseitigen. »Du bist zu mir gekommen. Ich wusste, dass du es schaffen würdest. Ich habe nur ...«

»Wir müssen dich hier rausholen«, sagt Nero schroff und zieht sich zurück. »Hier ist es nicht sicher.«

»Natürlich«, sagt sie. »Wie hast du überhaupt …?«

»Wir reden später.« Nero wendet sich dem Loch im Käfig zu. »Ich bringe dich nach draußen, und dann komme ich zurück und töte den Thronräuber.«

Sie nickt ernst, bevor sie Nero aus dem Käfig folgt, wo seine Gefährten bereits warten – und sie fasziniert anstarren.

Vorsichtig tritt sie über abgetrennte Körperteile, nähert sich den Überresten einer der Wachen, tritt bösartig in seinen Torso und nimmt sein Schwert.

»Das wirst du nicht brauchen«, sagt Nero.

»Vorsicht ist besser als Nachsicht.« Sie macht einen Übungsschwung und sticht dann in die Luft. Sie senkt die Klinge und sagt: »Geh vor.«

Nero geht in den Flur, aus dem sie kamen, und alle folgen ihm.

Als sie den Folterraum wieder betreten, wirkt Claudia extrem nervös.

Hat Yudo – der Thronräuber – sie irgendwann in der Vergangenheit hierhergebracht? Was für ein Monster würde so etwas mit jemandem machen, den er heiraten will? Es sei denn, es war eine Art BDSM-Sache für ihn, à la Christian Greys roter Raum des Schmerzes.

Als Nero am offenen Maul der eisernen Jungfrau vorbeigeht, bricht die größere Tür auf, und eine ganze Gruppe von Wachen stürmt herein, gefolgt von einem großen Mann mit dem Körperbau von Arnold Schwarzenegger in seinen besten Jahren.

Ist das Yudo – alias der Thronräuber?

Die aufwendige Rüstung und die goldene Krone, die er trägt, deuten darauf hin, ebenso wie sein arroganter Ausdruck auf den harten Gesichtszügen.

»Nero, bring sie raus. Wir haben das hier im Griff«, sagt der kürzere von Neros Gefährten, während er seine Schwerthand lockert.

Der größere Drache steht Schulter an Schulter mit seinem Bruder, und sie warten darauf, dass die Wachen sie erreichen. Dann beginnen sie, ihre Schwerter mit übernatürlicher Geschwindigkeit zu schwingen.

Sie töten sofort vier Wachen, aber das stimmt mich immer noch nicht optimistisch, was ihre Chancen betrifft. Es gibt einfach zu viele Gegner, als dass die beiden sie allein bewältigen könnten.

In der Zwischenzeit packt Nero Claudia am Oberarm und mit einer so schnellen Bewegung, dass sie verschwimmen, dann bringt er sie in weniger als einer Sekunde zur Tür, die zum Tunnel führt.

»Geh, und ich komme zu dir, wenn ich hier fertig bin«, knurrt Nero. Ohne ihre Antwort abzuwarten, wendet er sich dem Thronräuber und seinen Soldaten zu, und sein Blick ist so hasserfüllt, dass ich fast damit rechne, dass ihm ein Basiliskenzauber aus den Augen schießt.

»Weißt du, woher ich wusste, dass du herkommen und dich mir ausliefern würdest?«, fragt der Thronräuber mit einer Stimme, die tief genug ist, um Death Metal zu singen.

Nero ignoriert die Frage, verschwimmt wieder vor Geschwindigkeit, und bevor ihn jemand verfolgen kann, erreicht er seine Verbündeten. Zwei Bewegungen von Neros Schwert später sind vier Wachen tot. Eine weitere Welle von Schwertschwüngen von Nero – und sechs weitere Wachen schließen sich dem Rest im Jenseits an.

»Ich sage es dir.« Der Thronräuber, der hinter seinen Wachen steht, zieht ein Monster-Breitschwert aus der Scheide und überprüft die Klinge auf ihre Schärfe. »Ich habe mich gefragt, was dein verstorbener Vater an deiner Stelle getan hätte, und genau das hast du getan.«

Neros Gesicht ist eine Maske der Wut, als er sein Schwert unglaublich schneller schwingt und durch die Wachen, die auf ihn zukommen, schneidet wie eine Sense durch frisches Gras.

Aber es gibt immer noch zu viele Soldaten zwischen Nero und dem Thronräuber.

Mit dem Klirren von Schwert gegen Schwert pariert der kurze Drache einen Schlag von einer Wache, die einen Kopf größer als er ist, bevor er einen anderen ersticht, dann aber von einem Dritten eine Faust ins Gesicht bekommt.

Seine momentane Verwirrung ausnutzend, sticht der Wächter mit seinem Schwert zu, und seine Klinge dringt in die Brust des kurzen Drachen ein.

Der umfasst seine Wunde, fällt auf die Knie, und eine andere Wache beendet sein Leben.

Der größere Drache, der vor Wut und Trauer brüllt, greift mit noch größerer Wildheit den Mann an, der gerade seinen Bruder getötet hat. Innerhalb einer

Sekunde tötet er ihn, und dann die Wachen zu seiner Linken.

»Konzentriert euch auf Nero«, befiehlt der Thronräuber den verbliebenen Wachen, und alle außer denen, die gegen den größeren Drachen kämpfen, gehorchen.

Yudo verschwimmt wie Nero und bewegt sich in Richtung von Neros Verbündetem.

Da er seinem schlimmsten Feind so nahe ist, verwandelt sich Nero in einen Berserker. Er zerstückelt die Wache zu seiner Linken, schlägt dann mit der Faust durch die Brust einer anderen und reißt die Kehle einer dritten Wache mit den Zähnen heraus.

In der Zwischenzeit schwingt der Thronräuber sein Schwert und tötet eine seiner eigenen Wachen, um dem großen Drachen eine tiefe Wunde im Rücken zuzufügen.

Der verwundete Drache ignoriert den Schmerz und kämpft weiter gegen die letzte der Wachen vor ihm. Er vernichtet sie in dem Moment, in dem der Thronräuber ihm einen tödlichen Schlag versetzt.

Blut gurgelt in seiner Kehle, als der große Drache neben seinem getöteten Bruder auf den Boden fällt und aufhört, sich zu bewegen.

Nero knurrt vor Wut und scheint sich noch schneller zu bewegen, während sein Schwert Leben um Leben nimmt. Innerhalb weniger Augenblicke ist jede Wache um ihn herum in Stücke gerissen.

»Sieht so aus, als wären wir allein«, sagt der

Usurpator und tritt über die blutigen Überreste auf dem Boden auf Nero zu.

Nur, dass er sich irrt.

Es sind nicht nur die beiden.

Obwohl Nero es nicht bemerkt, hat Claudia den Raum nicht verlassen, als er es ihr gesagt hatte.

Stattdessen schleicht sie sich zu den Kämpfern und sehnt sich eindeutig danach, ihr Schwert zu benutzen, um Nero zu helfen, auch wenn es wahrscheinlicher ist, dass sie selbst getötet wird, als eine Hilfe zu sein.

»Das war es für dich.« Nero umfasst sein Schwert fester, macht einen bedrohlichen Schritt in Richtung des Thronräubers, und das kalte Lächeln auf seinem Gesicht erinnert mich an eine Katze, die mit einem Käfer spielt.

Wie um Neros Fortschritt noch beängstigender zu machen, brüllt ein mächtiger Drache außerhalb der Burg – Kits perfekte Nachahmung von Nero. Er scheint zu sagen: »Angriff!«

Claudia schwingt ihr Schwert.

Zu meinem Entsetzen schneidet ihre Klinge bis auf den Knochen in Neros rechten Unterarm, anstatt Yudo zu treffen.

Dumme Frau. Warum ist sie nicht gegangen, als Nero es ihr gesagt hat?

Nero stöhnt vor Schmerzen, während das Torschwert aus seiner Hand rutscht und klappernd auf den Boden schlägt.

Zur gleichen Zeit zielt der Thronräuber mit seinem

Schwert auf Neros Kopf – ein Schlag, dem mein Chef ausweicht, aber nur knapp.

»Ich sagte, du sollst gehen«, knurrt Nero Claudia an, ohne sich umzudrehen, und weicht dann einem weiteren Schlag von Yudo aus. »Ich hatte ihn genau da, wo ich ihn haben wollte.«

Claudia sieht nicht ein bisschen beschämt aus. Stattdessen drückt sie mit kalter Entschlossenheit in ihrem Blick ihr Schwert nach vorne und vergräbt es direkt zwischen Neros Schulterblättern.

Moment. Sie macht das mit Absicht?

Nero brüllt vor Schmerz und blickt verständnislos auf Claudia zurück.

Seine Lippen scheinen lautlos ein einziges Wort zu sagen.

»Warum?«

Claudia nickt dem Thronräuber zu, ohne Neros schmerzerfülltem Blick zu begegnen, und das Arschloch lächelt böse, bevor es sein Schwert zu Neros freiliegendem Hals schwingt.

Mit einem Geräusch von zerreißendem Fleisch und brechenden Knochen trennt sich Neros Kopf von seinem Körper und fällt auf den Boden.

In einem makaberen Moment der Surrealität rollt der Kopf, nur um neben der eisernen Jungfrau anzuhalten, und die Augen starren Claudia an, als ob sie noch auf der Suche nach einer Erklärung wären.

Claudia reißt das Schwert aus Neros Rücken und blickt den Thronräuber an. »Und? Wie habe ich mich gemacht?«

KAPITEL VIERUNDZWANZIG

ICH BIN WIEDER IM RESTAURANT, und die usbekischen Köstlichkeiten, die ich konsumiert habe, liegen mir wie gefrorener Zement im Magen, während mir ein einziger schrecklicher Gedanke durch den Kopf geht.

Nero wird sterben.

Ich springe auf meine wackeligen Füße, schnappe mir mit einer zitternden Hand das Handy aus meiner Blazer-Tasche und rufe mir ein Taxi.

Nero wird von Claudia verraten werden, der Frau, für die er so hart kämpft, um sie zu retten.

Glücklicherweise gibt es in der Nähe Taxen, so dass eine ankommt, bevor ich zu Fuß zum JFK sprinte. Ich springe hinein und besteche den Fahrer, damit er sich beeilt.

Wenn der Verkehr es zulässt, sind wir in zwanzig Minuten am Flughafen.

Mein Plan ist mehr als einfach. Ich werde Nero

finden und ihn warnen – und je früher ich bei ihm bin, desto besser.

Die Frage ist, ob ich es rechtzeitig schaffen werde.

Ich weiß, dass der zweite Kampf einen Tag nach heute stattfinden wird, aus meiner Sicht und vorausgesetzt, ich beherrsche die Technik, eine bestimmte Zeit ins Visier zu nehmen. Aber ich gehe in jene Welt, die laut Nostradamus die Zeitmessung komplizierter macht. Ich erinnere mich auch daran, dass Nero sagte, dass Godiva eine Tagesreise von dort ist, wo die zweite Schlacht stattfindet – aber das ist Neros Perspektive in dieser Welt. Oh, und meinte Nero vierundzwanzig Stunden, oder tagsüber marschieren und dann nachts schlafen, was eher zwölf Stunden wäre? Und jetzt, da ich darüber nachdenke, fällt mir auf, dass ich, als ich mich auf die Essenz eines Tages konzentriert habe, Schlaf nicht als Teil davon gesehen habe. Bedeutet das, dass ich mir zwölf Stunden als Ziel gesetzt hatte anstatt einen ganzen Tag?

Um nicht verrückt zu werden, verbanne ich die Sorgen um die Zeit aus meinem Kopf. Was das betrifft, was ich tun muss, so ändert es nichts. Ich werde einfach so schnell wie möglich hinter Nero herjagen und beten, dass ich es schaffe.

Mit diesem Plan im Kopf tue ich mein Bestes, um mich an die Karte des Kontinents in der Drachenwelt zu erinnern, insbesondere an die Linie, die den Weg nach Godiva darstellte.

Dann klingelt mein Telefon.

Es ist Felix.

Nach einem kurzem Zögern nehme ich ab.

»Hey, Sasha«, sagt er. »Willst du immer noch mit diesem Eric reden? Er kam gerade vorbei und fragte, ob du aufgetaucht bist. Ich habe Nein gesagt, aber ich kann ihn immer noch einholen.«

Ich halte das Telefon näher an mein Ohr und denke über die Idee nach, Eric einzubeziehen. Würde sich der Teleporter mir anschließen, um Nero zu helfen, was in der Tat eine große Hilfe wäre, oder würde er versuchen, mich hier auf der Erde zu halten?

Ich wette auf Letzteres.

Dennoch, da ich die Hilfe gebrauchen könnte, überzeuge ich mich selbst davon, dass ich mit Eric sprechen werde, und gehe in den Leerraum, um einen Blick auf die Konsequenzen zu werfen.

Eine Wolke von Formen, die ziemlich einheitlich aussieht, umgibt mich dort, aber da dies eine wichtige Wahl ist, lasse ich mehrere ätherische Schweife wachsen und berühre sie alle.

Das ist nicht gut.

In jeder Zukunft, in der ich mit Eric spreche, ende ich wieder eingeschlossen in der Wohnung. In den meisten Visionen glaubt er meine Geschichte über Nero in Schwierigkeiten nicht – nicht einmal dann, wenn ich ihn vernünftige Dinge frage wie: »Warum sollte ich zu dir kommen und eine solche Geschichte erfinden?« Er denkt, dass ich einfach hartnäckig bei Neros Suche mitmachen will, und dass die Geschichte dazu dient, ihn machen zu lassen, was ich will. Sogar in den Visionen, in denen er behauptet, mir zu glauben, sperrt Eric mich trotzdem ein.

»Nein«, sage ich Felix, als ich aus dem Leerraum zurück bin. »Ich muss nicht mehr mit Eric reden.«

»Weißt du«, sagt Felix, »mir ist bei unserem letzten Gespräch noch etwas anderes eingefallen. Warum hast du angerufen, kurz bevor du in den Tunnel gefahren bist? Du wusstest, dass du den Empfang verlieren würdest.«

Ich schnaube. »Es hat *so* lange gedauert, bis dir das aufgefallen ist?«

»Ja, nun, du machst so selten etwas Unlogisches, dass ich nicht bemerkt habe, als du es plötzlich getan hast.«

»Was auch immer«, sage ich. »Ich darf nach dem Tag, den ich gerade hatte, etwas Unlogisches tun.«

Dann bringe ich Felix auf den neuesten Stand – hauptsächlich mündlich, aber auch per SMS, als ich zu den Stellen komme, von denen das Mandat nicht will, dass der menschliche Taxifahrer sie belauscht.

»Geh nicht«, sagt Felix, als ich am Ende angekommen bin. »Erinnerst du dich daran, wie gefährlich der Weg in die Drachenwelt war? Wo willst du überhaupt einen anderen Raumanzug finden?«

»Ich gehe den viel sichereren Weg, den Rasputin uns gezeigt hat«, sage ich. »Den, den wir auf dem Rückweg genommen haben.«

»Und was dann? Was kannst du gegen Drachen tun?«

»Ich muss nichts tun. Ich muss Nero nur vor Claudia warnen, und er kann alles selbst machen.«

»Gut. Dann komme ich mit dir mit.«

»Ich habe keine Zeit zu warten, bis du zum JFK kommst.« Ich schaue auf die verkehrsfreie Autobahn vor dem Taxi. »Ich bin etwa zehn Minuten von dort entfernt.«

»Du wirst in ein buchstäbliches Kriegsgebiet gehen und erwartest, dass ich dich allein gehen lasse?«

Er hat recht.

Darf ich Lucretia um Hilfe bitten?

Nein, das ist eine schlechte Idee. Ich will nicht nur meine neu gefundene Schwester nicht in Gefahr bringen, sie hat auch das gleiche Problem wie Felix – sie ist mit einem Kunden in Manhattan, zu weit, um schnell zu JFK zu kommen.

Dann vielleicht Lilith? Nein, sie ist zu unberechenbar – und ich habe zu viele unbeantwortete Fragen zu ihren Motiven.

»Schau, warte einfach auf mich«, fährt Felix fort, und ich unterbreche ihn mit einer Frage.

»Bist du mit Liliths Anrufen weitergekommen?«

»Versuch nicht, das Thema zu wechseln.«

»Es hat damit zu tun. Ich überlege, *sie* um Hilfe zu bitten.«

»In diesem Fall nein. Ich brauche mehr, als du mir gesagt hast, um voranzukommen.«

»Okay«, sage ich und schreibe ihm Liliths Telefonnummer sowie die Nummern, die sie angerufen hat. »Hilft das?«

»Ja, wahrscheinlich«, sagt Felix. »Aber ich werde nichts herausfinden können, bevor du dich entscheiden musst, ob du Lilith mitnehmen willst oder nicht.«

»Trotzdem, wenn du helfen willst, arbeite bitte daran.«

»Sasha, ich lasse dich nicht …«

»Oh nein«, sage ich. »Ich fahre in einen anderen Tunnel.«

»Es gibt keinen Tunnel zwischen …«

Ich zische in das Telefon und lege auf.

Als er zurückruft, lasse ich den Anruf auf die Mailbox gehen und wiederhole das noch ein paarmal, bis er aufhört anzurufen.

Sehr erwachsen, steht in seiner SMS. *Du triffst gerade eine schlechte Wahl.*

Ich ignoriere den Rest von Felix' Tirade, weil mich das Wort *Wahl* unruhig macht.

Darian behauptete, vorhergesehen zu haben, dass ich mit meinem Leben bezahlen würde, wenn ich Nero wählen würde, und Neros Wahrsagerei bestätigte dies in meiner Vision.

Zählt Nero warnen zu wollen als *ihn zu wählen*? Oder habe ich die Wahl getroffen, sobald ich anfing, Gefühle für meinen herrischen Mentor zu haben?

Da ich nicht mag, wohin dieser Gedankengang führt, denke ich über etwas Sichereres nach.

Warum wird Claudia Nero verraten?

Um das zu beantworten, würde es wirklich helfen, wenn ich wüsste, was genau ihre Beziehung ist.

Bis zu diesem Verrat hätte ich mein Geld darauf gesetzt, dass sie seine Schwester oder ein anderes nahes Familienmitglied ist. Andererseits hätte das Wunschdenken sein können, denn die andere Option ist, dass sie seine Kinderbraut ist oder so etwas in diese Richtung.

Nun, aber ich weiß nicht, ob die Schwesteroption funktioniert. Ich meine, wer würde sein eigenes Fleisch und Blut so verraten? Ich habe gerade erfahren, dass Lucretia meine Schwester ist, und ich werde sie nicht auf dieses gefährliche Abenteuer mitnehmen – und natürlich würde mich nichts dazu bringen, sie zu töten.

Wenn sie seine Braut wäre, würde es ein wenig mehr Sinn ergeben. Schließlich ist, wenn eine Person auf mysteriöse Weise ermordet wird, der erste Verdächtige immer der Ehepartner.

Ist das dann möglich?

War das die Drachenversion einer Scheidung?

Es scheint immer noch ein wenig zweifelhaft zu sein – mit ihr als Yugos Gefangener und Nero, der einen Weltkrieg führt, um sie und alles zu retten.

Es sei denn, sie hat das Stockholm-Syndrom? Vielleicht hat Claudia sich im Laufe der Jahre in ihren Entführer verliebt und ist für diesen Sadisten zur Masochistin geworden. Vielleicht gefällt ihr der Gedanke, Yugo zu heiraten. Soweit ich weiß, hätte das Ganze ihre Idee sein können.

Alternativ kann dies auch ein reiner Ehrgeiz sein. Vielleicht *ist* sie Neros Schwester, will aber die

Drachenwelt selbst regieren, anstatt sie ihrem Bruder zu überlassen.

Moment mal. Plant Nero, die Drachenwelt zu regieren?

Ich habe immer angenommen, dass Nero Claudia retten und zurückkommen würde, aber das muss ja gar nicht so sein.

Das Taxi kommt quietschend zum Stehen und reißt mich aus meinen Überlegungen.

Ich steige aus und renne zur Geheimtür zum Drehkreuz. Nachdem ich die Tunnel betreten und ein paar Kurven hinter mich gebracht habe, überkommt mich ein tiefes Grauen – ein Gefühl, das ich mittlerweile mit meiner Seherintuition verbinde.

Oh nein.

Nicht schon wieder dieser Mist.

In meiner Eile, hierherzukommen, war das Einzige, woran ich nicht gedacht habe, zu überprüfen, ob ich es tatsächlich zum Tor oder zu Neros Standort schaffe.

Aber jetzt habe ich keine andere Wahl.

Mit Mühe konzentriere ich mich und springe in den Leerraum, während ich um die Ecke laufe.

Dort bekomme ich die Bestätigung, von der ich verzweifelt gehofft habe, dass ich sie nicht bekommen würde.

Die Formen um mich herum spielen eine erschreckende Melodie.

Ich greife einfach nach der nächsten, weil ich weiß, dass alle höchstwahrscheinlich mein Ableben zeigen.

KAPITEL FÜNFUNDZWANZIG

ICH STEHE in einem Korridor unter JFK und schaue mit aufgerissenen Augen auf Woland – den Anführer der kürzlich gestorbenen Tschorts.

»Ich dachte, du bist zurück nach St. Petersburg gerannt«, sage ich und trete einen Schritt zurück.

»Ich gehe bald dorthin zurück.« Er nähert sich mir und zieht eine Spritze heraus. »So wie du, vorausgesetzt, du willst leben.«

Ich starre ihn an, und mein Gehirn hat Schwierigkeiten, mit all dem Adrenalin zu arbeiten, das um meinen Schädel schwappt.

»Ich gebe dir zwei Möglichkeiten«, sagt Woland. »Geh auf die Knie und leg deine Hände hinter deinen Kopf, damit ich dir dieses Beruhigungsmittel spritzen kann«, er winkt mit der Spritze in die Luft, »oder ich werde jetzt und hier dein Herz anhalten.«

Ich trete einen weiteren Schritt zurück.

Er schnalzt mit der Zunge. »Letzte Chance. Ich bluffe nicht.«

Großartig. Meine Optionen sind, gegen ihn zu kämpfen, damit ich Nero retten kann, oder mich in Russland aufwecken zu lassen, wo lustige Folterungen auf mich warten.

Klingt nicht nach einer großen Auswahl.

Ich wähle offensichtlich die Nero-Option.

Aber während ich das denke, überkommt mich ein schwermütiges Gefühl.

Ist das offiziell der Moment, über den Darian immer geredet hat?

Wie ich bereits erfahren habe, blufft Woland nicht. Er *wird* mein Herz stoppen, wenn ich mich nicht mit der Nadel stechen lasse.

»Bei drei«, sagt Woland. »Eins.«

Ich richte mich auf.

»Zwei.«

Ich sehe Woland trotzig an.

»Drei.«

Ich balle meine Hände zu Fäusten und bereite mich darauf vor, alle Fähigkeiten zu nutzen, die Thalia und Nero in mich gequält haben.

Woland sticht die Spritze ein. »Das wird poetische Gerechtigkeit sein«, sagt er. »Rasputin nahm meine Tochter, und ich werde seine nehmen.« Er steht da und schaut in die Ferne, und ich nehme das als meinen Anstoß, um nach vorne zu springen und ihm einen Schlag ins Gesicht zu verpassen.

Meine Faust trifft auf seinen Kiefer, reißt ihn aus seinem Tagtraumzustand, und er knurrt mich an.

Ich führe noch einmal einen Schlag auf seinen Kiefer aus, in der Hoffnung, ihn bewusstlos zu schlagen.

Nur, dass er dieses körperlose Ding macht, und meine Faust nutzlos durch seinen Kopf rauscht.

Bevor ich mein Gleichgewicht wiedererlangen kann, greift er nach meinem Handgelenk, und ich fühle, wie sich durch seine Berührung die verdorbene Energie ausbreitet.

»Nein, warte!«, möchte ich schreien, aber ich bekomme die Worte nicht heraus, weil meine Atmung zu abgehackt ist.

Dann, wie in einem wiederkehrenden Alptraum, wird mein linker Arm taub, und ein schrecklicher Schmerz explodiert in meinem Oberkörper – einer, der sich anfühlt wie eine Pyramide Elefanten, die gerade auf meiner Brust steht.

Mein Kopf dreht sich, meine Lungen weigern sich, Luft aufzunehmen, und dann verblasst die Welt, als ich sterbe.

ZURÜCK IM TUNNEL verlangsame ich mein Lauftempo. Das Letzte, was ich will, ist, über Woland zu stolpern, bevor ich einen Weg finde, dem Schicksal zu entgehen, das ich gerade vorhergesehen habe.

Ich knirsche mit den Zähnen und gebe mein Bestes, um mich zu konzentrieren.

Nach dieser Vision finde ich es schwierig, wieder in den Leerraum zu kommen, aber nach einer massiven mentalen Anstrengung schaffe ich es.

Diesmal bin ich von einer Reihe von Wolken umgeben, jede mit Hunderten von Formen, die alle die gleichen tödlichen Melodien spielen.

Ich denke, ich kenne den Grund für mehrere Wolken – jede von ihnen stellt eine andere Vorgehensweise dar, die ich ergreifen könnte.

Wenn ich recht habe, muss ich sie mir alle ansehen, damit ich diejenige nicht verpasse, bei der ich einen von Woland verursachten Herzinfarkt vermeide.

Das Problem ist, dass das Greifen nach all diesen Visionen meine Kraft verbrauchen könnte – besonders wenn man bedenkt, wie sehr ich sie heute bereits genutzt habe.

Ich muss einen Weg finden, mir selbst ein paar Optionen zu geben, aber ein bisschen Seherkraft für später zu behalten.

Was wäre, wenn ich nur eine Vision von jeder der Wolken als Kompromiss probiere?

Habe ich genug Energie *dafür*?

Ohne das gezielte Zeitsehtraining mit Nostradamus wäre ich mir meiner Reserven sicher, aber so wie es ist, bin ich auf Hoffnung angewiesen.

Also, hier kommt nichts. Ich lasse einen ätherischen Schweif pro Wolke entstehen und greife die Formen, die meine Intuition für sehr nützlich hält.

———

ICH STEHE DIESMAL in einem Korridor unter JFK – einem etwas anderen Korridor. Woland steht mir wieder gegenüber, aber ich bin diesmal nicht überrascht und verwirrt.

Ohne zu warten, renne ich zu ihm, und sobald ich nah genug dran bin, gebe ich ihm einen Schlag auf die Nase.

Er wird körperlos, und meine Faust huscht nutzlos durch seinen Kopf und wirft mich aus dem Gleichgewicht.

Er packt mein Handgelenk, und ich fühle, wie sich seine verdorbene Energie durch mich ausbreitet, bis mein linker Arm taub wird.

Der schreckliche Schmerz folgt, dann Schwindel und Tod.

———

DIE NÄCHSTE VISION ist fast identisch mit der letzten im neuen Korridor. Der einzige Unterschied ist, dass ich Woland in die Eier trete, anstatt ihm ins Gesicht zu schlagen.

Er wandelt sich jedoch, bevor ich Schaden anrichten kann – und ich stolpere, was ihm die Möglichkeit gibt, meine Hand wieder zu ergreifen. Dann folgt der Herzinfarkt.

———

ICH BIN in dem verfluchten Korridor und starre Woland für den Bruchteil einer Sekunde an. Dann drehe ich mich um und sprinte, als würde ich nach Olympia-Gold streben.

Mein Herz schlägt in meiner Brust, und meine Atmung ist wie die eines Hundes an einem heißen Tag, aber ich höre immer wieder nervige Schritte hinter mir.

Der dumme Tschort ist übernatürlich schnell.

Bevor ich überhaupt die Chance bekomme, um die Ecke zu laufen, ergreift eine Hand die Rückseite meines Blazers.

Verzweifelt winde ich mich heraus, aber Wolands Finger greifen nach meinem Hals.

»Warte«, beginne ich zu sagen, aber er beschießt mich mit seiner herzanhaltenden Energie, und – vielleicht durch die Anstrengung des Sprints – der Herzinfarkt bringt mich diesmal noch schneller um.

———

»SCHÖN«, sage ich, als ich mit Woland konfrontiert werde. »Du kannst mich mit deiner blöden Spritze stechen.«

Ich gehe auf die Knie und lege meine Hände hinter meinen Kopf.

Woland ist derjenige, der diesmal verwirrt aussieht, aber er erholt sich schnell. Er holt seine Spritze heraus und kommt auf mich zu.

Als er in Sprungweite ist, springe ich auf – aber

meine kniende Position bringt mir einen großen Nachteil.

Wolands Fuß tritt mir ins Gesicht, und ich werde ohnmächtig.

———

DIESMAL GEBE ich wieder auf und lasse mir von Woland die Injektion geben.

Was folgt, ist das, was ich erwarten würde. Eine Vision mit mir außerhalb meines Körpers beginnt, und ich beobachte, wie Woland die betäubte Sasha aufnimmt und sie wegträgt.

———

ES FOLGEN Abweichungen von den vorherigen Visionen, und ich werde in jeder einzelnen besiegt.

———

ICH BIN WIEDER in der realen Welt und gehe um die Ecke.

Ich bleibe stehen.

Wenn ich weitergehe, riskiere ich, Woland gegenüberzutreten, und ich muss noch eine Strategie ausarbeiten, die ich bei ihm anwenden kann.

Ich atme gleichmäßig, um die Konzentration zu bekommen, die ich brauche, um in den Leerraum zu gelangen.

Allerdings lässt mich der vertraute Zustand im Stich.

Oh, komm schon.

Nicht jetzt.

Ich beruhige meinen Atem noch mehr und versuche es erneut.

Nein. Es ist, als würde ich mit dem Kopf gegen eine Zementwand schlagen.

Obwohl ich weiß, was los ist, versuche ich es noch ein Dutzend Mal, bevor ich es akzeptiere.

Ich habe meine letzte Seherenergie verbraucht.

Jetzt muss ich mich Woland wirklich stellen, aber ohne den Einsatz meiner Kräfte – und irgendwie das Schicksal vermeiden, das mir in all den früheren Visionen widerfahren ist.

Oder sterben, wie Darian es vorausgesehen hat.

KAPITEL SECHSUNDZWANZIG

WAS KANN ICH TUN, was ich noch nicht ausprobiert habe?

Welche neuen Elemente kann ich einführen?

Nichts, was ich an mir habe – wie das Kartenspiel – wäre eine große Hilfe. Bestenfalls kann ich ihn kurz verwirren, aber das wird nicht ausreichen – zumal dies meine einzige Chance ist.

Was ich wirklich brauche, ist eine Waffe, vorzugsweise eine Pistole.

Was das besonders frustrierend macht, ist, dass meine Waffe nicht einmal weit von hier entfernt ist. Itzel hat mich dazu gebracht, sie hier unten im Labor zu lassen, bevor wir abgereist sind, um Rasputin zu retten. Allerdings ist das Labor die letzte Abzweigung in den Tunneln vor dem Drehkreuz, also werde ich auf Woland treffen, bevor ich dort hinkommen kann.

Aber Moment. Vielleicht gibt es einen anderen Weg, wie ich eine Waffe bekommen kann.

Ich *bin* in einem Flughafen – was bedeutet, dass TSA-Beamte überall verstreut sind. Tragen sie Waffen?

Ich nehme mein Handy heraus, um das zu überprüfen, und erfahre zu meiner Enttäuschung, dass das nicht der Fall ist. Aber hier muss es auch Polizisten geben. Die unbewaffneten TSA-Beamten müssen in der Lage sein, jemanden zu rufen, wenn sie eine Waffe brauchen, richtig?

Vielleicht kann ich meine Taschendiebstahlsfähigkeiten nutzen, um einem Polizisten eine Waffe zu stehlen. Scheint unmöglich, aber nicht unmöglicher, als Woland mit leeren Händen zu bekämpfen.

Natürlich könnte es selbst mit einer Waffe schwierig sein, mit Woland fertigzuwerden. Wenn er sich verwandelt, wenn ich ihn erschieße, würde die Kugel direkt durch ihn hindurchgehen.

Ich müsste schießen, wenn er es nicht erwartet – und ich denke, ich habe eine Ablenkung.

Voller Hoffnung drehe ich mich auf den Fersen um und laufe zurück zum Flughafen.

Eine kleine Stimme in meinem Hinterkopf fragt sich, was ich in dem sehr wahrscheinlichen Fall tun werde, wenn ich es nicht schaffe, eine Waffe von einem ausgebildeten Profi zu stehlen. Könnte ich von einem anderen Flughafen nach Gomorrha kommen? Oder vielleicht sollte ich Lilith doch einbeziehen, denn alles, was *sie* braucht, um Woland verletzlich zu machen, ist, ein wenig von seinem Blut zu trinken.

Das Problem bei all diesen Ideen ist, dass sie Zeit kosten würden, die Nero vielleicht nicht hat.

Ich verschwende gerade Zeit mit der Waffenjagd.

Als ich um die nächste Ecke biege, beunruhigt mich etwas an dem Gang.

Ich muss mir das einbilden. Alle diese Korridore sehen sich so ähnlich.

Ich bleibe trotzdem stehen, und mit einem mulmigen Gefühl sehe ich Woland um die nächste Kurve kommen, so dass er mir gegenübersteht.

Verdammt nochmal.

Die ganze Zeit nahm ich an, dass Woland auf dem Weg *zum* Drehkreuz auf mich wartet. Es kam mir nicht in den Sinn, dass er in Wirklichkeit *hinter* mir war.

Aber das ergibt Sinn. Meine Visionen zeigten mir, was passierte, nachdem er seine Supergeschwindigkeit genutzt hat, um mich einzuholen. Ich wette, das, was kurz vor meinen Visionen geschah, war, dass ich mich umdrehte, um zu hören, wer mir folgte.

»Woland«, sage ich mit gespielter Ruhe, da ich verzweifelt Zeit gewinnen will, um mir etwas einfallen zu lassen, was ich noch nicht ausprobiert habe. »Schön, dich hier zu treffen.«

Er holt seine Spritze heraus. »Sorry, keine Zeit zum Plaudern«, sagt er. »Ich gebe dir zwei Möglichkeiten.«

Da ich noch nie versucht habe, ihn mitten im Satz anzugreifen, tue ich das jetzt. Und, anstatt zu schlagen oder zu treten – was in meinen Visionen nicht funktioniert hat –, gebe ich ihm eine Kopfnuss.

Meine Stirn schlägt in einen knöchernen Teil seines Gesichts, obwohl es wegen all der weißen Sterne, die in meinem Blickfeld explodieren, schwer zu sagen ist, wo genau.

Mit klingelnden Ohren lande ich einen Schlag, wo ich hoffe, dass dort Wolands Kiefer ist.

Wenn Thalia das sehen würde, wäre sie stolz auf mich. Es gibt ein hörbares Knacken, als meine Knöchel auf etwas treffen, was definitiv ein Kiefer ist.

Meine Knöchel schreien vor Qual, und Woland flucht auf Russisch.

Mist. Er ist nicht bewusstlos.

Ich trete ihm fast instinktiv in die Eier, bevor ich merke, dass ich das in meiner Vision versucht habe.

Er wird körperlos, und ich verliere das Gleichgewicht.

Woland ergreift mein Handgelenk.

Nein.

Das geschah auch in meinen Visionen.

Es ist das, was immer meinem Ende vorausging.

Ich reiße meine Hand weg, aber es ist zu spät.

Die verdorbene Energie breitet sich bereits in mir aus.

»Das darf nicht passieren«, möchte ich schreien, aber ich bekomme die Worte nicht heraus, weil meine Atmung zu abgehackt ist.

Als die allzu vertrauten Symptome beginnen, kann ich es nicht mehr leugnen.

Das ist das Ende.

Mein linker Arm wird taub, und schreckliche Schmerzen breiten sich in meinem Oberkörper aus. Es folgt eine schreckliche Benommenheit, und zum letzten Mal verblasst die Welt, als ich sterbe.

KAPITEL SIEBENUNDZWANZIG

IRGENDWIE KOMMT MEIN BEWUSSTSEIN ZURÜCK.

Wie seltsam.

Ich war mir so sicher, dass ich gestorben war, ich hätte mein Leben darauf gewettet.

Aber was ist das dann? Habe ich eine Vision mit dem wirklichen Leben verwechselt?

Nein. Wenn das eine Vision gewesen wäre, wäre ich körperlos und würde jetzt auf mich selbst herabsehen, aber ich habe einen Körper. Zufällig liegt mein Körper einfach hier auf dem Boden, völlig gefühllos – ziemlich totenähnlich.

Dann, ohne ersichtlichen Grund, beginnt mein Herz wieder zu schlagen.

Als das Blut langsam wieder durch meinen Körper fließt, überkommt mich mit ihm das schlimmste Kribbeln und Stechen in meinen Gliedern, so als seien sie eingeschlafen gewesen.

Wenn mein Mund funktionieren würde, würde ich

vor Schmerzen schreien, aber da er im Urlaub ist, untersuche ich mich selbst auf eine Erklärung dessen, was passiert.

Vielleicht ist das das Leben nach dem Tod?

Obwohl es nicht zu dem passen zu scheint, was ich gehört habe. Bekommen wir Cogniti vielleicht unsere eigene Version, und die sieht so aus?

Aber nein. Wenn überhaupt, dann fühlt sich das eher wie eine Auferstehung an.

Als das Kribbeln und Stechen mein Ohr erreichen, kehrt mein Gehör zurück, und ich höre Woland sagen: »Es ist poetische Gerechtigkeit …«

Ich höre den Rest dieses vertrauten Monologs nicht mehr.

Mein Körper vollendet seine Genesung, und sobald das der Fall ist, überlagert ein einziges Gefühl alles andere.

Nein, kein Gefühl. Das ist mehr wie ein Verlangen. Eigentlich ist auch das nicht richtig. Es ist ein verzweifeltes Bedürfnis, ein Zwang – ein Wunsch, der alle anderen Wünsche zu beherrschen scheint.

Nach einem weiteren Moment der Qual erkenne ich es.

Durst.

Doch das »Durst« zu nennen wäre wie diese riesigen Godiva-Berge »kleine Geschwindigkeitsschwellen« zu nennen.

Es ist ein Durst, wie ich ihn noch nie gefühlt habe. Ein Verlangen, zu trinken, so stark, dass ich alles tun würde, um es zu befriedigen. Ein Zwang, der mich alles andere vergessen lässt – sogar meinen Namen.

»… nahm meine Tochter, und jetzt habe ich …«

Meine Lider öffnen sich von selbst, und die Zeit scheint sich zu verlangsamen, als meine Augen auf die Quelle der Luftvibrationen zoomen – eine Ader, die auf einem Hals ein paar Meter von meinem Mund entfernt pulsiert.

Die Vene zieht mich wie der stärkste Magnet zu sich – besonders wenn dieser Magnet aus Heroin und Schokokeksen hergestellt wurde.

»… seine genommen«, sagt meine Beute, während ich aufspringe und meine verlängerten Fangzähne in diesem süßen, süßen Fleisch versenke.

Sobald ich meinen ersten Schluck dieses göttlichen Elixiers nehme, lässt der Durst nach, und meine Gedanken beginnen wieder, Sinn zu ergeben.

Zum Beispiel verstehe ich, dass Wolands glucksender Schrei unter den gegebenen Umständen völlig gerechtfertigt ist. Es ist das, was man tut, wenn einem Fangzähne in den Hals eindringen, besonders wenn der Besitzer der Fangzähne beginnt, gierig Blut zu saugen.

Zwei Schlucke später ist der schreckliche Durst fast eine ferne Erinnerung, und ich merke, wie angenehm diese Erfahrung ist. Es ist wie ein Orgasmus, ein Yumgasmus – mangels eines besseren Begriffs –, ein Durstlöschgasmus, ein Schuhgasmus und alle anderen Gasmen in einem.

Ein Teil von mir weiß, dass ich jetzt aufhören kann – was mein Verlangen betrifft, ist es gestillt.

Aber meine Erinnerungen sind zurück, und ich weiß, dass ich nicht aufhören werde.

Woland wollte mich töten – hat mich getötet –, und jetzt wird er dafür bezahlen. Dass ich seinen Tod genieße, wie ich noch nie etwas anderes in meinem Leben genossen habe, ist nur das Sahnehäubchen auf diesem sehr beunruhigenden Kuchen.

Wenn Lilith mich jetzt sehen könnte, würde ihre Brust vor Stolz anschwellen.

Irgendwann hört der Blutfluss auf.

Enttäuscht ziehe ich mich zurück und wische mir den Mund ab, während sich meine Fangzähne wieder in mein Zahnfleisch zurückziehen.

Es gibt weder Durst noch andere Ablenkungen, um mich daran zu hindern, zu erkennen, was passiert ist.

Darian hat nicht gelogen. Meine Entscheidungen führten wirklich zu meinem Tod – aber es war nicht das Ende.

Scheint so, als hätte ich doch eine Macht von Lilith geerbt.

Ich *war* ein Pre-Vampir, und jetzt bin ich ein Vampir.

KAPITEL ACHTUNDZWANZIG

WIE FERNGESTEUERT SCHNAPPE ich mir die Spritze von Wolands blutleerer Leiche und stecke sie ein, kurz bevor er aus der Welt verschwindet, wie es die anderen Tschorts taten.

Großartig. Ich muss nicht Pada anrufen, um diese Leiche loszuwerden. Das spart mir ein kleines Vermögen.

Moment mal. Warum denke ich an Geld, wenn ich mich gerade in einen verdammten Vampir verwandelt habe?

Wahrscheinlich, weil Geldsorgen ein einfacheres Thema für meinen Kopf sind, entscheide ich, und merke dann, dass ich etwas viel Wichtigeres zu tun habe.

Nero.

Ich muss zu ihm kommen, schnell.

Ich fange an, zum Drehkreuz zu laufen, und schaue dabei auf meine Hände.

Sie sind blasser als sonst – und ich war schon immer ziemlich blass, was natürlich ein häufiges Merkmal von Pre-Vampiren ist und von dem, in das sie sich verwandeln.

Oh, und ich kann meine Hände viel besser sehen als sonst – so seltsam das auch klingt.

Während ich um die Ecke biege, schiebe ich meinen Ärmel hoch und schaue mir mein Herzdamen-Tattoo an.

Wow.

Das erinnert mich daran, als Felix uns davon überzeugt hat, unsere Lieblingsfilme in ultrahoher Auflösung neu anzuschauen. Die Rottöne der Tätowierung sind schärfer und irgendwie röter, und das Bild selbst ist kristallklar – so als ob ich es durch eine Lupe betrachten würde.

Niemand hat mir je gesagt, dass Vampire eine verstärkte Sicht haben.

Das ist so cool.

Ich schnüffele an der Luft, um zu sehen, ob mein Geruchssinn auch ausgeprägter ist.

Jetzt, da ich darauf achte, *kann* ich Nuancen der Gerüche um mich herum erkennen. Zum Beispiel könnte mein Blazer durchaus eine Wäsche vertragen.

Heiliger Dracula.

Ich bin ein Vampir.

Ich werde nicht altern oder sterben. Nun, es sei denn, ich lasse mich umbringen, was ich wirklich gut kann.

Auf der anderen Seite bin ich jetzt viel schwieriger zu töten.

Ich versuche, diese Überlegungen beiseitezuschieben, damit ich mich nur darauf konzentrieren kann, Nero zu erreichen, aber alles erinnert mich an meine neue Situation. Wie das Laufen selbst. Es ist unglaublich. Ich bewege mich schneller als je zuvor, aber meine Atmung ist beeindruckend gleichmäßig.

Während ich durch den nächsten Korridor fliege, versuche ich, in den Leerraum zu gelangen – in der Hoffnung, dass die Umwandlung in einen Vampir meinen Seher-Tank gefüllt hat.

Nein.

Ich habe noch immer keine Kräfte mehr – das heißt, wenn ich meine Sehfähigkeiten überhaupt noch habe.

Gibt es Seher-Vampire? Ist das möglich?

Bevor ich zu viel Angst bekommen kann, erinnere ich mich, dass Lucretia sich ihre Empathiefähigkeiten bewahrt hat, und entspanne mich.

Ich werde wahrscheinlich meine Seherkräfte in ein oder zwei Tagen wiedererlangen.

Angenommen, ich lebe so lange.

Dann kommen mir mehr Fragen in den Sinn.

Werde ich ein Monster werden und überall Menschen essen?

Nein, entscheide ich nach einem Moment. Lucretia und Vlad sind ziemlich zivilisiert, also warum nicht ich?

Dennoch bin ich mir nicht ganz sicher, wie das generell in der Vampirgemeinschaft gehandhabt wird, ob es ein Stigma gibt, das mit dem Trinken einhergeht. Insbesondere muss ich mich fragen, ob Nero mich so immer noch mag.

Das hoffe ich sehr. Zumindest sieht es so aus, als würde ich für den Rest meines Nicht-Lebens so bleiben – und ich glaube, er mag mein Aussehen.

Natürlich, wenn ich gewusst hätte, dass ich für immer so bleiben würde, hätte ich das Fitnessstudio im letzten Jahr häufiger besucht. Und eine Diät gemacht. Und dann die Ewigkeit mit Waschbrettbauch genossen.

Na ja. Wenigstens habe ich vor ein paar Monaten meine Zähne aufgehellt. Meine Fangzähne werden schön und gesund aussehen, wenn ich sie in die Hälse meiner Opfer versenke.

Nach der Kurve sehe ich den Gang, der zum Labor führt, und beschließe, einen kleinen Umweg zu machen.

Das Labor sieht aus wie früher, und Itzels Bücher und Instrumente sind überall verteilt.

Meine Waffe ist auch dort, wo ich sie gelassen habe, also nehme ich sie und verstaue sie in meinem Hosenbund.

Obwohl Schießpulver in der technologisch rückständigen Drachenwelt wahrscheinlich nicht funktionieren wird, könnte die Waffe während meiner Reise dorthin nützlich sein.

Ich widerstehe der Versuchung, meine

vampirgesteigerte Zielfähigkeit zu testen, und laufe zum Drehkreuz.

Der spiegelartige Boden dort lässt mich einen Blick auf mich selbst werfen.

Wie meine Hände ist mein Gesicht etwas blasser als normal, aber ansonsten sehe ich aus wie vorher.

Außer, dass, wenn ich will, meine Fangzähne herauskommen, und ich dann so aussehe, als sei ich bereit für Halloween.

Wenn ich das den Leuten zeigen dürfte, wäre das eine erstaunliche *Illusion*. Apropos, ich könnte auch Leute bezirzen und das als Hypnose verkaufen, nur, dass es so viel besser wäre als das, was Mentalisten normalerweise auf der Bühne tun.

Angenommen, ich kann herausfinden, wie man jemanden bezirzt.

Ich stelle mir vor, dass ich meine Augen zunächst in Spiegel verwandeln müsste.

Meine Sicht kommt mir merkwürdig vor, und ich schaue wieder nach unten.

Doppelt wow.

Meine Augen *sind* Spiegel, nur weil ich mir wünsche, dass sie so sind.

Großartig. Ich werde versuchen, jemanden zu bezirzen, sobald sich eine Gelegenheit ergibt.

Im Moment mache ich meine Augen wieder normal und gehe zum Tor nach Gomorrha.

Das ist der Moment, in dem Eric, Thalia und Felix direkt zwischen mir und meinem Ziel erscheinen.

KAPITEL NEUNUNDZWANZIG

»ALTER«, sage ich zu Felix, als ich meine Sprache wiederfinde. »Was machst du hier?«

»Es tut mir leid«, sagt er. »Ich wollte nicht, dass du stirbst, also habe ich mit Eric gesprochen und er ...«

»Du kleiner Verräter«, zische ich ihn an und drehe mich dann zu Eric um. »Du bist übrigens zu spät dran. Ich bin bereits gestorben.« Ich schiebe meine Fangzähne heraus und lächele. »Zum Glück stellte sich heraus, dass ich doch ein Pre-Vampir war.«

Thalia wirft einen besorgten Blick auf Eric, während Felix mich mit offenem Mund anstarrt.

»Wow. Ist das ein Zaubertrick?« Er klingt angemessen ehrfürchtig. »Wenn ja, dann ist es dein bisher bester.«

»Nein.« Eric betrachtet mich mit einem Stirnrunzeln. »Sie hat keine Mandats-Aura, wie alle frischgebackenen Vampire.«

Oh ja. Das ist auch bei Lucretia passiert. Und wo

wir gerade von Auren sprechen – jetzt, da mir meine fehlt, kann ich ihre nicht mehr sehen. Ich schätze, man braucht die Mandats-Aura, um eine zu sehen.

»Aber du hast gesagt, dass du kein Pre-Vampir bist«, sagt Felix, und seine Monobraue zuckt vor Verwirrung. »Du hast dich in Visionen sterben sehen und dich nicht gewandelt.«

»Vielleicht habe ich meinen toten Körper nicht lange genug beobachtet«, sage ich wegen der Fangzähne mit einem Lispeln.

»Nein, das bezweifle ich«, sagt Felix. »Ich habe gehört, dass sich einige Pre-Vamps nicht verwandeln, wenn sie sterben, es sei denn, sie trinken zuerst Blut von einem mächtigen Vampir – und du hast heute Liliths Blut getrunken. Ich wette, das war es, was das bewirkt hat.«

»Oh ja, ich habe so etwas von Lucretia gehört«, sage ich wieder mit einem Lispeln und verstecke dann meine Fangzähne. »Das würde bedeuten, dass meine liebste Mami mir wieder einmal das Leben gerettet hat. Sozusagen jedenfalls.«

»Ja«, sagt Felix sarkastisch. »Diese Frau ist eine Heilige.«

»Wie wäre es, wenn ihr beide euer Gespräch in der Wohnung beendet?«, schlägt Eric vor, und sein Stirnrunzeln vertieft sich.

»Was?« Ich starre ihn böse an. »Hast du gerade ernsthaft vorgeschlagen, dass ich in die Wohnung zurückgehe? Hat Felix dir nicht gesagt, dass Nero ohne meine Hilfe sterben wird? Seine eigene …«

»Nero wird schon wütend sein, weil ich zugelassen habe, dass du dein Pre-Vampir-Leben verloren hast«, sagt Eric. »Wenn du jetzt noch den letzten Tod stirbst, werde ich das auch.«

»Du verstehst es nicht. *Er* wird sterben, wenn ich nicht gehe.«

»Ich habe mein Wort gegeben«, sagt der Teleporter, und sein Kiefer spannt sich an. »Er kannte die Risiken, bevor er ging, aber er verbot mir trotzdem, es zuzulassen, dass du dich umbringst.«

Mist. Wir hatten schon einmal eine Version dieses Gesprächs – in einer Vision, in der ich versuchte zu sehen, was passieren würde, wenn ich Eric um Hilfe bat.

Nichts funktionierte zu dieser Zeit, aber das war, als ich versucht hatte, nett zu sein.

»Ich gehe nicht nach Hause.« Ich lege meine Hände auf meine Hüften. »Und bevor du überhaupt darüber nachdenkst, mich mit Gewalt mitzunehmen, ich bin nicht mehr so einfach zu handhaben.«

Wie in meinen Visionen setzt sich auch in Erics Gesicht ein Ausdruck hartnäckiger Entschlossenheit durch.

»Bist du mit diesem Wahnsinn einverstanden?«, frage ich Thalia. »Wirst du ihm helfen?«

Thalia schaut mich an, dann Eric, dann schüttelt sie den Kopf.

»Siehst du«, sage ich Eric. »Thalia ist nicht bei dir, ebenso wenig wie Felix.«

»Hey«, widerspricht Felix. »Das habe ich nicht gesagt. Ich denke nicht, dass du das …«

Ohne auf den Rest zu hören, verwandele ich meine Augen in Spiegel, blicke Felix an und sage mit honigsüßer Stimme: »Du wirst mich nicht daran hindern, zu gehen.«

»Ich werde dich nicht daran hindern, zu gehen«, sagt Felix in diesem Roboter-Ton, den bezirzte Leute benutzen.

Verdammt.

Ich kann nicht glauben, dass das gerade funktioniert hat.

Felix muss besonders anfällig für das Bezirzen sein. Das, oder es ist eine Nebenwirkung des Vampirblutes, das er heute früh getrunken hat. Ich erinnere mich daran, dass so etwas mit Ariel passiert ist.

Ermutigt durch den Erfolg, richte ich meinen bezirzenden Blick auf Eric. »Du wirst mich auch nicht daran hindern, zu gehen.«

Seine Augen verengen sich. »Deine Vampir-Gedankentricks funktionieren bei mir nicht.«

Ich schaue Felix an, um zu sehen, ob er bemerkt hat, wie nah das an einem Zitat aus seiner am wenigsten beliebten *Star-Wars-Episode* lag, aber mein Mitbewohner steht immer noch unter meinem Einfluss.

»Geh mir aus dem Weg, oder Thalia und Felix werden dich festhalten, wenn ich gehe«, sage ich Eric.

Anstatt einer Antwort packt Eric Felix und Thalia an den Schultern und verschwindet.

Großartig. Ich dachte mir, dass er das tun würde. Nun zu meinem Plan A – das Tor zu erreichen, bevor er zurückkommt.

Ich sprinte so schnell ich kann vorwärts, aber ich bereite auch alles für einen Plan B vor, falls Erics Teleportation zu schnell ist.

Ich bin erst auf halbem Weg zu meinem Ziel, bevor Eric mir wieder in den Weg kommt – diesmal allein.

Meine Hand bewegt sich revolverheldenschnell, als ich die Waffe hebe, die ich aus dem Labor geholt habe.

»Lass mich gehen, oder ich erschieße dich.« Ich bleibe stehen und ziele mit der Waffe. »Oder noch besser, komm mit mir und sei zur Abwechslung mal nützlich.«

Eric verschwindet erneut, dann taucht er wieder neben mir auf und greift nach der Waffe. Bevor ich überhaupt blinzeln kann, verschwindet er mit ihr.

Mist. Wenigstens konnte ich ihn in Aktion sehen, was sich als nützlich erweisen könnte.

Im nächsten Moment taucht Eric neben dem Tor von Gomorrha wieder auf und wirft die Waffe hinein.

In Ordnung. Wenn Plan B nicht funktioniert, ist Nero am Arsch.

Ich ziehe ein Messer und sage: »Wenn du in meine Nähe kommst, versteche ich dich.«

Eric verschwindet wieder.

Ich beginne eine schneidende Bewegung mit meinem Messer, bevor er wieder auftaucht.

Er taucht etwas außerhalb der Reichweite meines

Messers auf und streckt seine Hand aus, um mein Handgelenk zu ergreifen.

Aber seine Finger schließen sich um die leere Luft, weil ich – abgesehen von seiner Teleportation –jetzt schneller bin als er.

Das Messer setzt seinen Bogen fort und landet auf dem Handgelenk meiner linken Hand.

Mit einer Blutfontäne fällt meine Hand ab und schlägt auf dem Boden auf.

Eric starrt schockiert darauf, und ich kann die Gedanken in seinem Gesicht sehen.

Erste Erkenntnis: Vampire können keine Anhängsel nachwachsen lassen.

Zweitens: Nero wird mörderisch wütend sein.

KAPITEL DREISSIG

ICH BENUTZE Erics Schock zu meinem Vorteil und jage Wolands Spritze in ihn.

Eric versucht, sich wegzudrehen, aber ich injiziere das Beruhigungsmittel, bevor er die Chance hat, mir zu entwischen.

»Ich habe diesen Arm nicht wirklich verloren«, sage ich ihm, während ich dabei zusehe, wie seine Augen glasig werden. »Siehst du?« Ich trete gegen die gefälschte Hand und entferne die spezielle Vorrichtung in meinem Blazer, die ich endlich benutzen durfte.

Er sieht immer noch schockiert aus – oder die Droge beginnt zu wirken.

Um ihn zu beruhigen, ziehe ich meine unversehrte Hand aus ihrem Versteck im linken Ärmel heraus und zeige sie ihm. »Mach dir nichts draus«, sage ich. »Du bist nicht der erste Mensch, der von meinen Illusionen getäuscht wird.«

Erics Augen rollen in seinen Kopf zurück, und er fällt zu Boden.

Ich überprüfe seinen Puls, und er ist ruhig, was logisch scheint. Die Dosis in dieser Spritze war für mich bestimmt – eine kleinere Person.

Ich werfe das spezielle Requisitenmesser auf den Boden und laufe in das Tor, das nach Gomorrha führt.

Als ich auf der anderen Seite aussteige, suche ich nach der Waffe, aber natürlich ist sie nicht da.

Itzel erwähnte diese Eigenschaft der Tore. Sie lassen ohne Cogniti keine Objekte durch.

Oh, na ja. Die Waffe würde in der Drachenwelt sowieso nicht funktionieren.

Ich ignoriere die wunderschöne Skyline von Gomorrha und betrete das Tor, das in die Welt führt, wo das Drehkreuz wie das von JFK aussieht. Dann, von dort aus, führt mich ein Tor in eine Welt mit Ringen wie die vom Saturn.

Ein türkisfarbenes Tor später lande ich auf der Welt mit zwei Sonnen. Um mich herum liegt eine Insel, umgeben von einem endlosen Ozean, mit Millionen von Vögeln, die so einen Lärm machen, dass ich gerne in das nächste Tor fliehe.

Ich komme in einem Drehkreuz heraus, das ein anderer Flughafen ist. Das ist der Nachteil meiner Reise. Auf dieser Welt muss ich von seinem Äquivalent in Newark zum JFK reisen. Und dazu kommt noch eine ziemlich düstere Umgebung.

Ich rase durch die geheimen Gänge und komme im

eigentlichen Flughafen heraus – wo ich die Leichen sehe.

Wow, ich habe vergessen, wie deprimierend das ist.

Die Menschen sehen aus wie dehydrierte Mumien und sind überall. Es ist klar, dass sie in einem Moment in der Schlange gestanden haben, um die Sicherheitskontrolle zu passieren, und im nächsten etwas alles Leben aus ihnen herausgesaugt hat.

Nein, nicht etwas.

Tartarus.

Ein übermächtiger Cogniti, der – wenn ich es richtig verstehe – sich von ganzen Welten ernährt.

Ich springe über Leichen, wo ich muss, verlasse das Newark-Airport-Äquivalent der Erde und versuche, mir die beste Vorgehensweise von hier aus zu überlegen.

Das letzte Mal sind wir mit dem Boot gefahren, aber ich weiß nicht, ob ich allein eines steuern kann und ob es immer noch auf dieser Seite auf mich warten wird. Angesichts meiner neuen Vampirgeschwindigkeit und Ausdauer ist es sinnvoller, eine Brücke zu nehmen und den ganzen Weg zu laufen.

Ich springe aus dem Flughafen, betrete den Autofriedhof, der die I-95N ist, und laufe ihn wie einen Hindernisparcours entlang.

Die Hülsen ganzer Familien starren mich blind aus dem Auto an, aber ich tue mein Bestes, nicht auf sie zu achten.

Ich denke an Forrest Gump und laufe einfach – und

als ich an der Brücke ankomme, renne ich schneller, bis ich im Äquivalent von Manhattan bin.

Jetzt ist es amtlich.

Vampire haben eine unglaubliche Ausdauer.

All dieses marathonwürdige Laufen hat mich etwa so müde gemacht, wie eine steile Treppe hinaufzugehen.

Leider habe ich noch viele Stunden vor mir.

Als ich in der Innenstadt ankomme, kann ich nicht anders, als mich an das letzte Mal zu erinnern, als ich hier war. Wir haben in einem Hotel übernachtet, und es ging heiß her zwischen mir und Nero.

Die nicht jugendfreien Bilder spiegeln sich in meinem Kopf wider, und ich fühle einen zusätzlichen Motivationsschub, meinen Chef zu retten.

Allein seine Zungenfertigkeit ist die Mühe wert.

Ich schiebe die lasziven Gedanken beiseite, laufe in den Tunnel, und als ich auf der Brooklyn-Seite herauskomme, verspüre ich einen leichten Durst.

Nicht das alles überlagernde Bedürfnis, das da war, als ich mich verwandelte, sondern eher ein ausgetrocknetes Gefühl nach einer salzlastigen Mahlzeit – oder der Wunsch, nach einem Tag in der Sonne ein Nickerchen zu machen.

Wenn man bedenkt, wie lange ich schon mit voller Geschwindigkeit laufe, ist ein wenig Durst ziemlich vernünftig.

Da fällt mir ein: Ich muss weder essen noch schlafen – ein seltsames Konzept.

Wenn ich überlebe, werde ich trotzdem versuchen

zu schlafen und zu essen, nur um zu sehen, wie es für einen Vampir ist.

Während ich weiterlaufe, versuche ich, den Durst zu vergessen. Ich habe keine Zeit, eine Blutbank zu überfallen oder herauszufinden, wie man die gefährlichste Beute in dieser trostlosen Welt jagt.

Ich bin auf dem Belt Parkway, etwa eine Stunde Sprint von meinem Ziel entfernt, als mir eine vertraute, bunte Crew von Degenerierten den Weg versperrt.

Ihre Gesichter sind mit Verbrennungen und Tattoos bedeckt, und einer von ihnen trägt eine Halskette aus getrockneten menschlichen Ohren.

Wir haben sie – oder eine Gruppe wie sie – auf der letzten Durchreise getroffen, nur dass sie damals New Jersey plünderten.

Als sie mich sehen, sabbern sie fast vor Aufregung, und hey, es ist ziemlich offensichtlich, dass sie mich buchstäblich essen wollen.

Mit einem angsteinflößenden Kriegsgeschrei erheben sie ihre Baseballschläger und greifen mich an.

KAPITEL EINUNDDREISSIG

ICH NEHME DIE HALTUNG EIN, die Thalia mir beigebracht hat, und als der erste Mann versucht, mich zu schlagen, weiche ich mit Vampirgeschwindigkeit aus, greife dann nach seinem Handgelenk und breche es, als ob es aus Pappe wäre.

Bevor der Schläger auf den Boden fällt, fange ich ihn auf und benutze ihn, um den Kopf des nächsten Angreifers einzuschlagen.

Der Schläger zerbricht in zwei Teile, und der Schädel des Kerls auch.

»Ich gebe dem Rest von euch eine Chance, zu gehen«, sage ich und zeige ihnen meine jetzt verlängerten Fangzähne.

Das letzte Mal hat es erst Neros Drachenform geschafft, sie abzuschrecken, also schätze ich, dass ich nicht beleidigt sein sollte, dass sie nicht so beeindruckt von mir zu sein scheinen.

Als die nächsten beiden Idioten auf mich springen,

schlage ich einem gegen die Brust, so dass er etwa drei Meter weit zurückfliegt, und packe den anderen am Hals.

Zu meiner Überraschungen bin ich in der Lage, den Kerl vom Boden zu heben und ihn wie eine Frisbee auf die nächsten beiden Angreifer zu werfen.

Aber die Idioten kommen immer noch.

Wie lecker sehe ich aus?

»Ich habe keine Zeit dafür«, sage ich und bereite meine Augen auf das Bezirzen vor. »Verschwindet jetzt, oder ich werde euch als Bloody Marys benutzen.«

Der Ohrensammler, der den Angriff leitet, grunzt etwas, und sie kommen wieder.

Also gut. Sie wollen es so.

Ich fange ihre Blicke auf und sage mit verführerischer Stimme: »Halt.«

Sie bleiben abrupt stehen.

Offensichtlich gab ihnen ihre psychische Erkrankung, die sie gegen Tartarus immun machte, keinen Widerstand gegen das Bezirzen.

»Ihr hättet gehen können.« Ich gehe hinüber zu dem mit den getrockneten Ohren. »Jetzt ist ein Versprechen ein Versprechen.«

Ich beuge mich nach vorne und beiße ihm in den Hals.

Es ist verrückt, dass der Typ schlechter riecht als die schmutzigen Socken eines toten Stinktieres, aber ich finde ihn appetitlicher als einen Eisbecher.

Während ich einen zarten Schluck von seinem Blut

nehme, muss ich ein Luststöhnen unterdrücken – denn das wäre seltsam.

Ich tue mein Bestes, um nicht an die Art von Krankheiten zu denken, die in seinem Blut schwimmen könnten, und nehme einen weiteren Schluck.

Mein Durst von eben ist weg.

Großartig.

Nur um eine Frau zu sein, die ihr Wort hält, trinke ich aber noch ein wenig von jedem der bezirzten Arschlöcher.

Dann trinke ich auch von denen, die bewusstlos sind, nur der Fairness halber. Sie würden nicht die Einzigen sein wollen, die ohne einen Knutschfleck aus der Hölle aufwachen, oder?

Als ich erkenne, dass ich Zeit verschwende, lasse ich die Snacks in Ruhe und setze meinen Lauf fort – jetzt mit einem zusätzlichen Federn in meinem Schritt.

Als ich am JFK-Flughafenklon ankomme, beschleunige ich bis zu dem Punkt, an dem die toten Hülsen in der Peripherie meines Sehvermögens verschwimmen.

Ich erreiche schnell die geheime Tür, sause zum Drehkreuz und erkenne, dass ich es geschafft habe, in einem Drittel der Zeit hierherzukommen, die wir damals gebraucht haben, um diese Strecke zurückzulegen.

Im Inneren des Drehkreuzes springe ich in mein Zieltor und gehe von dort aus weiter, nehme Tor für Tor, bis ich in eine Welt komme, die wie der Mars aussieht.

Während ich mich umsehe, tue ich mein Bestes, um mich daran zu erinnern, welches Tor wir das letzte Mal genommen haben, als wir hier waren.

Mist.

Ich hätte es aufschreiben sollen.

Ich will mich in den Otherlands *nicht* verirren.

Ich springe in ein Tor und lande in einer vertrauten, staubigen Welt mit zu vielen Monden.

Puh.

Nicht mehr verloren.

Glaube ich.

Hoffentlich.

Nachdem ich noch ein paar weitere Tore passiert habe, erreiche ich eine andere Welt, in der ich mir nicht sicher bin, wohin ich gehen soll, aber dann kommt mir ein rosafarbenes Tor vage bekannt vor, also betrete ich es und lande in einem weltgroßen Wald.

Ja.

Hier schrie Nero mich an, weil ich mein Leben riskiert hatte, um seines zu retten.

Und jetzt tue ich es wieder. Hoppla.

Wenn ich recht habe, sollte mich das Tor auf der rechten Seite in eine verschneite Welt führen.

Und das tut es auch. Ich betrete eine gefrorene Ödnis mit weißen, pinguinartigen Vögeln.

Großartig.

Auch die nächste Welt ist vertraut. Ich erinnere mich daran, dass ich durch dieses kristallklare flache Wasser gelaufen bin.

Als Nächstes gehe ich durch ein rotes Tor in eine

Welt mit zu vielen Sternen, dann ein violettes Tor, das mich in eine Höhle führt, wo wir Neros Wunden bandagiert haben.

Das bedeutet, dass das grüne Tor zu meiner Rechten das sein sollte, das in die Drachenwelt führt.

Ich trete ein und komme auf der Welt mit einem silbernen Grand-Canyon-ähnlichen Bergrücken heraus – genau wie auf dem Bild in Neros Büro.

Endlich.

Die Drachenwelt.

Von hier aus muss ich nur der Karte folgen, die ich in meiner Vision gesehen habe, bis ich Godiva erreiche.

Ich beginne zu laufen, und während ich das tue, merke ich schnell, dass ich die Karte eigentlich gar nicht brauche.

Neros Armee hat eine offensichtliche Spur hinterlassen – Aschehaufen von Lagerfeuern, zertrampeltes Gras, Müll und sogar ein paar Leichen von Feinden, denen sie begegnet sein müssen.

Nach einigen Stunden ununterbrochenem Sprinten erreiche ich das verbrannte Schlachtfeld aus meiner ersten Vision.

Oh, wow.

Der Leichengeruch ist so schlimm, dass ich fast sehen kann, wie er in der Luft schimmert. Aasfressende Vögel und Tiere schlagen sich ihre Bäuche mit toten Drachen und Menschenfleisch voll, und ich wünschte mir, diesen Anblick nicht gesehen zu haben.

Selbst für Nero kann ich mich nicht dazu

durchringen, direkt durch dieses Durcheinander zu gehen, also beschleunige ich und laufe außen herum.

Das zweite Schlachtfeld ist nicht so schlimm wie das erste, dank der Tatsache, dass viele Drachen aus dem Kampf geflohen sind, und menschliche Soldaten die Seiten gewechselt haben.

Nach Neros Worten in meiner Vision ist Godiva eine Tagesreise von hier entfernt.

Aber das ist die Distanz für eine Armee.

Ich sollte schneller sein.

Da ich keine Zeit damit verschwenden will, um das Schlachtfeld herumzulaufen, laufe ich diesmal hindurch und gebe mein Bestes, um nicht auf die Toten zu treten. Das Springen über Körper verlangsamt mein normalerweise schnelles Tempo, ebenso wie das Anhalten meines Atems, um die schädlichen Dämpfe nicht zu inhalieren.

Schließlich lasse ich das Schlachtfeld weit hinter mir zurück und beschleunige – bis ich in den Wald komme und ein monströses Gewitter beginnt.

Wasserfallartige Wasserströme schießen aus jedem Winkel auf mich zu, und alle paar Sekunden donnert es. Dann schlägt ein Blitz in einen Baum einen Meter von mir entfernt ein, und ich frage mich, ob Vampire es überleben können, von einem Blitz getroffen zu werden.

Wahrscheinlich nicht.

Als Nächstes stürzt ein Baum vor mir auf den Boden. Könnte ein Vampir *das* überleben?

Auch zweifelhaft.

Ich gebe mein Bestes, um so rasch wie möglich das schlammartige Durcheinander zu durchqueren, zu dem der Waldweg geworden ist. Vampir oder nicht, meine Muskeln beginnen jetzt ernsthaft zu schmerzen, aber ich ignoriere sie und laufe weiter.

Der Sturm hört auf, und ich werde wieder schneller.

Schließlich sehe ich Godiva in der Ferne.

Als ich näher komme, bemerke ich, dass die Armee bereits auf dem Schlachtfeld ist.

Mist.

In meiner Vision beendeten sie gerade ihren Marsch, als Nero auf diese riesigen Felsbrocken zukam, was bedeutet, dass es jetzt *nach* diesem Moment ist.

Und als ich auf die fraglichen Felsbrocken sehe, ist Nero nicht da.

Dahin geht mein Plan, ihm zu sagen, dass er nicht in die Burg gehen soll. Er muss bereits den verfluchten Tunnel betreten haben.

Jetzt muss ich ihn aufhalten, bevor er zu weit läuft.

Ich sprinte mit allem, was ich noch habe, auf die Felsbrocken zu und lausche auf alle Anzeichen für den Beginn des Kampfes.

Noch nichts – was bedeutet, dass es noch Hoffnung gibt.

Auf die einmalige Chance hin, dass Vampire ihre Seherkräfte schneller wieder aufladen als normale Leute, versuche ich erneut, in den Leerraum zu gehen.

Nein. Immer noch Recovery-Modus, und das wahrscheinlich noch eine Weile.

Als ich bei den Felsbrocken ankomme, hämmert mein Herz in der Brust.

Interessant.

Ich schätze, das *kann* einem Vampir passieren, wenn er schnell genug läuft, oder wenn er sich genug um jemanden sorgt.

Ich beruhige meinen Finger, male den Buchstaben »zhe« auf den kleineren Felsbrocken und halte den Atem an.

Soweit ich weiß, könnte sich der Gang auch nur für Drachen öffnen.

Aber nein.

Nach ein paar quälenden, nervenaufreibenden Momenten öffnet sich der Boden mit dem gleichen Kreischen wie in meiner Vision.

Ich klettere in das Loch und beginne, meine Muskeln zu stählen, um durch den muffigen, von biolumineszierenden Tierchen beleuchteten Tunnel zu laufen. Bald erreiche ich den Eingang des Schlosses.

Verdammt nochmal.

Die Metalltür hat bereits Bekanntschaft mit dem Torschwert gemacht, und die Wachen liegen tot herum.

Nero und seine Gefährten haben einen deutlichen Vorsprung.

Verzweifelt eile ich in den Weinkeller und springe dabei über die Leichen der Wachen.

Ich laufe so schnell, dass es sich anfühlt, als würde

ich auf meinem Weg durch den Korridor mit den hohen Decken die Schallmauer durchbrechen. Und als ich die Tür zum Folterraum öffne, höre ich den Thronräuber sagen: »Sieht aus, als wären wir allein.«

Oh nein.

Die Drachenbrüder sind bereits tot, und Nero ist gerade dabei, sich ihnen anzuschließen.

Ich stürme hinein und sehe, dass ich recht habe.

Alle außer Nero, Claudia und dem Thronräuber sind bereits tot.

»Das war es für dich.« Nero greift sein Schwert fester und macht einen bedrohlichen Schritt in Richtung des Thronräubers, gerade als Claudia in Schlagweite kommt.

»Nero, pass auf!« schreie, ich, aber in diesem Moment brüllt Kit – die vorgibt, Nero zu sein – »Angriff!« vor dem Schloss und übertönt meinen Schrei.

Ich schieße nach vorne, aber Claudias Klinge schneidet bereits bis auf den Knochen in Neros rechten Unterarm.

KAPITEL ZWEIUNDDREISSIG

»SIE VERRÄT DICH!«, schreie ich aus vollem Hals. »Ich hatte eine Vision. Sie ist dabei, dir in den Rücken zu stechen!«

Niemand scheint meine Ankunft zu bemerken.

Genau wie in meiner Vision stöhnt Nero vor Schmerz, das Torschwert rutscht aus seinem Griff und schlägt klappernd auf dem Boden auf, während es sich deaktiviert.

Und wie in meiner Vision zielt der Thronräuber auf Neros Kopf – ein Schlag, dem mein Chef ausweicht, aber nur knapp.

Dann drückt Claudia wie ein Uhrwerk ihr Schwert nach vorne – aber Nero ist nicht mehr da, um wie bisher erstochen zu werden.

Also *hat* er mich gehört. Und dank seiner Fähigkeit, die Wahrheit zu erkennen, hat er mir sofort geglaubt.

Als er sieht, wie Nero Claudias Schlag ausweicht, schwingt der Thronräuber sein Schwert auf Nero –

und zwar genau dann, als Nero sein Handgelenk einfängt und ruckartig daran zieht.

Yudos Schwert fliegt zur Seite.

Claudia eilt nach vorne, um ihrem Verbündeten zu helfen, aber ich bin endlich da, und ich schlage meine Faust in ihren schwertschwingenden Arm.

Drachen sind wirklich robust.

Selbst mit meiner vampirgesteigerten Kraft breche ich ihren Arm nicht – aber zumindest fliegt ihr Schwert weg.

»Du Schlampe«, knurrt Claudia und dreht sich herum, um mich anzusehen, während sie mir ins Gesicht schlägt – mit 160 km/h.

Erstaunlicherweise weiche ich dem Schlag aus und habe sogar einen Moment Zeit, sie im Gegenzug mit meiner Faust zu treffen.

Aber als meine Knöchel auf ihrem Kiefer aufprallen, fühlt er sich an, als wäre er aus Stahl.

Der Aufprall lässt sie etwa dreißig Zentimeter durch die Luft fliegen, aber als sie landet, tut sie das auf ihren Füßen, und anstatt ohnmächtig zu werden, starrt sie mich einfach mörderisch an.

Ich springe auf sie und habe meine Faust auf ihren Kiefer gerichtet.

Sie wehrt mich mit der rechten Hand ab und schlägt dann zurück.

Ihre kleine Faust rammt mir mit einer Kraft in die Wange, um die Mike Tyson sie beneiden würde. Sterne explodieren in meiner Vision, aber auf wundersame Weise werde ich nicht ohnmächtig.

Wütendes Knurren und Geräusche von Fäusten, die auf Fleisch schlagen, sind von dort zu hören, wo Nero mit dem Thronräuber kämpft.

Ich werfe einen kurzen Blick auf sie, aber beide bewegen sich so schnell, dass ihre Bewegungen unscharf und nicht zu verfolgen sind. Alles, was ich aufnehme, ist, dass Nero mit seinem verletzten Arm den Thronräuber erwischt, und der Nero zurückschlägt.

Claudia versucht, meine Ablenkung zu nutzen, um mich zu treten, aber ich weiche zur Seite aus und lande einen Schlag auf ihrer zementartigen Stirn.

Sie blinzelt nicht einmal, und ich verstehe endlich die beunruhigende Wahrheit.

Ich kämpfe gegen einen verdammten Drachen.

KAPITEL DREIUNDDREISSIG

ICH SCHALTE meine Augen in den Bezirzungsmodus, starre Claudia intensiv an und sage: »Schlaf.«

Sie zeigt ihre Zähne in einem humorlosen Lächeln. »Kleiner Vampir, ich bin ein Drache. Hast du wirklich erwartet, dass das funktioniert?«

Schulterzuckend versuche ich, ihr ein Bein zu stellen, aber sie springt über mein Bein und zieht dann ihre krallenartigen Nägel über mein Gesicht.

Ich springe zurück und schreie vor Schmerzen, aber dann passiert etwas Verwirrendes.

Ich spüre, wie sich die Wunde schließt und der Schmerz abklingt.

Das ist so cool.

Ich bin vielleicht kein Drache, aber ich bin auch kein Schwächling.

Vielleicht schaffe ich es sogar, ihr wehzutun, bevor sie mich umbringt.

Sie greift mich wieder an, aber ich blockiere ihren

Schlag, bevor meine Faust auf ihrem Kiefer trifft, was sie allerdings nicht sonderlich zu stören scheint.

Ihr Handballen knallt gegen meine Brust, und ich fliege zurück, lande aber auf meinen Füßen. Als sie hochspringt, um mich erneut anzugreifen, trete ich ihr gegen das Knie – leider ohne etwas zu beschädigen.

In den nächsten zwei Minuten machen wir genauso weiter. Ich wette, wenn jemand zuschauen würde, würde es wie eine Mischung zwischen einem MMA und einem Superheldenkampf aussehen. Mit Schlägen, Tritten und dem Zufügen von Fleischwunden werfen wir uns gegenseitig auf die Folterausrüstung, aber das Einzige, was kaputtgeht, ist die Ausrüstung, keine von uns.

Ein plötzlicher Blutstrahl erinnert mich an den Kampf, den Nero führt. Es ist unmöglich, allein anhand des Aussehens und Geruchs zu sagen, von wem es ist, und ich kann nicht anders, als Nero und dem Thronräuber einen weiteren mikrosekundenlangen Blick zuzuwerfen.

Aber auch hier ist alles, was ich sehe, eine große Unschärfe.

Claudia nutzt meine Ablenkung und springt zu ihrem Schwert.

Aber dieses Spiel können zwei spielen. Ich benutze *ihre* Ablenkung, um mich auf das Torschwert zu stürzen.

Sie erreicht ihres zuerst und geht damit auf mich los.

Ich greife nach dem Griff meiner Waffe, gerade als ihre Klinge in meinen Rücken eindringt.

Arschloch.

Sie liebt es, Leuten in den Rücken zu fallen, nicht wahr?

Ich ignoriere die brennende Qual in meinen Rückenmuskeln, aktiviere das schimmernde Plasma meines Schwertes und schwinge es blind Richtung Claudia.

Der Schmerz lässt mich fast ohnmächtig werden – und zuerst habe ich keine Ahnung, ob ich sie getroffen habe. Das Torschwert ist so leicht und schneidet die Dinge so sanft, dass es sich anfühlt, als hätte ich sie komplett verfehlt.

Aber ich habe sie nicht verfehlt.

Das Erste, was ich registriere, ist der entsetzte Ausdruck in Claudias Augen. Dann fließt ein Blutstrom über ihr Muttermal.

Als ich auf die blutige Wunde an ihrer Stirn starre, merke ich, was ich getan habe.

Ich habe ein hutähnliches Stück ihres Schädels abgetrennt.

Als sie zusammenbricht, fällt der obere Teil ihres Kopfes zur Seite und zeigt das zerteilte Gehirn darunter.

Es gibt keine Heilung. Nicht einmal für einen Drachen.

Als diese Erkenntnis in mir aufsteigt, erinnere ich mich verspätet daran, dass diese Frau Nero etwas bedeutet – und obwohl ich denke, dass sie ihr Schicksal total verdient hat, könnte er anderer Ansicht sein.

Na ja, jetzt habe ich keine Zeit, mir darüber Gedanken zu machen.

Ich muss Nero helfen.

Obwohl mein Rücken schnell heilt, tut es immer noch weh, als ich mein Schwert fester umgreife.

Ich ignoriere den Schmerz und wende mich den beiden verschwommenen Drachen zu.

Aber Nero braucht meine Hilfe nicht mehr.

Mit einem wütenden Knurren hebt er den verwundeten Thronräuber vom Boden auf und wirft ihn in das Maul der eisernen Jungfrau.

Hunderte von scharfen Klingen dringen in Yudos Körper ein, und er brüllt vor Schmerz.

Mit vor Wut verzerrtem Gesicht schlägt Nero den Deckel des sargartigen Gerätes herunter und durchbohrt den Feind mit Hunderten weiterer Klingen.

»Hier.« Ich deaktiviere das Torschwert und werfe den Griff zu Nero. »Stell sicher, dass das hier erledigt ist.«

Nero fängt den Griff, aktiviert das Schwert und schneidet die eiserne Jungfrau in zwei Hälften. Dann schneidet er jede Hälfte in weitere Hälften und wiederholt das so lange, bis alles, was übrig bleibt, winzige Fleischstücke sind, die auf den Klingen des Gerätes aufgespießt sind – eine Art makaberer Drachen-Kebab.

Nero stößt ein bestimmtes Stück mit dem Fuß an,

und eine blutbefleckte Goldkrone fällt klirrend auf dem Boden.

Nero deaktiviert das Schwert und wendet sich mir zu, wobei sein Blick eine Mischung aus Wut und Verwirrung ist.

»Du bist in meiner Vision davon gestorben«, sage ich und kaue auf meiner Lippe. »Ich bin gekommen, um zu helfen.«

Die Augen verengen sich, und er öffnet seinen Mund, um zu antworten, aber dann fällt sein Blick auf Claudia, und das Schwert fällt ihm aus der Hand.

Mit einem Sprung, der mich zurückweichen lässt, erreicht er die tote Frau und kniet sich hin.

Oh Mist.

Seine Limbusringe nehmen seine Augen ein, und sein Gesicht ist vor Trauer verzerrt.

Trotz Claudias Verrats ist er mehr als verärgert über ihren Tod.

»Warum?« Seine Hände klammern sich an ihr blutbeflecktes Kleid. »Warum? Warum?«

Ich habe keine Ahnung, ob er mich fragt, warum ich sie getötet habe, warum sie ihn verraten hat, oder ob er das gefühllose Universum fragt, warum es ihm jeden, den er liebt, nehmen will.

Ich weiß nur eines ganz sicher.

Wenn Nero seine Fähigkeit, klar zu denken, wiedererlangt, wird er verstehen, wie Claudia gestorben ist.

Er wird wissen, dass ich diejenige bin, die sie getötet hat.

KAPITEL VIERUNDDREISSIG

OBWOHL ICH WAHRSCHEINLICH LAUFEN SOLLTE, nähere ich mich Nero. Und obwohl ich wahrscheinlich seinen Verlust riskiere, lege ich eine Hand auf seine Schulter.

Er scheint meine Berührung nicht zu spüren.

Sein mächtiger Körper ist steif, so als ob er sich in Stein verwandelt hätte. Das Blut, das von seinem Unterarm tropft, färbt den Steinboden rot, und der Ausdruck auf seinem Gesicht ist reine Verwüstung.

»Warum?«, flüstert er wieder abgehackt. »Warum hast du das getan?«

Meine Brust fühlt sich wieder an, als ob eine Elefantenherde darauf sitzt. Wenn ich es nicht besser wüsste, würde ich denken, dass Woland mir einen weiteren Herzinfarkt verursacht. Nur fühlt es sich diesmal irgendwie schlechter an, mit dem quetschenden Druck, der von dem schmerzhaften Stechen hinter meinen Augen verstärkt wird.

Ich habe Nero das angetan.

Ich habe die einzige Person getötet, für die er noch Gefühle hatte.

»Nero«, sage ich schmerzerfüllt. »Es tut mir leid. Das tut es wirklich.«

Er nimmt meine Anwesenheit immer noch nicht wahr, da seine ganze Aufmerksamkeit auf Claudias Leiche liegt. Zärtlich streckt er die Hand aus und wischt das Blut, das ihr Gesicht bedeckt, weg – und während er es tut, bemerke ich etwas Seltsames.

Ihr Muttermal.

Es scheint zu verschmieren, wie Make-up.

Als ob es aufgemalt wäre.

Im Handumdrehen ergibt alles Sinn für mich – und der magische Teil von mir ist widerwillig beeindruckt, auch wenn die Wut in meinen Adern kocht.

Mit vor Erleichterung schwachen Beinen sinke ich neben Nero auf die Knie, und er dreht sich schließlich um, um mich mit einem verständnislosen Blick anzusehen.

»Sie ist nicht Claudia«, sage ich leise und drücke meinen Aufruhr beiseite, als ich nach seiner Hand greife. »Ihr Muttermal ist nicht echt.«

Die Limbusringe in Neros Augen dehnen sich auf unmögliche Weise aus, übernehmen fast das Weiß, und seine Hand ballt sich in meinem Griff zu einer Faust.

»Was?« Seine Stimme ist kaum hörbar.

»Der Thronräuber hat mit dir das Gleiche gemacht wie du mit ihm«, erkläre ich und lasse seine Hand los. »Du hast alle glauben lassen, dass Kit du ist, und er hat dich glauben lassen, dass diese Frau Claudia ist. Schau.«

Nero richtet seine Aufmerksamkeit auf die Leiche, während ich auf meinen Finger spucke und ihn über das verschmierte Muttermal auf der Wange der Betrügerin ziehe.

Er hinterlässt einen sauberen Streifen – und keine Spur vom Muttermal.

Das Blut löste die Farbe oder das Make-up oder was auch immer es war, so dass mein Finger es leicht abwischen konnte.

Während er auf den Strich starrt, scheint Neros Gesicht alle der Wissenschaft bekannten Emotionen widerzuspiegeln und sich letztendlich auf eine Mischung aus Hoffnung und Wut festzulegen.

»Wo ist sie?«, knurrt er und springt auf.

»Keine Ahnung«, sage ich, falls er mich fragt und nicht die Leiche der Claudia-Imitatorin.

Ohne ein weiteres Wort verschwindet Nero aus dem Raum.

Ich stehe auf, und während ich das tue, merke ich, dass sich mein Rücken spürbar besser fühlt. Ich hebe das Torschwert auf und laufe ihm hinterher.

Er ist zu schnell, als dass ich ihn einholen könnte, also folge ich der Spur aus kaputten Türen und umgestürzten Möbeln, die er zurücklässt.

Als ich den Gefängnisteil der Burg erreiche, sehe ich, dass mehrere Zellentüren aus der Wand gerissen worden sind.

Weiter innen finde ich Nero vor einer riesigen Zelle

mit dicken Metallstäben stehen, die mich an den Käfig erinnern, in dem die Betrügerin Claudia auf ihre *Rettung* wartete.

Ich erstarre an Ort und Stelle.

Die Frau in diesem Käfig ist in ein schlichtes Kleid gekleidet, das identisch ist mit dem, was die Falsche trug, hat ähnlich lange rotbraune Haare und – natürlich – ein Muttermal in Form einer Wolke auf ihrer Wange. Ihr Gesicht ist jedoch ganz anders. Wo die Betrügerin hübsch war, ist diese Frau Helena von Troja, die in Photoshop mit Airbrush behandelt wurde.

Die Art von Schönheit, für die Männer in den Krieg ziehen würden.

Sie steht hinter den Gittern und fast Nase an Nase mit Nero. Während ich zuschaue, versucht sie, die Käfigstangen auseinanderzubiegen – aber erfolglos.

»Dein Name«, fordert Nero und greift nach ihren Händen. »Sag mir, wer du bist.«

Tränen laufen über ihr Gesicht, als sie seine Hände drückt. »Ich bin Claudia«, sagt sie erstickt. »Und du bist mein Bruder, Nero.« Sie lacht zitternd, und ich atme einen großen Atemzug der Erleichterung aus.

Schwester.

Sie ist definitiv seine Schwester.

Bis zu diesem Moment wusste ich nicht, wie angespannt ich auf diese Bestätigung gewartet hatte.

»Ich kann nicht glauben, dass du am Leben bist«, fährt sie fort. Dann verwandelt sich ihr wunderschönes Gesicht in eine Maske der Wut. »Dieser Bastard Yudo …«

»Ist weg«, knurrt Nero. Er lässt ihre Hände, greift nach den Stäben des Käfigs, und beide strengen sich an, sie zu verbiegen – aber wieder erfolglos.

»Egal, wie oft ich es versuchte, ich konnte nicht entkommen«, sagt Claudia und schlägt dann frustriert auf die Gitterstäbe.

Ich erwache aus meiner Lähmung, aktiviere das Torschwert und eile hinüber.

»Tretet zur Seite«, sage ich, und als sie das tun, schneide ich ein Loch in den Käfig, das groß genug ist, damit Claudia hindurchgehen kann.

Sobald ich zur Seite trete, zieht Claudia Nero so überschwänglich in ihre Arme, dass er, wenn er kein Drache wäre, am Ende eine gebrochene Rippe gehabt hätte.

Sie stehen da, umarmen sich und murmeln sich gegenseitig Dinge zu, und ich trete taktvoll zurück, um ihnen etwas Privatsphäre zu lassen. Ich fühle mich wie ein Idiot, dass ich auf Claudia eifersüchtig war – was ich war, auch wenn ich es mir selbst nicht eingestehen wollte.

Aber sie sind Bruder und Schwester, also ja.

Ich bin extrafroh, dass ich die echte Claudia nicht getötet habe. Ich muss dieses Schwert in Zukunft sehr vorsichtig benutzen, wenn sie sich in meiner Nähe befindet.

Ein Geräusch von klirrendem Metall zu unserer Rechten erschreckt mich, und ich drehe mich auf der Ferse um und aktiviere automatisch das Schwert.

Ungefähr ein Dutzend Wachen laufen bis an die Zähne bewaffnet herein.

Nero reagiert sofort und schiebt Claudia hinter sich. »Legt eure Waffen nieder.« Sein Ton ist klingenscharf. »Euer Herr ist tot, und ein neues Regime ist …«

Bevor Nero ausreden kann, verschwimmt Claudia nach vorne, und in Sekundenbruchteilen werden die Wachen in blutigen Fetzen zurückgelassen.

Danach wischt sie sich die Hände an ihrem Kleid ab und schaut mit einem leicht verlegenen Gesichtsausdruck auf. »Sie haben immer wieder in mein Mittagessen gespuckt«, sagt sie, und ich kann nicht umhin, zu bemerken, dass das reichliche Blut, das ihr Gesicht hinunterfließt, diesmal *nichts* an ihrem Muttermal ändert. »Sie …«

»Du musst dich nicht rechtfertigen.« Ein Lächeln berührt Neros Augen. »Du warst schon immer ein bisschen temperamentvoll«

Sicher. Natürlich würde der Kerl, der Leute zerfetzt, die ihn verärgern, das, was sie getan hat, *ein wenig temperamentvoll* nennen.

Ich muss geschnaubt haben, weil Claudia sich zu mir wendet, und ihre Augen neugierig leuchten.

»Wer ist sie?«, fragt sie Nero, als ob ich nicht genau vor ihr stehen würde.

»Das ist Sasha«, sagt Nero, und blickt mich dann, ohne dass mir ein guter Grund dafür einfällt, mit verengten bösen Augen an.

Sie betrachtet mich eingehend, dann schaut sie auf

Neros finsteren Blick, dann auf mich zurück, und ein fröhliches Lächeln erscheint auf ihren Lippen.

»Bist du meine Schwägerin?«, fragt sie und neigt ihren Kopf.

Ich taumele zurück.

Hat sie gerade gefragt, ob Nero mein *Mann* ist?

Ich meine, er hat eine gute Zunge und so, aber das ist lächerlich.

Nero ignoriert ihre Frage und sagt zu Claudia: »Jetzt, wo du in Sicherheit bist, müssen wir das Blutvergießen draußen stoppen.« Noch immer finster blickend, dreht er sich zu mir um und bellt: »Folge mir.«

Bevor einer von uns ihn nach Details fragen kann, geht Nero den Flur hinunter.

Ich schaue Claudia an, und sie grinst, bevor sie ihr Gesicht unheimlich wie das von Nero verzieht, wenn er wütend ist. In perfekter Nachahmung seiner Stimme sagt sie: »Wir sollten besser Mr. Grumpys Anweisungen folgen.«

Ich unterdrücke ein Lachen. »Sicher.« Ich drehe mich um, damit sie die Wunde in meinem Rücken sehen kann, und frage: »Wie schlimm ist es?«

Dem Schmerz nach zu urteilen sollte die Wunde fast verschwunden sein.

»Ich kann zusehen wie sie sich schließt«, sagt Claudia zufrieden. »Was bist du?«

»Ein Vampir«, sage ich mit leiser Stimme. »Aber erst seit neuestem.«

»Was?« Nero knurrt von irgendwoher, taucht dann im Flur auf und wirft mir einen blutrünstigen Blick zu.

Blödes Drachen-Supergehör. Ich wollte nicht, dass er etwas über meinen neuen Zustand erfährt.

»Ich hatte ein paar Probleme mit einigen Tschorts auf der Erde«, sage ich. »Eine Sache führte zur anderen, und schließlich trank ich Liliths Blut. Sie ist übrigens meine Mutter«, sage ich zu Claudia, die große Augen macht. »Dann tötete mich Woland – der Tschort-Boss –, und ich verwandelte mich. Darian hat nicht gelogen, als er …«

»Das werden wir später noch einmal durchgehen.« Neros Gesicht ist düster wie eine Gewitternacht. »Sehr detailliert.«

Bevor ich antworten kann, dreht er sich auf dem Absatz um.

»Du steckst in Schwierigkeiten«, flüstert Claudia grinsend. »Ich kann gar nicht glauben, wie wenig er sich verändert hat.«

Nero grunzt etwas Unverständliches, verschwindet um die Ecke, und als wir ihn einholen, hebt er die blutige Krone aus den Überresten des Thronräubers auf.

Er schüttelt das Blut ab, dann setzt er sich die Krone mit einer zeremoniellen Geste auf den Kopf, und sobald er das getan hat, heilt die knochentiefe Wunde in seinem Arm, ebenso wie all die anderen Schnitte und Prellungen an seinem Körper.

»Der kaiserliche Schatz gehört jetzt ihm«, erklärt

Claudia, als sie meinen verwirrten Gesichtsausdruck sieht. »Mit all dem Reichtum gewinnt er Macht.«

Oh. Das muss so sein, wie als Nero auf seinem Schatzhaufen auf der Erde geheilt wurde. Dieses ganze Schloss muss jetzt als sein Reichtum gelten – oder vielleicht gibt es eine echte Höhle mit Gold und Diamanten unter uns.

Ich frage mich, ob es das war, was dem Thronräuber erlaubt hat, Nero so lange zu bekämpfen, wie er es getan hat: Er hatte all die zusätzlichen schatzunterstützten Kräfte.

Claudia lächelt, als sie den Drachenkebab betrachtet, der der Thronräuber jetzt ist. »Geschieht ihm recht.« Dann schaut sie sich die gefälschte Claudia-Leiche an. »Seiner Hure auch. Die beiden hatten sich tagelang bei mir mit ihrem Plan gebrüstet, seit Gerüchte über deine Rückkehr Yudos Ohren erreicht hatten.«

Nero nickt, geht weiter zu den großen Türen, durch die der Thronräuber und seine Diener ursprünglich den Folterraum betreten hatten, und die in das Schloss führen. Wir folgen ihm,

und als wir bei ihnen ankommen, aktiviert Nero einen Mechanismus, und die Türen öffnen sich mit einem ohrenbetäubenden Kreischen.

Draußen tobt die Schlacht immer noch. Die Strongmen und der Werwolf sind allen voraus, und haben ein Meer von Leichen zurückgelassen. Vlad ist ihnen direkt auf den Fersen, beugt sich über einen der feindlichen Soldaten und trinkt wahrscheinlich sein

Blut – was mich erkennen lässt, dass ich selbst einen kleinen Snack gebrauchen könnte.

Alle anderen kämpfen genauso heftig. Colton und die restlichen Riesen zertrampeln die Menschen unter ihren Füßen, der elfenhafte Kerl ertränkt feindliche Soldaten in Pfeilen, die Basiliskenkrieger nehmen Drachen- und Menschenleben links und rechts, und die Zentauren tanzen wie Pferde in einem Polospiel herum und hinterlassen den Tod.

Der einzige Teil des Kampfes, der nicht so gut läuft, wie er sollte, ist die Himmelsschlacht.

Trotz Kits Sieg über den Riesen Zmey gibt es im Vergleich zu Neros Verbündeten einfach zu viele feindliche Drachen.

»Drachen, hört mich an!«, Nero brüllt mit einer Stimme, die wie eine Mischung aus Mensch und Drache klingt. »Der Thronräuber ist tot.« Er nimmt die Krone ab und hält sie hoch über seinen Kopf. »Ihr habt zwei Minuten, um die Feindseligkeiten einzustellen und zu leben.«

Die Himmelsschlacht endet sofort, als jeder feindliche Drache in Neros Richtung schaut.

Es dauert nicht lange, bis sie die richtige Entscheidung treffen.

Einer nach dem anderen eilt zu Boden, nimmt seine menschliche Gestalt an und kniet vor Nero nieder.

»Befiehl den Menschen, sich zu ergeben«, knurrt Nero einen der größeren feindlichen Drachen an – der ein General sein muss.

Der Typ bellt Befehle aus, und die menschliche

Armee hört auf zu kämpfen und blickt sich stattdessen verwirrt um.

Für die nächste Stunde nähert sich jeder Drache von Yudos Seite Nero und schwört seine Treue. Einige wenige – wahrscheinlich die, die weiter oben in den Rängen der bösen Mächte des Thronräubers gewesen waren – bieten Entschädigung in Form eines Teils ihres Schatzes oder von Teilen ihres Territoriums an.

Nero hört ihnen mit einem versteinerten Gesicht zu, während er ihre Schätze annimmt, und keiner von ihnen verlässt den Ort mit den Titeln, die er am Hof des Feindes getragen hatte.

In der Zwischenzeit wendet sich Claudia an die menschliche Armee, und obwohl ich nicht hören kann, was sie sagt, scheinen die Menschen erleichtert zu sein.

Während ich all dies sehe und mich völlig nutzlos fühle, wird mir immer schwerer ums Herz. Jetzt habe ich eine Antwort auf die Frage, die ich mir nach meiner Vision mit Claudias Verrat gestellt hatte.

Plant Nero, über die Drachen zu herrschen?

Ja, das ist eindeutig.

Was eine größere Frage aufwirft.

Welchen Platz kann ein Drachenkönig in seinem Leben für jemanden haben, der so unbedeutend ist wie ich?

KAPITEL FÜNFUNDDREISSIG

»ICH GEHE SPAZIEREN«, murmele ich, aber niemand schenkt mir Aufmerksamkeit.

Was Sinn ergibt.

Warum sollten sie das tun?

Es gab gerade eine Revolution auf dieser Welt, und ich habe nichts damit zu tun.

Entmutigt mache ich mich auf den Weg zum Schlachtfeld, während Nero weiterhin seinen kaiserlichen Pflichten nachgeht und die Länder und Schätze, die er erworben hat, zwischen den Drachen verteilt, die seinen Feldzug unterstützt haben. Als ich über die Leichen am Rande des Godiva-Halbmonds gehe, blicke ich zurück und sehe, dass Claudia nun an seiner Seite steht.

»Sasha!«

Erschrocken drehe ich mich um und sehe Kit mit Vlad und dem Rest von Neros Helfern von der Erde auf mich zukommen. »Wie bist du hierhergekommen?«, fragt sie und bleibt vor mir stehen. »Nero hat ein Riesending daraus gemacht, dich aus diesem Konflikt herauszuhalten.«

»Hat er das? Nun, ich schätze, ich bin nicht so leicht zu kontrollieren.«

»Das würde ich auch sagen.« Kit lächelt, dann schaut sie mich genauer an. »Hast du etwas mit deinem Make-up gemacht?«

»Sie hat sich gewandelt«, sagt Vlad mit einem unlesbaren Ausdruck. »Sie ist jetzt eine meiner Art.«

»Du bist ein Vampir?«, ruft Kit aufgeregt aus. »Wie? Warum hast du mir das nicht gesagt? Wann ist das passiert?«

»Wir müssen zu Nero«, dröhnt Colton durch seinen riesigen Kehlkopf. »Vielleicht könnt ihr euch später unterhalten?«

»Ihr geht, und ich komme nach.« Kit winkt ihm abweisend zu.

Kits Begleiter gehen voran, aber Vlad bleibt zurück.

»Also«, sagt Kit. »Wie ist das passiert?«

»Es ist eine lange Geschichte«, sage ich. »Und ich möchte nicht, dass Seine Kaiserliche Majestät unnötig warten muss.«

»Du hast vielleicht recht«, sagt Kit, der mein Sarkasmus völlig entgeht. »Wie wäre es, wenn wir zum wichtigsten Teil übergehen?« Sinnlich streicht sie ihr Haar vom Hals, dreht sich mit einer leichten Bewegung um und lässt mich einen guten Blick auf ihre verlockend pulsierende Halsschlagader werfen.

»Nimm einen kleinen Schluck«, sagt sie verführerisch. »Du weißt, dass du es willst.«

Ich schaue Vlad rechtzeitig an, um zu sehen, wie er die Augen verdreht. Ich konzentriere mich wieder auf Kit und räuspere mich. »Danke, aber ich hatte gerade einen riesigen Snack im Schloss«, lüge ich. »Vielleicht ein anderes Mal?«

»Wenn es sein muss.« Mit einem enttäuschten Gesichtsausdruck streicht Kit ihr Haar zurück und verdeckt ihren Hals. Zu Vlad sagt sie: »Ich schätze, wir sollten den anderen folgen.«

»Eine Sekunde«, sagt Vlad, dann blickt er mich aufmerksam an. »Wenn du dich wie ein zivilisierter Mensch benehmen willst, ignoriere niemals den Durst.«

Ich nicke dankbar. Das habe ich mir bereits gedacht, aber es ist gut, diese Informationen aus dem Mund des bluttrinkenden Pferdes zu hören.

»Gib mir dein Handy«, sagt Vlad, und als ich es tue, gibt er eine Nummer ein. »Das ist mein persönlicher Blutbank-Kontakt in New York«, erklärt er. »Sag ihr, dass ich dich empfohlen habe, und sie wird Lieferungen arrangieren.«

Blutlieferungen. Großartig. Ich frage mich, ob sie Uber Eats verwenden.

»Danke«, sage ich und stecke das Telefon ein.

»Kein Problem«, sagt Vlad. »Also, wohin gehst du allein? Nicht zurück zur Erde, nehme ich an?«

»Nein, ich brauchte nur etwas frische Luft nach all

dem Blutvergießen«, antworte ich. »Ich dachte, ich mache einen Spaziergang im Wald.«

In Wirklichkeit ist seine Idee jedoch eine gute. Der Vampir-Durst ist jetzt zurück, und Kit hat mit ihrem Vorschlag nicht geholfen. Auf der Erde werde ich in der Lage sein, Vlads Kontakt anzurufen und eine Mahlzeit zu bekommen, und ich werde von Neros kaiserlichen Klauen befreit sein.

»Schön, aber geh nicht zu weit«, sagt Vlad. »Du kennst diese Wälder nicht, und es wird spät.«

»Keine Sorge. Ich bleibe hier in der Nähe«, lüge ich.

»Wir gehen besser«, sagt Kit und blickt in den dunklen Himmel.

»Richtig«, sagt Vlad, und mit einem letzten warnenden Blick auf mich wendet er sich ab.

Als sie zur Burg eilen, setze ich meinen Spaziergang fort und gehe in Richtung Wald, wo mich das Gewitter vorhin überrascht hat. Nichts hält mich jetzt auf, denn das Wetter ist perfekt, und mit meiner verbesserten Vampirsicht kann ich sowohl in der Dunkelheit als auch an einem leicht bewölkten Tag sehen.

Überhaupt ist es mit meinen verstärkten Sinnen ein Vergnügen, den fremden Wald zu erkunden. Rein zufällig komme ich an eine stadiongroße Wiese und halte ehrfürchtig an.

Bedeckt mit einer Art biolumineszierendem Moos, gibt mir der Ort das Gefühl, im Sternenhimmel spazierenzugehen.

Ich tue mein Bestes, um Nero aus meinem Kopf zu bekommen, atme die frische Luft ein und versuche herauszufinden, woran mich der Moosgeruch erinnert. Eine Mischung aus Rosenblättern und Passionsfrüchten, entscheide ich nach einem weiteren Einatmen.

Wie romantisch.

Ein Schatten verschleiert den Himmel, und mein Herz beginnt zu rasen, als ich nach oben schaue.

Es ist ein Drache.

Ein wütender Drache, der auf mich herabstürzt.

KAPITEL SECHSUNDDREISSIG

EIN DRACHE, den ich gerade versucht habe aus dem Kopf zu bekommen.

Er landet auf dem Moos und verwandelt sich in eine sehr nackte Gestalt mit einem wütenden Ausdruck auf dem gemeißelten Gesicht.

»Nero«, sage ich und bin mir seiner Nacktheit sehr bewusst. »Hast du nicht ein ganzes Imperium, über das du jetzt herrschen musst?«

Selbst aus ein paar Metern Entfernung kann ich seinen sauberen, holzigen Duft riechen. Und das ist noch nicht alles. Mein verstärktes olfaktorisches System informiert mich, dass darunter ein warmer, moschusartiger Duft von etwas primitiv Männlichem liegt.

Ich muss die ganze Willenskraft aufwenden, die ich besitze, um meine Augen oberhalb seiner Brust zu halten – obwohl das, auf was ich einen Blick erhasche, mehr als lecker aussieht. Besonders in Ultra-HD.

»Du bist zwischen kämpfende Drachen gegangen«, knurrt Nero und kommt auf mich zu. »Schon wieder.«

»Und du wurdest wieder in meiner Vision getötet«, erwidere ich und weigere mich, mich zurückzuziehen. »Siehst du *mich* rumzicken?«

Seine Muskeln spannen sich gefährlich an, als er sich nach vorne beugt und mich anstarrt. »Ich habe dir verboten, diese Wohnung zu verlassen. Wie bist du da rausgekommen?«

»Niemand *verbietet* mir, irgendetwas zu tun. Das gilt doppelt für undankbare Arschlöcher.« Ich hebe meine Hände, um ihn wegzustoßen, aber er nimmt meine Handgelenke in einem Griff, der sich selbst mit meiner neuen Vampirkraft unnachgiebig anfühlt.

»Darian sagte, du würdest sterben.« Er drückt meine Handgelenke fester. »Ich wusste, dass er nicht lügt. Was sollte ich deiner Meinung nach tun?«

»Oh, ich weiß nicht«, sage ich, und jedes Wort trieft vor einer tödlichen Dosis Sarkasmus. »Wie wäre es, wenn du mit mir *redest*? Ich weiß, das klingt verrückt, aber …«

»Lilith hat mein Blut.« Sein Blick dringt in mich ein, als wäre er derjenige, der Menschen bezirzen kann. »Mit dir zu reden hätte bedeutet, dich ihr auf einem Silbertablett zu präsentieren.«

»Sicher.« Ich winde mich aus seinem Griff. »Ist Lilith der Grund, warum du mich nicht anrufen konntest? Oder eine Textnachrichten schicken oder Videokonferenz abhalten oder einen Zettel an den Fuß einer Brieftaube binden konntest?«

»Rasputin hat mir einen sehr engen Zeitrahmen gegeben«, sagt er viel weniger wütend. Er atmet tief ein und fügt er in einem ruhigeren Ton hinzu: »Aber du hast recht. Ich hätte dich persönlich bitten sollen, zu Hause zu bleiben.«

»Ja, das hättest du tun sollen.«

Für einen Moment starren wir uns nur an, und der dumme Vampirdurst zieht meinen Blick auf seinen Hals. Seinen starken, muskulösen Hals mit einer Haut, die so glatt und appetitlich aussieht.

Ich lecke über meine trockenen Lippen und unterdrücke den dunklen Drang, während ich ihm wieder in die Augen sehe.

»Ich bin nicht gut im Verabschieden«, sagt er grob, und der warme männliche Duft verstärkt sich, als er meine Lippen ansieht, als wolle er den Weg meiner Zunge mit seiner eigenen verfolgen.

Dieser Duft ist Erregung, merke ich, als ich seine Reaktion gegen meinen Bauch drücken spüre.

Eine *große* Reaktion.

»Also, ist *das* ein Abschied?«, frage ich, mein Atem ist abgehackt, als ich einen Schritt zurücktrete, da ich den Drang bekämpfe, auf ihn zu springen.

Seine Augen verengen sich. »Das – jetzt und hier – ist besser kein Abschied. Ich sprach von damals auf der Erde. Ich war mir nicht sicher, ob ich dich wiedersehen würde, und ...«

Ich verliere den Kampf, strecke mich mit Vampirgeschwindigkeit aus und schlinge meine Arme um seinen Hals, während ich seine Lippen mit meinen verschließe.

Nero versteift zunächst. Dann, mit einem leisen Knurren, küsst er mich zurück, und seine Zunge tanzt mit meiner und geht Allianzen ein, bevor sie wie eine erobernde Armee in meinen Mund eindringt.

Hitze breitet sich durch meine Venen aus, verflüssigt mein Inneres, und ohne den Kuss zu unterbrechen, trete ich meine Schuhe von meinen Füßen und winde mich aus meinem Blazer.

»Warte.« Er reißt seinen Mund weg, atmet schwer und tritt zurück. »Das ist gefährlich, selbst so, wie du jetzt bist.«

Gefährlich?

Ich wurde heute mit einem verdammten Schwert in den Rücken gestochen und habe überlebt. Wenn er denkt, dass ich nicht mit *seinem* Schwert umgehen kann, hat er sich geschnitten.

Ich fahre erneut mit meiner Zunge über meine Lippen und fange an, jedes Kleidungsstück so langsam und verführerisch wie möglich auszuziehen.

Seine Limbusringe – und andere Dinge – schwellen unkontrolliert an.

Als mein BH auf den Boden fällt, versagt Neros Selbstbeherrschung. Mit einem gequälten Knurren verschwimmt er nach vorne, und bevor ich blinzeln kann, küssen wir uns wieder. Nur diesmal ist die Erfahrung heftiger, überwältigender denn je, da die Kombination aus Nero und meinen verbesserten Sinnen mich durcheinanderbringt. Ich kann alles fühlen, alles schmecken … rieche das Blut, das in seinen Adern fließt.

Und ich will mehr.

Ich will alles.

»Ich bin bereit, es zu riskieren«, flüstere ich ihm in den Mund. »Bitte.«

Mit einem Geräusch, das an ein verwundetes Tier erinnert, zieht sich Nero vom Kuss zurück, beugt seinen Kopf und bietet mir seinen Hals an. »Trink«, befiehlt er heiser.

Der Hunger, den ich verspüre, als ich den Puls unter seiner gebräunten Haut sehe, lässt mich mit seiner Intensität schwanken.

Es braucht all meine Willenskraft, ihn nicht wie ein Raubtier anzugreifen und stattdessen seinen Hals zu küssen. Er erschaudert, Gänsehaut breitet sich auf ihm aus, und seine Hände drücken auf meinen Rücken und ziehen mich zu sich.

Meine Selbstbeherrschung verdunstet, und mit einem Stöhnen versenke ich meine plötzlich verlängerten Fangzähne in seinem Fleisch.

Als die reiche Flüssigkeit meine Zunge berührt, explodiert das Verlangen in meinem Gehirn und erschüttert mein Bewusstsein wie ein Tornado.

Die Zeit wird verschwommen und das Denken unmöglich.

Irgendwie landen wir auf dem Moos – wo ich spüre, wie Nero vorsichtig in mich eindringt – und die Lust exponentiell explodiert und das, was als Nächstes passiert, in eine verschwommene Unschärfe gewaltiger Ekstase verwandelt.

Irgendwann, irgendwo, höre ich Nero vor Lust stöhnen.

Aus noch größerer Entfernung erreicht mein eigenes Stöhnen meine Ohren, dann eskaliert es zu einem orgastischem Schreien.

Ich bin mir schwach bewusst, dass sich knackende Geräusche und Schmerzen mit dem atemberaubenden Vergnügen vermischen, aber die Ekstase übertrumpft alles, und als mehr Blut auf meine Lippen tropft, verliere ich mich völlig und zerbreche immer wieder in seiner dunklen Umarmung.

KAPITEL SIEBENUNDDREISSIG

IRGENDWANN MÜSSEN WIR AUFGEHÖRT HABEN, denn ich erlange allmählich einen Teil meines Verstandes wieder. Ich öffne meine Augen und finde mich in Neros Arme gekuschelt wieder, mit meinem Kopf auf seiner Schulter und meinem Bein besitzergreifend über seine Oberschenkel gelegt. Wir befinden uns am Rande der Wiese in einem kleinen Krater im Boden, mit umgefallenen Bäumen im Wald neben uns.

Wow.

War das das Gewitter oder wir?

»Geht es dir gut?«, murmelt Nero, während er meinen Rücken streichelt.

»Nein«, flüstere ich voller Ehrfurcht und untersuche meinen Körper auf Schmerzen – nur um das genaue Gegenteil zu erkennen. »Ich fühle mich unglaublich.«

Das ist eine Untertreibung.

Ich habe das Gefühl, dass ich von Grund auf neu aufgebaut wurde, mit stärkeren, morphiumdurchsetzten Komponenten.

»Gut«, sagt er, und als ich meinen Kopf hebe, um auf sein Gesicht zu schauen, sehe ich einen erleichterten Blick – und rein männliche Zufriedenheit auf seinen harten Gesichtszügen.

Ich lege meinen Kopf wieder nach unten und verstecke ein Grinsen.

Okay, dann.

Ich hatte gerade Sex mit einem Drachen und habe ihn überlebt.

Ein Vampir zu sein ist definitiv nicht scheiße.

Obwohl ich sagen muss, dass ich mich irgendwie müde fühle. Vielleicht ist es wie ein Einbruch nach dem Essen?

Als ich auf das Gesicht meiner Mahlzeit blicke, sehe ich sie gähnen, und ich gähne reflexartig als Antwort.

Huch? Das ging also nicht weg, als ich ein Vampir wurde. Gut zu wissen.

»Du brauchst nicht mehr zu schlafen«, murmelt er, als ob er meine Gedanken lesen würde. »Aber tu es trotzdem.«

Er zieht mich in Löffelchenposition an sich, umarmt mich wie ein Körperkissen und schläft ein, wobei sein Atem innerhalb von Sekunden gleichmäßig wird.

Ich bin versucht, aufzustehen, nur um seinem imperialen Befehl zu trotzen, aber es fühlt sich zu gut an, hier zu liegen. Ich schließe die Augen, entspanne meine Muskeln und fange an, Schafe zu zählen, nur um zu sehen, ob ich in den Schlaf treiben würde, wenn ich es versuchen würde.

Bei Schaf Nummer siebenundzwanzig schwindet mein Bewusstsein.

———

ALS ICH AUFWACHE, ist Nero noch immer um mich gewickelt, und seine Atmung ist warm auf der Rückseite meines Halses.

Er schläft offensichtlich noch, während ich so wach bin, als hätte ich einen dreifachen Espresso getrunken. Muss eine Nebenwirkung sein, wenn man überhaupt keinen Schlaf braucht.

Ich genieße es, für ein paar glückselige Momente in seine mächtigen Arme eingehüllt zu sein und dann zu erkennen, dass genug Zeit vergangen ist, um meine Seherkräfte wieder aufgeladen zu haben.

Angenommen, ich habe sie behalten, als ich mich in einen Vampir verwandelt habe.

Meine Zufriedenheit beginnt, sich zu verflüchtigen, also beschließe ich, diese Frage aus meinem Kopf verschwinden zu lassen.

Ich beruhige meine Atmung, versetze mich in den Zustand des erforderlichen Fokus und befinde mich mühelos im Leerraum.

Puh.

Jetzt ist es amtlich.

Ich bin ein Seher *und* ein Vampir. Ein Vampseher – oder vielleicht ein Hellpir.

Unabhängig davon, wie ich mich nennen werde, gibt es jetzt eine Sache weniger, um die ich mir Sorgen machen muss – was nur noch ein paar Millionen zu lösen übrig lässt.

Ich schwebe herum und konzentriere mich auf die beruhigenden Formen, die mich umgeben. Wenn ich sie erleben würde, würden sie mir zweifellos zeigen, wie ich in Neros Armen schwelge.

So verlockend das auch ist, da ich schon hier bin, kann ich genauso gut etwas Praktisches tun, wie meine Freunde zu überprüfen.

Es dauert nicht lange, bis ich mich entschieden habe, mit wem ich anfangen soll.

Da ich unbedingt das Bezirzen ausprobieren wollte, habe ich es gestern bei Felix benutzt – also sollte ich wahrscheinlich überprüfen, ob der Effekt nachgelassen hat.

Während ich über Felix' Essenz nachdenke, taucht ein neuer Satz von Formen auf.

Wie die vorherigen sind diese ziemlich entspannt, was großartig ist, denn das Letzte, was ich brauche, ist mehr Felix-bezogenes Drama.

Ich greife nach einer zufälligen Form und lasse die Vision beginnen.

———

FELIX SITZT an einem ausgefallenen Küchentisch gegenüber von Ariel und Rasputin.

Ich erkenne ihre Umgebung. Das ist die Wohnung, die Nero Rasputin in seinem Klub zur Verfügung gestellt hat. Ich habe sie einmal beobachtet, wie sie dort saßen und Pläne schmiedeten.

Felix hält etwas gomorrhisches Gebäck, das wie eine Mischung aus Pizza und Cinnabon aussieht, und scheint sich vollständig erholt zu haben, was mich sehr erleichtert.

»Ein Vampir«, sagt Felix auf Englisch, und seine Monobraue tanzt auf seiner Stirn. Er wiederholt dann das Wort auf Russisch – ich schätze, mit ihm in der Nähe brauchen Ariel und Rasputin keinen Übersetzungsapparat, um zu kommunizieren. »Sie bezirzte mich und versetzte Eric in einen so tiefen Schlaf, dass er immer noch vor dem Tor lag und schlief, als ich hierherkam.«

Eric ist immer noch k. o.? Hoppla.

»Ich kann das nicht glauben.« Ariel runzelt die Stirn. »Ich *will* das nicht glauben.«

Oh nein.

Ich kenne diesen Ausdruck. Ariel ist zutiefst unglücklich, und ich weiß, warum.

Indem ich ein Vampir wurde, bin ich zu einem wandelnden, sprechenden Fix ihrer Lieblingsdroge geworden.

Heißt das, dass sie nicht mehr in meiner Nähe sein kann? Oder wäre es für sie in Ordnung, wenn ich ihr einfach sagen würde, dass sie niemals, niemals mein Blut haben kann?

»Ich kann das bestätigen«, sagt Rasputin, nachdem Felix Ariels Worte übersetzt hat. »Ich habe die Zukunft gesehen, in der Sasha hierher nach Gomorrha kommt, und sie ist zweifellos ein Vampir.«

Felix beißt in sein Gebäck und schlürft dann seinen Tee. »Wenigstens geht es ihr in dieser Vision gut«, sagt er zu Rasputin, nachdem er geschluckt hat. »Ich hatte Angst, dass sie sich diesmal bei dem Versuch, Nero zu retten, umbringen würde.«

»Ja, sie war völlig in Ordnung«, sagt Rasputin. »Und bevor du fragst, sie war dankbar für deine Nachforschungen.«

Felix sieht verwirrt aus, aber Ariel lässt ihn übersetzen, was Rasputin sagt.

»Welche Nachforschungen?«, fragt Ariel Felix.

»Welche Nachforschungen?«, fragt Felix Rasputin.

»Das Telefonzeug«, sagt Rasputin. »Ich hatte dieses Gespräch bereits mit dir in einer Vision, weißt du. Deshalb bist du hierhergekommen, nicht wahr?«

»Das ist schräg«, sagt Felix auf Russisch. Er schaut Ariel an und erklärt ihr auf Englisch: »Ich bin hierhergekommen, weil ich wollte, dass Rasputin Sasha im Leerraum aufsucht und ihr so schnell wie möglich von meinen Ergebnissen erzählt«.

»Ich habe bereits versucht, sie im Leerraum zu erreichen«, sagt Rasputin. »Es hat nicht funktioniert.«

Ich frage mich, was ich zu dieser Zeit gemacht habe … schlafen oder Nero?

Natürlich hätte ich auch keine Energie mehr haben können.

»Kannst du mir sagen, worum es bei diesem Telefonzeug geht?«, fragt Ariel, als Felix sie auf den neuesten Stand bringt und aufhört, über Rasputins Vorwissen und die Folgen zu staunen.

»Sasha gab mir einige Telefonnummern und bat mich, herauszufinden, mit wem Lilith gesprochen hat – und das habe ich getan«, sagt er selbstgefällig. »Eine der Nummern war Nostradamus, die andere war der Woland-Typ – der Kopf der Tschorts.«

Rasputin zuckt bei dem russischen Wort zusammen.

»Moment … was?« Ariel blinzelt. »Hast du nicht gesagt, Lilith hat dich und Sasha vor jemandem namens Woland gerettet?«

»Genau«, sagt Felix. »Aber bevor sie uns vor ihm rettete, verstellte sie ihre Stimme und rief den Bastard an.« Er nimmt sich ein weiteres Stück Gebäck. »Sie sagte ihm, dass Sasha und ich Informationen über *seinen*«, er nickt Rasputin zu, »Aufenthaltsort haben würden. Dann sagte sie dem Tschort, wo *ich* zu finden war.«

Also war es Lilith. Sie war die *sichere Quelle*, die Woland während meiner Folterung immer wieder erwähnt hat. Ich finde diese Frau unglaublich. Sie hat mir Märchen über Wahrscheinlichkeitsmanipulatoren aus St. Petersburg erzählt, die nach Rasputins Spur schnüffelten, aber es war die ganze Zeit sie selbst.

»Das ergibt keinen Sinn«, sagt Ariel. »Warum dich in Gefahr bringen und dann retten?«

»Damit Sasha denkt, dass sie eine gute Mutter ist?«, schlägt Felix unsicher vor. »Oder vielleicht wollte sie sicherstellen, dass Sasha ein Vampir wird.«

»Hätte sie Sasha nicht einfach zwingen können, ihr Blut zu trinken, und sie dann selbst töten können?«, fragt Ariel, und ich kann nicht anders, als zu bemerken, wie verstört sie aussieht, als sie über ihr Kryptonit spricht. Sie räuspert sich und sagt: »Lilith ist mächtig genug, um das zu tun, nicht wahr?«

»Vielleicht wollte sie nicht, dass Sasha sie noch mehr hasst, als sie es bereits tut.« Felix schlürft seinen Tee. »Du bittest mich, in einen sehr verdrehten Kopf einzudringen.«

»Ich denke, du hast nur teilweise recht«, wirft Rasputin ein, als ob er ihr Englisch verstehen würde. In Wirklichkeit muss er sich aber auf das stützen, was er in der von ihm erwähnten Vision erfahren hat. »Ich glaube, Lilith hat Nostradamus' Rat angenommen, und *er* war es, der sich den verworrenen Plan ausgedacht hat.«

»Aber warum?«, fragt Felix, dann übersetzt er für Ariel.

»Um die Chance zu verringern, dass ein anderer Seher in einer einzigen Gegenaktion das Ergebnis vereiteln kann.« Er wartet darauf, dass Felix für Ariel übersetzt, und fährt dann fort. »Ich glaube, Nostradamus wusste, dass ich außer Gefecht war, nachdem ich Nero seine Kriegspläne gegeben hatte, und er muss Sasha ausgetrickst haben, um sie an einem kritischen Punkt in diesem Plan ihre Seherkräfte verlieren zu lassen. Wenn Liliths Plan einfach gewesen wäre, Sasha anzugreifen, hätte meine Tochter das sehen können – und, wie du gesagt hast, könnte Lilith Sashas gute Meinung über sie bewahren wollen. Die Frau ist sicherlich verblendet genug, um zu denken, dass so etwas möglich ist.«

Wow.

Mein Kopf dreht sich, während ich Rasputins Worte verarbeite.

Hätte Nostradamus so etwas wirklich planen können?

Es gibt Hinweise, die das bestätigen.

Zum Beispiel begann er das Gespräch über Seher und bot dann an, mir »etwas beizubringen«. Zugegeben, ich war diejenige, die ihn gefragt hat, wie man eine bestimmte Zeit anvisiert, aber vielleicht beeinflusste er sogar das, indem er verschiedene Fäden dieses Gesprächs voraussah, um mich zu führen, wohin er es wollte.

Und er war definitiv derjenige, der mich drängte, die Fähigkeit auszuprobieren – so dass mir später die Seherkräfte ausgingen.

Ich wette, wenn er mir das nicht beigebracht hätte, als er es tat, hätte ich Woland besiegen können ohne zu sterben.

Ich bin wütend, aber beeindruckt von Nostradamus' Fähigkeiten.

Er war so zuversichtlich in seinem Plan, dass er

mich sogar warnte, dass die Fertigkeit eine Menge Seherkraft verbraucht – zweifellos, damit ich ihm mehr vertrauen würde.

»Ich fange an, Seher wirklich zu hassen«, murmelt Ariel, als Felix den Rest für sie übersetzt.

Ja. Sie stiehlt diesen Gedanken direkt aus meinem nicht existenten Kopf.

»Wir sind ein lästiger Haufen«, sagt Rasputin – wieder ohne eine Übersetzung zu benötigen.

»Was ich mich allerdings frage …«, sagt Felix. »Jetzt, da Woland tot ist, kannst du auf die Erde kommen und etwas Zeit mit Sasha verbringen?«

Das ist eine große Frage, aber bevor Rasputin antworten kann, ist die Vision zu Ende.

———

ICH BEFINDE mich wieder in Neros Armen und versuche, das zu verarbeiten, was ich gerade erfahren habe.

Lilith und Nostradamus sind der Grund, warum ich ein Vampir wurde.

Obwohl ich wütend auf sie sein sollte, kann ich nicht umhin, zu erkennen, dass sie bei dem, was sie taten, auch versehentlich dafür gesorgt haben, dass Nero überlebte. Denn wenn ich kein Vampir geworden wäre, hätte ich es auf keinen Fall rechtzeitig geschafft, ihn vor der gefälschten Claudia zu retten – nicht zu reden davon, ihren Drachenarsch zu bekämpfen.

Außerdem haben sie mir vielleicht meine einzige

Chance auf ein Vampirleben gegeben. Ich habe Vampirblut wegen Ariels Sucht wie die Pest vermieden, und wenn sie mich nicht dazu verleitet hätten, etwas von Liliths Blut zu trinken, hätte ich das weiterhin getan. Wenn mich also jemand getötet hätte, wäre ich wirklich tot gewesen.

Trotzdem bin ich nicht so dankbar, dass es mich dumm macht.

Da ich weiß, was ich jetzt weiß, werde ich mich so weit wie möglich von den beiden fernhalten. Außer …

Mein Blut gefriert, als ich merke, dass sie von einer meiner größten Schwächen wissen – meinen Adoptiveltern. Tatsächlich beruhte ihr Plan darauf, sie in Gefahr zu bringen.

Nein. Sicherlich ist Lilith nicht so ein Monster, um …

Was sage ich da?

Sie ist genug Monster, um das Schlimmste zu tun, was ich mir vorstellen kann.

Mit einem mulmigen Gefühl springe ich in den Leerraum.

———

ICH IGNORIERE die Standardformen um mich herum und konzentriere mich auf Papas Essenz.

Es tauchen eine Reihe von sicheren Formen auf.

Noch ein *Aufatmen*.

Papa geht es in naher Zukunft gut, was hervorragend ist.

Aber wie sieht es in ein paar Tagen aus? Oder eine Woche?

Nun, ich kann die Spezieller-Zeitpunkt-Technik anwenden, die mich mein erstes Leben gekostet hat.

Vielleicht sollte ich erst einmal nachsehen, ob Papa in einem Monat noch am Leben ist?

Es klingt nach einer guten Idee, nur weiß ich nicht, wie viel Seherkraft mich das kosten wird. Werden die Ausgaben für Seherkräfte mit der Länge des Zeitintervalls steigen – was bedeutet, dass die Vision dreißigmal *teurer* sein wird als die von Neros zweiter Schlacht, bei der ich einen Tag nach vorne schaute?

Nostradamus hat nichts darüber gesagt, aber ich schätze, es spielt keine Rolle.

Wenn es jemals einen guten Ort gab, an dem man Seherreserven erschöpfen konnte, dann in Neros Umarmung in einer Welt, die er regiert und in der ihm eine riesige Armee zur Verfügung steht.

Wenn ich hier nicht sicher bin, weiß ich nicht, wo ich es sein würde.

Ich konzentriere mich weiterhin auf Papa und tue mein Bestes, um die Essenz eines Monats zu beschwören, der mit der mentalen Gymnastik beginnt, die ich für einen einzigen Arbeitstag gemacht habe, und dann zwanzig weitere hinzuzufügen. Von dort aus visualisiere ich auch meine Wochenenden – etwas Spaßiges mit Felix und Ariel machen, magische Effekte lernen, in Fernsehsendungen zappen und am Sonntag zur Einführung gehen.

Was auch immer ich getan habe, muss

funktionieren, denn die sicheren Formen verschwinden, und werden durch solche ersetzt, die alles andere als das sind.

Um ehrlich zu sein, habe ich so eine gruselige Musik noch nie zuvor gehört.

Es ist nicht so sehr eine Gefahr, die sie ausstrahlt, sondern so etwas wie Trauer.

Meine Angst nimmt zu, ich fahre einen ätherischen Schweif aus und greife nach der schlimmsten der Formen.

KAPITEL ACHTUNDDREISSIG

ICH BIN KÖRPERLOS, in einem vertrauten High-Tech-Büro, das Papa auch als Besprechungsraum dient.

Es gibt Schaltpläne des neuesten 3D-Druckers auf dem Brett vor einer großen Gruppe von Leuten – aber sie sehen sie sich nicht an.

Sie können nicht … weil sie alle tot sind.

Nein, nicht nur tot. Sie sind mumifiziert, so wie ich es kürzlich gesehen habe.

Sie sehen aus, als hätte Tartarus das Leben aus ihnen herausgesaugt.

Nein.

Das kann nicht sein.

Ich muss einen Fehler in meinem Seherziel gemacht haben, und das ist die Welt, die ich auf meinem Weg in die Drachenwelt durchquert habe – diejenige, die so ähnlich aussieht wie unsere, aber längst tot ist.

Könnte diese Welt ein Bostoner Äquivalent mit einem Büro haben, das wie das von Papa aussieht?

Es ist machbar, bis auf ein großes Problem.

An der Spitze des Tisches ist Papa selbst getrocknet, wie der Rest seiner Leute.

Trotzdem, vielleicht …

———

ICH BIN WIEDER in Neros Armen, kurz vor einer Panikattacke.

Es muss eine andere Erklärung geben.

Das kann nicht die Zukunft sein.

Mit großer Anstrengung beruhige ich meine abgehackte Atmung so weit, dass ich zurück in den Leerraum springen kann.

Als ich zwischen den Formen schwebe, beschwöre ich sehr vorsichtig die Essenz eines Monats, dann die Essenz meiner Mutter. Dann, zur Sicherheit, tue ich mein Bestes, um mich auf die Essenz des Otherlands zu konzentrieren, das als Erde bekannt ist – den blauen Planeten, den ich all die Jahre als Heimat betrachtet habe.

Als Ergebnis meiner Bemühungen zeigt sich eine Reihe von Formen, die die gleichen gruseligen Schwingungen ausstrahlen wie zuvor.

Ich gehe diesen Essenz-Zirkus noch sorgfältiger an, aber das Ergebnis ist das gleiche.

Ich kann genauso gut die schreckliche Bestätigung bekommen.

Wie ein Masochist greife ich wieder nach den schlimmsten der Formen.

ICH TREIBE AM TIMES SQUARE, New York.

Richtig. Dies ist einer von Mamas Lieblingsorten, so Broadway-Show-süchtig, wie sie ist.

Und dort finde ich sie, eindeutig auf dem Weg, *Das Phantom der Oper* zum x-ten Mal zu sehen.

Aber sie hat es nicht geschafft.

Sie liegt auf dem Asphalt wie eine rosinenartige Hülse, aus der das Leben herausgesaugt wurde.

Ich wünschte, ich hätte einen Mund zum Schreien.

Trotz der ausgetrockneten Hülle ihres Körpers ist es unbestreitbar, dass dies meine Mutter ist. Ich erkenne diese perfekt geschnittene Kleidung und das geschmackvoll aufgetragene Make-up.

Und sie ist nicht allein.

Zehntausende von Touristen und Einheimischen haben das gleiche Schicksal erlitten, ihre Körper liegen überall.

Sie müssen vor kurzem gestorben sein, da die riesigen Bildschirme am Times Square alle noch funktionieren und Anzeigen und Einblicke in das Leben vor der Katastrophe zeigen.

Auf einigen wenigen Bildschirmen sind die Nachrichtensprecher jedoch die gleichen toten Hülsen wie auf dem Platz selbst – als ob sie mitten in der Sendung von der Pest getroffen worden wären.

Einer schien aus China, einer aus Australien und einer aus Deutschland zu berichten.

Und im Hintergrund dieser schrecklichen Sendungen sind alle genauso tot.

———

ZURÜCK IN NEROS ARMEN, bin ich eiskalt und zittere unkontrolliert.

Ich kann es nicht mehr leugnen.

In einem Monat oder weniger kommt Tartarus auf die Erde.

Meine Erde.

Und er wird meine Eltern töten.

Er wird *alle* töten, so wie er es auf so vielen anderen Welten getan hat.

Hinter mir rührt sich Nero, und seine warmen Lippen streifen meinen Hals, aber ausnahmsweise bleibt mein Körper kalt und steif, gefangen in Schrecken.

Denn wenn alles, was ich über Tartarus gehört habe, wahr ist, gibt es nichts, was dieses Armageddon stoppen kann.

Aber ich habe keine andere Wahl.

Ich muss es versuchen.

Vielen Dank, dass Sie dieses Buch gelesen haben! Ich hoffe, Ihnen gefällt Sashas Geschichte! Sashas Geschichte endet in *Rauch, Vampire und Spiegel (Sasha Urban: Buch 7)*.

Möchten Sie über meine Neuerscheinungen informiert werden? Melden Sie sich für meinen Newsletter auf www.dimazales.com/book-series/deutsch/an!

Möchten Sie meine anderen Bücher lesen? Sie können wählen aus:

- *Gedankendimensionen* – die actionreichen Urban-Fantasy-Abenteuer von Darren, der die Zeit anhalten und Gedanken lesen kann.
- *Mensch++* – die spannende Science-Fiction-Geschichte von Mike Cohen, dessen neue

Technologie unser Gehirn und die Welt verändern wird.

- *Die letzten Menschen* – die futuristische und dystopische Science-Fiction-Geschichte von Theo, der in einer Welt lebt, in der nichts so ist, wie es zu sein scheint …
- *Der Zaubercode* – die epischen Fantasy-Abenteuer des Zauberers Blaise und seiner Schöpfung, der schönen und mächtigen Gala.

Und jetzt blättern Sie bitte um, für einen spannenden Auszug aus *Die Gedankenleser - The Thought Readers (Gedankendimensionen: Buch 1).*

Alle denken ich sei ein Genie.

Alle liegen falsch.

Sicher, Ich habe Harvard im Alter von achtzehn Jahren abgeschlossen und verdiene jetzt eine unglaubliche Menge Geld mit einem Hedge Fund. Der Grund dafür ist allerdings nicht, dass ich besonders clever bin oder wie verrückt arbeite.

Ich betrüge.

Ich besitze eine einzigartige Fähigkeit. Ich kann die Gegenwart verlassen und in meine eigene persönliche Version der Realität eintauchen – den Ort, den ich die Stille nenne – an dem ich meine Umgebung erkunden kann, während die restliche Welt innehält.

Eigentlich dachte ich immer, ich sei der Einzige, der das tun kann – bis ich sie getroffen habe.

Ich heiße Darren, und das ist die Geschichte, wie ich herausgefunden habe, dass ich ein Leser bin.

———

MANCHMAL DENKE ICH, dass ich verrückt bin. In diesem Moment sitze ich an einem Kasinotisch, und jeder um mich herum ist bewegungslos, so als sei er eingefroren. Ich nenne das *die Stille*, so als würde es das Ganze realer machen, wenn ich ihm einen Namen gebe – so als würde der Name etwas an der Tatsache ändern, dass alle Spieler um mich herum Statuen sind. Sie sitzen einfach nur da, und ich gehe um sie herum, schaue mir die Karten an, die sie gerade erhalten haben. Hört sich das verrückt an?

Das Problem an der Theorie, ich sei verrückt, ist, dass die Karten, welche die Spieler aufdecken, immer noch dieselben sind, wenn ich die Welt »entfriere«, so wie ich es gerade getan habe. Wäre ich verrückt, sollten die Karten dann nicht wenigstens ein wenig anders sein? Außer natürlich, ich bin schon so verrückt, dass ich mir auch die Karten auf dem Tisch einbilde.

Aber ich gewinne. Sollte zas auch Einbildung sein – sollte der Stapel Chips neben mir auf dem Tisch nur eingebildet sein – dann könnte ich gleich alles in Frage stellen. Vielleicht heiße ich auch gar nicht Darren.

Nein. So kann ich nicht denken. Wenn ich wirklich

so verwirrt sein sollte, dann möchte ich gar nicht aus diesem Zustand herausgeholt werden – denn in diesem Fall würde ich höchstwahrscheinlich in einer psychiatrischen Anstalt aufwachen.

Außerdem liebe ich mein Leben, verrückt oder nicht.

Meine Psychiaterin denkt, die Stille sei eine Erfindung, um die inneren Vorgänge meines Genies zu beschreiben. Das wiederum hört sich für mich verrückt an. Es könnte natürlich auch sein, dass sie mich begehrt, aber die Erwiderung derartiger Gefühle ist ausgeschlossen. Sie befindet sich komplett außerhalb der Altersgruppe, mit der ich ausgehe. Ihre Theorie würde mir sowieso nicht helfen, da sie nicht erklärt, wieso ich Dinge weiß, die selbst ein Genie nicht erahnen könnte – wie den genauen Wert des Blattes der anderen Spieler.

Ich sehe dem Croupier dabei zu, wie er eine neue Runde eröffnet. Außer mir befinden sich noch drei weitere Spieler am Tisch. Der Cowboy, die Großmutter und der Professionelle, wie ich sie in Gedanken nenne. Ich kann die jetzt fast spürbare Angst fühlen, die mit dem *Hineingleiten* einhergeht – das ist der Name, den ich diesem Vorgang gegeben habe: in die Stille hineingleiten. Meine Sorge, ich könne verrückt sein, hat das Hineingleiten schon immer vereinfacht. Angst scheint diesen Prozess zu begünstigen.

Ich gleite hinein, und alles ist still – daher der Name.

Selbst jetzt finde ich das noch unheimlich. In diesem Kasino ist es normalerweise sehr laut. Betrunkene Menschen, die sich unterhalten, Spielautomaten, das Läuten bei Gewinnen, Musik — nur in einem Klub oder bei Konzerten ist es noch lauter. Und trotzdem könnte ich genau in diesem Moment wahrscheinlich eine Stecknadel fallen hören. Es ist so, als sei ich gegenüber dem Chaos um mich herum taub geworden.

So viele eingefrorene Menschen um mich herum zu haben macht das Ganze nur noch eigenartiger. Eine Kellnerin hat mitten im Schritt mit ihrem Tablett auf dem Arm angehalten. Eine Frau ist gerade dabei, eine Münze in einen Spielautomaten zu schmeißen. An meinem eigenen Tisch ist die Hand des Croupiers erhoben, und die letzte Karte, die er gezogen hat, hängt unnatürlich in der Luft. Ich gehe von der Seite des Tisches auf sie zu und nehme sie in die Hand. Es ist ein König, der für den Professionellen bestimmt ist. Als ich die Karte wieder loslasse, fällt sie auf den Tisch, anstatt weiter in der Luft zu schweben, so wie sie es vorher getan hat. Ich weiß allerdings genau, dass sie sich, sobald ich mich aus diesem eingefrorenen Zustand zurückziehe, wieder an der ursprünglichen Stelle befinden wird – in genau derselben Position, in der sie war, bevor ich sie genommen habe.

Der Professionelle sieht genau so aus, wie ich mir immer Menschen vorgestellt habe, die mit Pokerspielen ihr Geld verdienen: ungepflegt, Schatten unter den Augen und generell ein wenig eigenartig. Er hat sein Pokerface das ganze Spiel über perfekt im Griff gehabt – es hat nicht ein einziges Mal ein Muskel gezuckt. Sein Gesicht ist so unbeweglich, dass ich mich frage, ob ihm vielleicht Botox dabei hilft, eine so steinerne Miene aufrechtzuerhalten. Seine Hand befindet sich auf dem Tisch und bedeckt beschützend die Karten, die ihm gegeben wurden.

Ich bewege seine schlaffe Hand zur Seite. Das fühlt sich wie im normalen Leben an. Also quasi. Seine Hand ist schweißnass und haarig, weshalb es unangenehm ist, sie zur Seite zu legen. Es ist anormal, so etwas zu tun. Der normale Teil des Ganzen ist, dass seine Hand eher warm als kalt ist. Als ich noch ein Kind war, erwartete ich, dass sich die Menschen in der Stille kalt anfühlen würden, wie Statuen aus Stein.

Nachdem ich die Hand des Professionellen zur Seite gelegt habe, nehme ich seine Karten auf. Zusammen mit dem König, der gerade in der Luft hängt, hat er ein hübsches hohes Blatt. Gut zu wissen.

Ich gehe zur Großmutter hinüber. Sie hält ihre Karten in der Hand. Dadurch, dass sie sie wie einen Fächer ausgebreitet hat, kann ich es vermeiden, ihre faltigen und fleckigen Hände zu berühren. Das ist eine Erleichterung, da ich in der letzten Zeit meine Probleme damit habe, in der Stille Menschen anzufassen – genauer gesagt Frauen. Falls ich es trotzdem tun müsste, würde ich das Berühren von Großmutters Hand rational als harmlos ansehen – oder es zumindest nicht gruselig finden – aber es ist trotzdem besser, es möglichst zu vermeiden.

Auf jeden Fall hat sie ein niedriges Blatt. Sie tut mir leid. Sie hat heute Nacht eine recht große Summe verloren. Ihre Chips gehen zur Neige. Vielleicht sind ihre Verluste, zumindest teilweise, der Tatsache zuzuschreiben, dass sie kein gutes Pokerface aufsetzen kann. Schon bevor ich einen Blick auf ihre Karten geworfen hatte, wusste ich, dass sie nicht gut sein würden. Ich konnte sehen, dass sie nicht glücklich mit dem war, was sie nach der Ausgabe ihrer Karten in der Hand hielt. Ich habe sie außerdem vor einigen Runden bei einem fröhlichen Aufblitzen ihrer Augen ertappt. Sie hatte ein Dreierpaar, welches gewann.

Pokern ist zu einem Großteil Übung, Menschen besser lesen zu können – eine Fähigkeit, die ich gerne besser beherrschen würde. In meiner Arbeit wurde mir gesagt, ich sei großartig darin, Menschen zu lesen. Aber das bin ich nicht. Ich bin einfach nur gut darin, die Stille zu verwenden, um Ihnen das vorzumachen. Allerdings würde ich gerne lernen, wie es im wirklichen Leben funktioniert.

Was mich am Pokern eher weniger interessiert, ist das Geld. Mir geht es finanziell gut genug, um nicht auf das Spielen als Einnahmequelle angewiesen zu sein. Mir ist es egal, ob ich gewinne oder verliere, auch wenn es mir Spaß gemacht hatte, mein Geld an dem Black-Jack-Tisch zu verfünffachen. Dieser ganze Ausflug zum Spielen findet überhaupt nur deshalb statt, weil ich es mit meinen frischen einundzwanzig endlich darf. Ich war nie ein Freund von falschen

Ausweisen, und deshalb ist dieser Kasinobesuch wirklich ein Meilenstein für mich.

Ich verlasse die Großmutter und gehe hinüber zum Cowboy. Ich kann seinem Strohhut nicht widerstehen und setze ihn mir auf. Ich frage mich, ob ich dadurch Läuse bekommen könnte. Ich habe noch nie leblose Objekte aus der Stille zurückbringen können und auch anderweitig die Welt nicht nachhaltig verändert. Ich vermute also, dass ich auch kein lebendiges Ungeziefer mit mir zurücknehmen werde. Ich lege den Hut zurück und schaue mir seine Karten an. Er hat einige Asse – eine bessere Hand als der Professionelle. Der Cowboy könnte auch ein Professioneller sein. Soweit ich das beurteilen kann, hat er ein gutes Pokerface. Es wird interessant werden, die beiden in der nächsten Runde zu beobachten.

Als Nächstes ist der Kartenstapel an der Reihe. Ich schaue mir die obersten Karten an, um sie mir einzuprägen. Ich überlasse nichts dem Zufall.

Als ich meine Aufgabe in der Stille abgeschlossen habe, gehe ich zurück zu mir selbst. Ach ja, habe ich überhaupt erwähnt, dass ich meinen eigenen Körper dort sitzen sehen kann? Genauso eingefroren wie alle anderen? Das ist der verrückteste Teil an der ganzen Sache. Es ist wie eine außerkörperliche Erfahrung.

Ich nähere mich meinem eingefrorenen Ich und betrachte es. Normalerweise vermeide ich das, weil es so beunruhigend ist. Weder sich selbst unzählige Male im Spiegel zu sehen noch sich Videos von sich selbst auf YouTube anzuschauen kann einen auf den Anblick des eigenen Körpers in 3D vorbereiten. Das ist nichts, das man jemals zu erleben erwartet. Außer vielleicht, man ist ein eineiiger Zwilling.

Es ist kaum zu glauben, dass ich diese Person bin. Sie sieht eher wie ein ganz normaler Typ aus. Vielleicht nach ein wenig mehr. Ich finde diesen Typen interessant. Er sieht cool aus. Er sieht clever aus.

Ich denke, Frauen könnten ihn als gut aussehend bezeichnen, auch wenn es nicht bescheiden von mir ist, das zu behaupten.

Ich bin nicht gut darin, die Attraktivität von Männern zu bewerten – das war ich noch nie –, aber einige Dinge sind allgemeingültig. Ich kann erkennen, wenn ein Typ hässlich ist, und mein eingefrorenes Ich ist es nicht. Ich weiß auch, dass ein symmetrisches Gesicht generell als schön angesehen wird – und meine Statue hat so eines. Ein starkes Kinn schadet auch nichts. Und genau so eins habe ich. Breite Schultern zu haben ist ebenfalls gut, und groß zu sein wirklich hilfreich. Diese Punkte decke ich auch ab. Außerdem habe ich blaue Augen – was ein Pluspunkt zu sein scheint. Mädchen haben mir gesagt, dass sie meine Augen mögen, auch wenn sie an meinem gefrorenen Ich jetzt gerade ein wenig angsteinflößend wirken – glasig und glänzend. Sie sehen aus wie die Augen einer Wachsfigur. Leblos.

Als mir auffällt, dass ich mich zu lange mit diesem Thema aufhalte, schüttele ich meinen Kopf. Ich stelle mir vor, wie meine Psychiaterin diesen Moment analysieren würde. Wer käme schon auf die Idee, diese

Selbstbewunderung als Teil einer psychischen Erkrankung zu betrachten? Ich sehe sie regelrecht vor mir, wie sie das Wort »Narzisst« notiert und es mehrfach unterstreicht.

Genug. Ich muss die Stille verlassen. Ich hebe meine Hand, berühre mein eingefrorenes Ich auf der Stirn, und die Geräusche kehren zurück, sobald ich mich wieder in der richtigen Welt befinde.

Alles ist wieder normal.

Der König, den ich noch vor einem Moment betrachtete – der König, den ich auf dem Tisch liegen ließ –, befindet sich wieder in der Luft und folgt der Bahn, die ihm vorherbestimmt war. Er landet neben der Hand des Professionellen. Die Großmutter betrachtet immer noch enttäuscht ihre gefächerten Karten, und der Cowboy hat seinen Hut wieder auf dem Kopf, auch wenn ich ihn in der Stille abgenommen hatte. Es ist alles genau so wie in dem Augenblick, bevor ich in die Stille hineinglitt.

Auf einer bestimmten Ebene hört mein Gehirn nie auf, über diese Unterschiede zwischen der Stille und der Welt außerhalb überrascht zu sein. Die Menschen sind darauf programmiert, die Realität in Frage zu stellen, wenn solche Dinge passieren. Als ich am Anfang der Therapie einmal versuchte, meine Psychiaterin auszutricksen, las ich während einer Sitzung ein komplettes Lehrbuch über Psychologie. Ihr ist das natürlich nicht aufgefallen, da ich es in der Stille tat. Das Buch handelte davon, dass Babys, auch wenn sie erst zwei Monate alt sind, schon überrascht darüber sind, wenn sie etwas Ungewöhnliches sehen – wenn zum Beispiel eine Sache gegen die Regeln der Schwerkraft zu verstoßen scheint. Kein Wunder, dass mein Gehirn Schwierigkeiten damit hat, mit diesen Vorgängen zurechtzukommen. Bis ich zehn war, war mein Leben völlig normal. Dann begannen diese eigenartigen Sachen, um es vorsichtig auszudrücken.

Ich blicke hinab und stelle fest, drei Gleiche in der Hand zu halten. Das nächste Mal werde ich mir meine Karten anschauen, bevor ich hineingleite. Wenn ich so ein starkes Blatt habe, kann ich es auch darauf ankommen lassen, fair zu spielen.

Die Partie verläuft wie erwartet, schließlich kenne ich ja die Karten sämtlicher Mitspieler. Letztendlich steht die Großmutter auf. Sie hat offensichtlich genug Geld verloren.

Das ist der Moment, in dem ich sie zum ersten Mal sehe.

Sie ist heiß. Mein Freund und Arbeitskollege Bert – eigentlich Albert, aber es gibt niemanden der ihn so nennt – behauptet, ich hätte einen bestimmten Frauentyp. Diese Vorstellung gefällt mir nicht, da ich nicht so oberflächlich und berechenbar sein möchte. Allerdings könnte trotzdem beides ein wenig auf mich zutreffen, da dieses Mädchen genau in das Beuteschema passt, welches Bert mir beschrieben hat. Und ich bin, milde ausgedrückt, extrem interessiert an ihr.

Große blaue Augen und deutlich ausgeprägte Wangenknochen in einem schmalen Gesicht mit einem

Hauch Exotik. Lange, extrem wohlgeformte Beine, wie die einer Tänzerin. Dunkles, gewelltes Haar, das, wie ich es mag, zu einem Pferdeschwanz gebunden ist. Kein Pony – sehr gut. Ich hasse Ponys und kann mir auch nicht erklären, wie manche Mädchen sich so etwas antun können. Auch wenn die Abwesenheit des Ponys in Berts Beschreibung meines Frauentyps nicht vorkommt, gehört dieses Kriterium definitiv dazu.

Sie setzt sich zu uns an den Tisch, und ich kann nicht damit aufhören, sie weiterhin anzustarren. Mit den hohen Absätzen und dem engen Rock wirkt sie an diesem Ort overdressed. Oder vielleicht bin ich mit meiner Jeans und dem T-Shirt auch einfach underdressed. Wie dem auch sei, es interessiert mich nicht. Ich muss versuchen, mit ihr ins Gespräch zu kommen.

Ich denke darüber nach, in die Stille einzutauchen und mich ihr anzunähern. Auf diese Weise könnte ich Dinge tun, die normalerweise beunruhigend wirken. Ich könnte sie aus nächster Nähe anstarren oder sogar ihre Taschen durchwühlen, um etwas zu finden, das mir dabei hilft, mit ihr zu reden.

Ich entscheide mich dagegen, und wahrscheinlich ist es das erste Mal, dass das passiert.

Ich weiß, dass der Grund dafür, mein normales Verhaltensmuster zu durchbrechen, eigenartig ist. Falls man überhaupt von einem Grund sprechen kann. Ich stelle mir die folgende Handlungskette vor: Sie stimmt zu, sich mit mir zu verabreden, es wird ernst zwischen uns, und weil wir diese tiefe Verbindung haben, erzähle ich ihr von der Stille. Sie erfährt, dass ich etwas Unheimliches tue, bekommt Angst und verlässt mich. Es ist natürlich lächerlich, sich so etwas auszumalen, bevor wir überhaupt miteinander gesprochen haben. Möglicherweise hat sie einen IQ von unter 70 oder besitzt die Persönlichkeit eines Holzstücks. Es könnte zwanzig verschiedene Gründe dafür geben, weshalb ich mich nicht mit ihr treffen möchte. Und außerdem hängt das ja auch nicht von mir ab. Sie könnte mir genauso gut zu verstehen geben, sie in Ruhe zu lassen, sobald ich versuche, mit ihr zu sprechen.

Die Arbeit mit Hedgefonds hat mich allerdings gelehrt, mich abzusichern. So verrückt diese Entscheidung, nicht in die Stille einzutauchen, auch ist, ich bleibe bei ihr. Ich weiß, dass es so höflicher ist. Aus dem gleichen Grund beschließe ich außerdem, in dieser Pokerrunde nicht zu schummeln.

Sobald die Karten ausgegeben sind, denke ich darüber nach, wie gut es sich anfühlt, so ehrenvoll gehandelt zu haben — auch wenn das niemand weiß. Vielleicht sollte ich häufiger versuchen, die Privatsphäre meiner Mitmenschen zu achten. Aber ich muss auch realistisch bleiben. Ich wäre nicht dort, wo ich heutzutage bin, wenn ich solchen Gefühlen gefolgt wäre. Ich würde sogar innerhalb weniger Tage meinen Job verlieren, sollte ich anfangen, die Privatsphäre anderer Menschen zu respektieren – und damit auch die ganzen Annehmlichkeiten, an die ich mich gewöhnt habe.

Ich mache es dem Professionellen nach und

bedecke meine Karten, sobald ich sie bekomme, mit meiner Hand. Ich bin gerade dabei, einen Blick auf sie zu werfen, als etwas Ungewöhnliches passiert.

Die Welt um mich herum wird bewegungslos, so als würde ich gerade in die Stille hineingleiten … aber das habe ich nicht getan.

Einen Augenblick später sehe ich *sie* – das Mädchen, welches mir am Tisch gegenübersitzt, das Mädchen, an das ich gerade gedacht habe. Sie steht neben mir und zieht ihre Hand von meiner weg. Oder, genauer gesagt, der Hand meines eingefrorenen Ichs – ich stehe ja daneben und schaue sie an.

Allerdings sitzt sie auch noch mir gegenüber am Tisch, eine eingefrorene Statue wie alle anderen auch.

Mir kommt nicht einmal der Gedanke, das zweite Mädchen könnte ihre Zwillingsschwester oder etwas Ähnliches sein. Ich weiß, dass sie es ist. Sie tut das Gleiche, was ich vor einigen Minuten getan habe. Sie geht in der Stille umher. Die Welt um uns herum ist eingefroren, aber wir sind es nicht.

Sie sieht schockiert aus, als ihr dasselbe klar wird. Mit einer Hand greift sie über den Tisch und berührt ihre eigene Stirn.

Die Welt wird wieder normal.

Sie starrt mich schockiert mit ihren großen Augen und dem blassen Gesicht an. Ich kann sehen, wie ihre Hände zittern, während sie aufspringt. Ohne ein Wort zu sagen dreht sie sich um und geht weg.

Als sie anfängt zu rennen, zögere ich nicht. Ich stehe auf und folge ihr. Das ist nicht sehr clever. Sie würde sich wohl kaum mit einem unbekannten Typen verabreden, der hinter ihr herrennt. Aber über diesen Punkt bin ich schon hinaus. Sie ist die einzige Person, die ich jemals getroffen habe, die das Gleiche kann wie ich. Sie ist der Beweis dafür, dass ich nicht verrückt bin. Sie könnte das besitzen, was ich mehr als alles andere möchte.

Sie könnte Antworten haben.

———

Die Gedankenleser – The Thought Readers ist überall erhältlich.

ÜBER DEN AUTOR

Dima Zales ist ein *New-York-Times-* und *USA-Today-*Bestsellerautor von Science-Fiction- und Fantasyromanen. Bevor er Schriftsteller wurde, arbeitete er in der Softwareentwicklungsbranche in New York als Programmierer und Führungskraft. Von Hochfrequenz-Handelssoftware für Großbanken bis hin zu mobilen Apps für Publikumsmagazine hat Dima alles entwickelt. Im Jahr 2013 verließ er die Softwarebranche, um sich auf seine Schreibkarriere zu konzentrieren, und zog an die Palm Coast, Florida, wo er derzeit lebt.

Bitte besuchen Sie www.dimazales.com/book-series/deutsch/, um mehr zu erfahren.

www.ingramcontent.com/pod-product-compliance
Lightning Source LLC
Chambersburg PA
CBHW060616100726
47907CB00006B/1650